내가 정말 거기 있었을까

내가 정말 거기 있었을까

강해경 에세이

졍출판

하늘에 계신 부모님과 동생에게

내가 정말 거기 있었을까

　유난히 길고 무더웠던 여름도 아침 저녁 불어오는 산들바람 앞에 슬며시 꼬리 내리고, 초록의 산하가 서서히 가을빛으로 물들어 간다. 계절이 바뀌는 길목에 설 때마다 부질없는 생각을 해본다. 인생도 계절처럼 갔다가 다시 올 수 있었으면. 한 번뿐인 생이기에 소중하기도 하지만 때로는 아쉬움이 남는다. 글을 쓰지 않았더라면 내 아쉬움은 더욱 컸으리라. 쓰고 읽고 지우고 또 쓰는 고뇌의 시간 속에서 삶의 기쁨과 보람, 위로와 평안을 얻었다.

　그러나 이런저런 핑계로 글쓰기에 게을렀다. 뒤늦게 취업을 하면서 글쓰기는 뒷전으로 밀려났고, 어머니가 병원 출입을 시작하여 소천하시기까지 다른 것은 생각할 여유가 없었다. 늦게라도 제 자리를 찾은 건 가족들의 격려 덕분이다. 보잘것없는 재능을 기뻐해주는 가족들의 응원이 내 모든 힘의 원천이다.

　다시 글을 쓰고 책을 준비하면서 행복한 시간 여행을 했다. 긴 여정 같았으나 꿈처럼 짧은 여행이었다. 지나온 시간들이 파노라마처럼 펼쳐지고 영상처럼 흐르는 세월의 흔적 속에서 지난 삶의 편린들을 보물처럼 주워 올렸다. 가엾은 어린 나, 사느라 동동거리던 젊은 나, 호기심 많고 적극적이던 중년의 나를 만났고, 먼 곳으로 떠나버린 그리운 사람들도 만났다. 별 의미 없는 소소한 일상도, 행복한 추억도, 가슴 아픈 사연도, 모두 애틋하고 소중한 나의 분신이고 나의 역사였다. 그중 몇 편을 골라 책에 담았다. 책을 꾸며놓고 보니 밀린 숙제를 마친 듯 홀가분하고, 늦둥이를 출산한 듯 대견하다.

돌아보면 모든 일이 꿈만 같다. 전쟁통에 어떻게 살아 남았을까. 그 어려운 시절을 어찌 견디어 냈을까. 저리 좋은 가족들을 어떻게 만났을까. 어떻게 하나님 자녀가 되었을까. 낯선 나라에서 어찌 살아냈을까. 그 여러 곳을 여행하고 글을 썼을까. 다시 교단에 설 용기를 냈을까.

내가 정말 그 일을 했을까. 내가 정말 거기 있었을까.

아무리 생각해 봐도 내가 한 일 같지 않다. 그렇다. 이 모든 것은 그분이 하신 일이었다. 변함없는 사랑으로 나를 지키시고 도우시며, 지금도 보이지 않는 손길로 나를 이끄시는 참 좋으신 내 하나님께 이 모든 영광을 돌려 드리며, 한없는 사랑과 감사와 찬양을 올려 드린다.

2024년 가을의 문턱에서
강해경

차 례

차 례

2 내가 정말 거기 있었을까

3 모든 것이, 모든 곳이 그립다

4 낯선 세상 속에서

5 사랑해, 고마웠어

1

소소한 일상의

행복 줍기

혼자서는

웃는 것도 부끄러운

한 점 안개꽃

한데 어우러져야

비로소 빛이 되고

소리가 되는가……

행운의 풀

베란다가 좁다 하고 화분을 모아 들이던 시절이 있었다. 찬거리를 사러 갔다 가도 화원에 들렸고, 멀리 꽃 시장까지 가서 화분을 들여오기도 했다. 거름도 주고 분 갈이도 하고, 틈만 나면 드려다보며 정성을 기울였다. 관심을 기울이는 만큼 화초들은 잘도 자랐다. 철 따라 꽃을 피우고 무성하게 넝쿨을 뻗어 아파트 생활의 삭막함을 가려 주었다.

잦은 이사 때문이었을까. 아니 게으름 때문인지도 모른다. 언제부터 인지 화초 키우는 일이 번거롭게 느껴지기 시작했다. 꽃을 사들이기는커녕 애지중지하던 화분들도 이웃에 주어버리기 일쑤였다. 마음이 멀어지니 그나마 남아있는 화초들도 점점 기운을 잃어갔다. 해마다 봄이 되면 시들어버린 화분을 골라내는 일이 연중행사가 돼 버렸다. 올 봄에도 아까운 화분 하나를 치워야 할 것 같다.

행운목이 말썽은 부리기 시작한 것은 작년부터였다. 그토록 싱싱하던 잎이 축 늘어지더니 잎 가장자리가 갈색으로 변하기 시작했다. 거름흙을 뿌리고 식물 영양제도 주며 정성을 기울여 보았지만 갈색 부분은 점점 넓어져 갔다. 나중에는 잎이 바짝 말라 소생할 기미가 보이지 않았다. 봄이 되어 다른 화분들은 다투어 잎을 내고 꽃을 피우건만 행운목에서는 아무 소식이 없었다. 기어이 생명을 놓아버린 것이다. '행운 나무'라는 이름 때문인지 다른 화초가 죽었을 때보다 더 섭섭하고, 꺼림직한 마음까지 드는 것이었다.

행운목은 내 첫 작품집 출간을 축하하는 남편 친구분의 선물이었다. 행운목이 집에 오던 날이 생각난다. 건장한 두 젊은이가 진홍색 리본을 길게 늘인 커다란 화분을 맞들고 현관에 들어섰을 때, 나는 큼직한 행운도 덩달아 따라오는 듯 반가웠다. 행운목은 우리 집 모든 화분들을 압도할 만큼 크고 당당했다. 세 개의 튼실한 둥치에서 솟아난 싱그러운 이파리들은 천정까지 닿을 만큼 무성했고, 길게 늘어뜨린 화려한 리본은 꽃처럼 화사했다.

몇 해 동안 거실의 주인인양 버티고 있던 행운목이 이제는 삐쩍 마른 나무 토막 형상이 돼 버렸다. 한동안 나는 고사枯死한 행운목과 함께 우리 집의 행운도 사라져 버릴 것 같은 불길한 환상에 시달렸다. 찜찜한 기분을 떨쳐버리려 화분을 눈에 잘 띄지 않는 베란다 구석으로 내놓았다. 수시로 베란다를 들락거렸지만 화분 쪽은 쳐다보지도 않았다. 행여 소생할까 하여 거름 주고 물 주고 하던 일도 그만둔 지 오래다. 어느 날 힐끗 보니 화분 안에 무언가 뾰족뾰족 돋아나고 있었다. 전 같으면 눈에 띄자마자 뽑아 버렸겠지만 행운목이 죽어버린 지금은 뭐가 돋건 말건 관심 밖의 일이었다.

그렇게 겨울을 지나고 봄이 돌아왔다. 빨래를 널려고 베란다에 나갔던 나는 뜻밖의 광경을 목격했다. 뾰족뾰족 돋아난 잡초들이 무성하게 자라 화분을 뒤덮고, 그것도 모자라 화분 밖으로 넘쳐나고 있지 않은가. 더욱 놀라운 것은 그 하찮은 잡초가 어느 화초 못지않은 싱그러운 아름다움을 지니고 있다는 사실이었다.

나는 빨래 통을 내려놓고 화분 앞으로 다가가 쪼그리고 앉았다. 토끼풀도 아니고 싱아도 아닌, 이름을 알 수 없는 잡초 한 종種이 화분을 온통 점령하고 있었다. 대단한 생명력이었다. 아마도 행운목을 소생시키려고 뿌린 거름흙과 식물 영양제가 잡초의 성장을 왕성하게 한 것 같았다.

자잘한 이파리가 다닥다닥 붙은 풀이 무성하게 줄기를 뻗어 화분 표면을 완전히 뒤덮었고, 이파리 끝에는 하얀 꽃들이 피어나 마치 한 아름 안개꽃이 화분에 듬뿍 꽂혀 있는 형상이었다. 자잘한 하얀 꽃에서는 희미한 들꽃 향기가 풍겼다. 나비와 벌을 부르는 향기였다. 아무도 보아주는 이 없어도 잡초는 스스로 싹을 틔우고 꽃을 피워 향기를 내뿜고 있었다. 게다가 자잘한 꽃들은 저마다 깨알 같은 씨앗까지 품고 있었다.

날이 갈수록 잡초가 쏟아내는 씨앗의 양이 많아졌다. 화분 언저리는 물론 베란다 구석구석, 창틀 사이사이까지 씨앗이 날아가 먼지처럼 쌓여 빗자루로 쓸어내야 할 지경이었다. 씨앗을 쓸어 모아 쓰레기통에 버릴 때마다 미안한 마음이 들었다. 잡초의 왕성한 종족 보존 욕구를 막아버리는 것 같아 안쓰러웠지만, 그렇다고 그 많은 씨앗을 화분에 뿌릴 수는 없지 않은가.

며칠 후 나는 가족들의 힘을 빌어 행운목 둥치를 아예 뽑아 버렸다. 화분을 온통 잡초에게 넘겨주기로 한 것이다. 머지않아 잡초들은 둥치를 뽑아낸 자리까지 영역을 넓혀갈 것이고, 커다란 화분은 온전히 잡초들 차지가 될 것이다.

요즘 나는 잡초 키우는 재미에 푹 빠져 있다. 아니 키운다고 할 수도 없다. 저절로 자라 저절로 꽃 피우고 씨를 맺으니 내가 할 일은 아무것도 없다. 가끔 물이나 주며 지켜보면 되는 일이다. 나는 이 잡초에 '행운의 풀'이란 이름을 붙여주었다. 아무도 살펴주는 이 없어도 무럭무럭 자라는 잡초, 그들에게는 화려한 꽃이나 희귀한 관엽식물에서 찾아볼 수 없는 또 다른 매력이 있었다.

저절로 싹 틔워 무성하게 자라는 잡초를 보며 많은 생각을 한다. 매사에 소극적이고 결단력이 부족한 나를 비춰본다. 혼자서는 아무 일도 못하고 누군가에게 의지하고 도움을 기대하고, 흡족하게 도와주지 않는다고 섭섭해 하기도 한다. 마음먹은 대로 일이 풀리지 않을 때는 남을 탓하고 운이 없음을 한탄할 때도 있다. 스스로 뭘 해보려는 의지도 용기도 내게는 없었다.

저 혼자 자라 꽃 피우고 씨앗을 맺는 잡초가 새삼 대단해 보인다. 그 왕성한 생명력이 내게로 전해지길 기대하며 나는 틈만 나면 '행운의 풀'과 마주 앉는다. 시들시들 말라가는 행운목을 볼 때와 달리 절로 웃음이 나고 기분이 좋아진다. 행운목의 고사로 우울했던 마음을 싱그러운 잡초가 치유해 주고 있다. 잡초에게서 많은 것을 배운다. 누구의 도움도 없이 씩씩하게 자라는 모습에서 강인한 자립심과 적극적인 삶의 자세를 배운다. 누가 지켜보건 말건 묵묵히 자기 일을 해내는 성실함과 인내심도 내가 배워야 할 덕목이다.

어떤 조건에도 꿋꿋이 살아가는 잡초, 나약하기 그지없는 내게 새로운 삶의 방식을 가르쳐 준 것은 행운목이 아닌 잡초였다.

행운의 풀이었다.

가장 귀한 악기

아침에 일어나면 핸드폰의 라디오 앱을 열어 음악을 듣는다. KBS 클래식 FM에서 아름다운 음악이 쏟아진다. 집안 가득 음악이 흐르며 새로운 하루가 시작된다. 음악을 들으며 신문을 보고 화분에 물을 주고 아침을 준비한다. 음악이 흐르는 주방은 나의 작업장이자 음악 감상실인 셈이다.

오랫동안 나는 기악곡, 특히 피아노 음악을 좋아했다. 까맣고 육중한 몸체에서 울려 나오는 맑고 영롱한 소리가 좋아 새벽부터 음악실로 달려가 연습에 매달리던 시절이 있었다. 그 아름다운 음색은 어떤 악기와도 잘 어울려, 독주는 물론 협주나 반주로 널리 활용되니, 피아노야말로 악기 중의 악기라 생각했다.

한 동안은 바이올린에 마음을 빼앗긴 적도 있다. 가느다란 네 개의 현弦과 활이 만들어내는 부드러우면서도 강력한 음색은 영혼 깊숙한 곳까지 파고드는 신비스런 매력이 있었다. 뒤늦게 바이올린을 배우기도 하고, 별로 달가워하지 않는 두 아들에게 레슨을 강요하는가 하면, 멘델스존, 차이코프스키, 베토벤, 사라사테의 선율로 온 집안을 가득 채우기도 했다.

피아노와 바이올린뿐만 아니라 악기들은 저마다 독특한 음색으로 나를 사로잡았다. 사람의 숨결을 닮은 플루트의 음색에 빠져들기도 하고, 매혹적인 저음을 내는 첼로와 콘트라 베이스의 장중한 음색에 반하기도 했다. 한때는 기타의 다양한 주법을 익히느라 손끝에 굳은 살이 박힌 적도 있다.

그러나 언제부터인지 성악聲樂 쪽으로 관심이 쏠리기 시작했다. 사람의 성대를 통해 울려 나오는 아름다운 노래는 기악곡과는 또 다른 감동을 안겨주었다. 누구나 지니고 있으며, 언제 어디서나 간편하게 사용할 수 있고, 사용하기에 따라서 가장 아름답고 감동적이 소리를 낼 수 있는 악기, 그것은 바로 사람의 목소리임을 깨닫게 되었다.

조수미나 신영옥처럼 빼어난 목소리가 아니더라도 음성을 가다듬어 정성스럽게 부르는 노랫소리만큼 사람을 감동시키는 음악은 없는 것 같다. 백 마디의 말보다 아름다운 노래 한 곡이 사람의 마음을 감동시키는 경우가 종종 있다. 가끔 교회에서 경험하는 일인데, 목사님의 열정적인 설교보다 성가대의 은혜스런 찬양에 가슴이 뜨거워질 때가 있다. 남성 4중창단이 입을 모아 부르는 무반주 합창이나, 흑인 가수 마리안 앤더슨의 영혼을 울리는 목소리, 빈 소년 합창단의 맑고 청아한 목소리에는 저마다 독특한 매력과 감동이 있다.

세상의 많은 악기와 사람의 목소리를 비교해 본다. 아름다운 음악을 만들어 내는 기구를 악기라 한다면, 아름답고 감동적인 노래를 만들어 내는 사람의 목소리야 말로 가장 귀한 악기인 셈이다. 그러나 세상에는 별로 신통치 못한 목소리를 가진 사람들도 많다. 음의 높낮이를 구별 못하는 음치도 있고, 높은 음만 나오면 목소리가 기어들어가는 사람도 있다. 그러나 피아노나 바이올린을 닦고 조율하듯, 평범한 목소리도 본인의 노력에 따라 달라지는 것 같다.

얼마 전 오랜만에 여학교 동창을 만났다. 합창반에 속해 있었지만 그저 평범한 목소리를 가진 친구였다. 점심을 먹고 노래방에 가서 노래부를 기회가 있었는데, 예전과는 너무도 다른 그 친구의 아름다운 목소리에 놀라지 않을 수 없었다. 비결을 물어보니 그는 오랫동안 교회에서 성가대 활동을 해왔고, 문화센터의 가곡 교실에도 나가고, 집에서도 가족들과 자주 노래를 부른다는 것이었다. 평범한 목소리에 불과했던 친구의 목소리는 독창을 해도 손색이 없을 만큼 잘 다듬어져 있고, 성량도 아주 풍부했다.

사실 성악가들은 피아니스트나 바이올리니스트 이상으로 자신의 목소리를 아끼고 다듬는다. 목이 건조하지 않도록 물을 자주 마시고, 방안 습도를 조절하고, 외출에서 돌아오면 식염수 가글을 하고, 창문을 자주 열어 환기시키고, 술 담배는 물론 맵고 짠 음식을 피하는 등, 목 상태를 최상의 컨디션으로 유지하기 위해 항상 노력한다. 타고난 소질도 있겠지만 엄격한 자기 관리와 피나는 연습으로 발전에 발전을 거듭하여 훌륭한 성악가로 탄생한 것이다.

요즘 나는 지독한 목 감기를 앓고 있다. 며칠 동안 기침이 심하더니 목이 꽉 잠겨 소리가 나오질 않는다. 벌써 며칠째 벙어리 노릇을 하고 사는데 그 답답함은 이루 말할 수가 없다. 노래는커녕 말도 할 수가 없다. 엘리베이터에서 이웃을 만나면 웃음으로 인사를 대신하고, 교회에서 찬송가를 부를 때도 입만 달싹이며 립싱크를 한다. 무엇보다 전화 받는 일이 문제다. 전화벨이 울리면 걱정부터 앞선다. '여보세요…….' 하고 내 딴엔 간신히 소리를 내보지만 상대방은 알아듣질 못하고 '어, 잘못 걸렸네' 하며 뚝 끊어버린다.

목소리가 잠겨 있는 동안 많은 생각을 한다. 말을 할 수 있고 노래까지 부를 수 있다는 사실이 요즘처럼 고맙게 느껴진 적이 없다. 맑고 고운 음성을 타고나지 못한 것이 늘 불만이었는데 음치가 아닌 것 만도 다행 아닌가. 오히려 목소리를 가다듬는 일에 무심했던 지난 날들이 후회스럽다. 비록 좋은 목소리를 타고나진 못했다 할지라도 더 나빠지기 전에 닦고 조이는 노력을 게을리하지 말아야 할 것 같다. 세상에서 가장 귀한 내 악기를 위해…….

빨간색의 유혹

여름 바겐세일이 한창이던 무렵 백화점에 갔다. 오래 전부터 책을 넣어 가지고 다닐 큼직한 가방을 하나 사려고 벼르던 참이었다. 예상대로 백화점은 사람들로 붐볐다. 일층 핸드백 매장에는 색깔과 모양이 다양한 가방들이 오밀조밀 진열되어 있었다. 검정 가죽에 금장식이 달린 핸드백도 멋스러웠고, 갈색 통가죽으로 만든 큼직한 가방도 쓸모 있어 보였다. 그러나 한쪽 구석에 얌전히 놓여있는 핸드백 하나를 발견한 순간, 눈길이 멎어버렸다. 주황빛이 감도는 빨간색 가방이었다. 크기도 알맞고 장식이며 끈 모양이며 나무랄 곳이 없었다. 단지 색깔이 너무 곱고 화사하다는 것이 흠이라면 흠이었다. 이리저리 만지작거리고 있는데 여점원이 다가왔다.

"아주 독특한 색이지요? 가죽도 여간 부드럽지 않아요."

영리한 아가씨는 어느새 내 속마음을 알아 챈 듯 가방 속까지 열어 보이며 친절을 베풀었다. 아가씨의 설명이 아니더라도 나는 이미 매혹적이 색깔에 마음을 빼앗기고 있었다. 그러나 젊었을 때도 들지 않던 빨간 가방을 이 나이에 어떻게 드나, 아무래도 자신이 없었다. 가격도 만만치 않아 선뜻 결정할 일은 아니었다. 좀 더 생각해 보겠다 말하고 매장을 나왔다.

위층으로 올라갔다. 에스컬레이터 옆에서 사람들이 아우성을 치고 있었다. 반짝 세일이라는데 사람들이 잔뜩 몰려 있어 무엇을 파는 지조차 알 수가 없었다. 삼층도 시끄럽기는 매한가지였다. 한 젊은이가 쉰 듯한 목소리로 여름 잠옷이 반값이라고 연신 외쳐대고 있었다.

맨 위층 이불매장에도 파격 세일이란 큼직한 글씨와 함께 여름 이불과 침대 커버들이 잔뜩 쌓여 있었다. 이불을 활짝 펼쳐보는 사람, 크기를 재보는 사람, 밑바닥까지 뒤적거리는 사람, 그곳 역시 시장 바닥 같았다. 그러나 여름 잠옷도 삼베 이불도 내 안중엔 없었다. 이불들을 건성 들춰보며 머릿속으로는 다른 생각만 하고 있었다.

'빨간색은 너무 화려하지? 역시 검은색이 무난하겠지…….'

'그래, 다시 한번 내려가 보자 다시 보면 생각이 달라질 수도 있으니까…….'

점원은 반색을 하며 나를 맞았다. 내가 다시 올 줄 알고 있었다는 듯 의미있는 미소를 보이며 얼른 핸드백을 꺼내 놓았다. 산뜻한 색깔이 볼수록 매력적이었다.

"한번 들어보세요, 절대 야하지 않아요. 아주 세련된 색깔이예요."

결국 나는 빨간 핸드백을 들고 백화점은 나섰다.

요즘 이상하게도 빨간색에 마음이 끌린다. 강렬한 빨간색을 보면 다른 색들은 모두 초라하고 시시해 보인다. 얼마 전 친구들과

남대문 시장에 갔을 때도 그랬다. 도깨비시장을 구석구석 돌며 온갖 진기한 물건들을 실컷 구경하고, 여름 샌달과 원피스를 하나씩 샀다. 시장을 빠져나오면서 니트 옷 가게 앞을 지나는데 우리의 눈길을 끄는 옷 하나가 있었다. 빨간 바탕에 흰색으로 테를 두른 단정하면서도 화려한 가디간이었다.

가게 안으로 들어가 입어 보기로 했다. 그러나 막상 가디간을 입고 거울을 본 친구들은 자신이 없다며 도로 벗어 놓았다. 어울리는 사람은 나 밖에 없다며 모두들 부추기는 바람에 또 한번 빨간색의 유혹에 넘어가고 말았다. 집에 돌아와 사온 물건들을 펼쳐놓고 보니 웃음이 터져 나왔다. 빨간 샌달, 빨간 꽃무늬 원피스, 빨간 가디간, 빨강 일색이었다.

교사라는 직업 때문이었는지 내성적인 성격 때문이었는지 젊은 시절 나는 빨간색을 외면하고 살았다. 어디서나 금방 눈에 띄는 빨간색의 강렬함이 내겐 너무도 끔찍했다. 빨간 색깔로 표현되는 사랑이니 정열이니 하는 단어들조차 낯 뜨겁게 느껴졌다. 유난히 빨간 옷을 즐겨 입던 동료 여교사의 변덕스럽고 괴팍한 성격 때문이었는지, 빨간 옷을 입은 사람들에게 이상한 선입견까지 가지고 있었다. 어쩌면 이 모든 부정적인 생각들은 빨간색이 지닌 화려함과 당당함을 감당하기 힘들었던 내 소극적인 성격에서 비롯되었을지도 모른다. 이렇게 의식적으로 멀리했던 빨간 옷을 어쩌다 한번 입어 본 적이 있다.

대학을 졸업하던 해 이른 봄에 사촌언니가 결혼을 하게 되었다. 언니의 결혼식 날 입을 옷을 맞추러 갔는데, 양장점 주인은 굳이 빨간색 반코트와 체크 스커트를 권하는 것이었다. 결혼식 날 남들은 예쁘다고 찬사를 던졌지만 나는 어디로 숨어버리고 싶었다. 도무지 그것은 내 옷이 아니었다. 마치 남의 옷을 빌려 입은 것처럼 어색하고 불편했다. 그토록 부담스럽고 신경 쓰이던 옷, 빨간 반코트는 언니의 결혼식 이후 늘 옷장 속에 걸려 있었다.

빨간 색이 잘 어울리던 할머니가 있었다. 미국에 살 때 이웃에 살던 그리스계 노인이었다. 처음 엘리베이터 안에서 그분과 마주쳤을 때 나는 무척 당황했다. 새빨간 립스틱에 빨간 매니큐어, 빨간 꽃무늬의 화려한 코트를 걸친 할머니의 모습이 너무도 눈에 설었다. 솔직히 천박하다는 생각마저 들었다.

오랫동안 한국적인 사고방식에 젖어 있던 나는 어르신들은 수수하고 점잖게 차려 입어야 한다는 고정관념을 가지고 있었다. 그러나 그분과 가까이 지내면서 내 고정관념은 여지없이 깨져 버렸다. 젊어서 식당을 하셨다는 할머니는 틈틈이 근처에 사는 딸네 아이들을 돌봐 주시는가 하면, 손수 뜨개질도 하고 재봉틀을 돌려 커튼도 만들고 옷도 만들어 입으시는 알뜰하고 센스있는 어른이셨다.

겨울이면 할머니는 빨간 코트를 즐겨 입으셨다. 화사한 빨강과 하얀 피부 그리고 반짝이는 은빛 머리칼의 조화는 너무도 완벽한 아름다움이었다. 젊은이의 색이라 여겼던 빨강이 노인에게도 잘 어울린다는 사실을 나는 그때 처음 알았다. 항상 흐트러짐 없는 단정하면서도 멋스러운 할머니를 가까이하면서 내 생각은 점차 바뀌어 갔다. 자연스럽고 수수한 모습으로 늙어가는 것도 좋겠지만 부지런히 자기를 가꾸며 적극적으로 노년을 보내는 할머니의 삶도 결코 나쁘지 않아 보였다. 아니 본받아야 할 노년의 모습이라 생각되었다.

그러나 나는 그 어르신처럼 빨간색이 썩 어울리는 사람은 못 된다. 그분처럼 피부가 깨끗하지도 못하고 가꿀 줄도 모른다. 그렇다고 남들의 시선을 아랑곳하지 않을 만큼 대담한 성격도 못 된다. 그러면서도 자꾸 빨간 색에 끌리는 것은 무슨 까닭일까. 친구들은 나이 들면 고운 색이 좋아지는 법이라며 늙어가는 증거라고 말한다. 그러나 나이 탓이라 생각하고 싶진 않다. 그 동안 많이 달라진 성격 탓이라 믿고 싶다. 그토록 수줍고 내성적이던 내가 조금은 적극적인 성격으로 바뀐 것도 빨간색을 좋아하게 된 것과 무관하지 않은 것 같다. 빨간 옷을 멋지게 차려 입은 사람을 보면 여간 부럽지 않다. 자신의 삶을 적극적으로 살아가는 사람처럼 당당해 보인다.

문득 옷장 속에 늘 걸려있던 빨간 반코트가 입고 싶다.

빨간 립스틱을 바르고…….

화려한 조연, 안개꽃

　사월을 눈 앞에 두고 꽃샘바람이 심술을 부린다. 순순히 물러서고 싶지 않은 동장군의 마지막 안간힘 같다. 외출에서 돌아오는 길에 동네 꽃집에 들렀다. 꽃을 사러 갈 적마다 오래 전 어느 여성잡지에서 읽었던 구절이 생각난다.

　'보석반지 하나를 단념하면 평생 집안에 꽃을 꽂을 수 있다'

　쌀쌀한 바깥 날씨와 달리 화원 안은 봄이 한창이다. 장미, 카네이션, 프리지어가 화사한 색과 향기를 자랑하는가 하면 카라, 아이리스, 튤립이 우아한 자태를 뽐내고 있다. 봉긋하게 꽃망울이 맺힌 개나리와 버들가지도 반갑고, 보랏빛 농담이 매혹적인 스타치스도 소담스럽다. 들판에서 막 꺾어 온 듯 싱싱한 안개꽃이 오늘따라 더욱 환상적이다.

　문득 이해인님의 시가 떠오른다.

　　혼자서는
　　웃는 것도 부끄러운

한 점 안개꽃

한데 어우러져야

비로소 빛이 되고

소리가 되는가……

안개꽃, 그 여리고 가냘픈 꽃을 보고 있으면 수많은 이미지가 떠오른다. 순결한 여인, 꿈 같은 사랑, 봄날의 아지랑이, 새벽 안개, 신비, 풍요, 수줍음, 겸손…… 신부의 하얀 웨딩드레스와 성모상 앞에서 기도하는 여인의 정결한 미사보가 떠오르고, 수많은 별무리가 모여있는 은하수가 연상되기도 한다. 은은한 파스텔 톤의 수채화, 하얀 물감을 마구 흩뿌려 놓은 환상적인 추상화 같기도 하다.

안개꽃은 실내에 흐르는 잔잔한 배경음악 같다. 나지막한 첼로음 같고, 여리고 부드러운 '허밍'으로 솔리스트를 받쳐주는 합창단의 백 코러스 같다. 항아리에 듬뿍 꽂혀있는 안개꽃에서 아련한 고향의 추억과 함께 기억 저편으로 사라진 첫사랑의 그림자를 본다. 장미, 카네이션, 튤립이 활달하고 개성있는 현대미인이라면, 안개꽃은 착하고 순박한 시골처녀에 비길 만하다.

한 송이 꽃만 놓고 보면 안개꽃은 초라하기 그지없다. 아니 꽃이라 부를 수도 없는 작고 보잘것없는 들풀 같은 존재다. 실낱처럼 가녀린 꽃대에서 이리저리 피어난 자잘한 꽃들이 무리를 지어 꿈결 같은 안개의 형상을 이룬다. 결코 화려하지는 않지만 그렇다고 초라하거나 천박하지도 않다. 공들여 다듬거나 매만질 필요도 없이 아무렇게나 듬뿍 꽂아도 좋은 수수하고 소박한 꽃이다.

때로 안개꽃은 축복의 자리에서 주인공의 두근거리는 가슴과 함께 한다. 장미나 아이리스와 어울려 순백의 신부新婦 품에서 파르르 꽃잎을 떨기도 하고, 한 송이 카네이션과 함께 어버이와 스승님에게 사랑과 감사의 마음을 전하기도 한다.

안개꽃은 자애로운 어머니를 닮았다. 사랑스런 아기를 품에 안은 어머니처럼 따스한 미소와 넉넉한 마음을 지녔다. 너그럽고 인자한 품성으로 어느 꽃이든 포근히 감싸 안는다. 붉은 장미의 열정과 튤립의 자만自慢을 사랑으로 다독여 주고, 연분홍 카네이션의 수수함에 신비를 더한다. 아무리 초라하고 볼품없는 꽃다발일지라도 한 묶음의 안개꽃이 더해지면 몰라보게 변신한다. 안개 속에 살포시 얼굴을 묻은 꽃송이들은 하얀 베일로 얼굴을 가린 수줍은 신부의 모습이다.

안개꽃은 친구들을 좋아한다. 혼자 있기보다는 남과 어울리길 좋아하고, 묵묵히 그들을 감싸주는 우애가 많은 꽃이다. 꽃 속에 얼굴을 묻어본다. 자잘한 꽃잎의 감촉과 함께 싱그러운 풀 향기가 코끝에 스민다. 작은 소곤거림이 들리는 듯 하다. 하얀 별들의 속삭임이다. 스르르 잠이 올 것만 같다.

꾸미지 않은 수수함에 정이 가고, 바라만 보아도 마음이 푸근해지는 꽃,

친구들과 어울려 그들의 아름다움을 한껏 돋보이게 해주는,

안개꽃은 화려한 조연이다.

결혼 행진곡

꿈을 꾼 것만 같다. 딸이 시집을 갔다는 사실이 한동안 실감이 나지 않았다. 텅 빈 그의 방, 헐렁한 옷장, 무엇보다 온종일 재잘대던 활기찬 그의 목소리와 밝은 웃음이 사라진 집안의 적막함이 그가 떠났음을 문득문득 실감케 했다. 쿵쿵거리며 계단을 뛰어오르던 발자국 소리가 내 집 앞을 지나쳐 버릴 때의 그 허망함, 체리 토마토를 고르던 손이 시들해 지고, 꼬막 껍질을 까던 손에 힘이 빠졌다.

지난 가을, 딸아이가 결혼하고 싶은 사람이라며 한 청년을 집으로 데리고 왔을 때 남편과 나는 어안이 벙벙했다. 사 남매 중 큰 아들이고 신문기자라 했다. 큰며느리가 겪는 애로점들을 일일이 열거했고, 출퇴근 시간이 따로 없이 바쁘다는 기자라는 직업의 단점도 꼬집어 냈다. 대학을 갓 졸업한 딸과 그 청년의 나이차를 강조하며, 나이차가 가져오는 사고방식의 차이도 환기시켰다.

첫아이에 대한 특별한 기대와 사랑 때문이었는지, 곧 헤어지게 될지도 모른다는 불안감 때문이었는지, 우리는 딸 아이의 마음을 돌려보려 무던히 애를 썼다. 두 아들보다 유난히 딸을 편애하며 그의 영특함을 자랑스러워했던 남편의 반대는 더욱 극심했다. 불똥을 엉뚱한 데로 튀어, 나는 딸자식 마음 하나 헤아리지 못한 미욱한 엄마라는 핀잔을 감수해야 했다.

그러나 식구들 눈치를 보아가며 밤 늦게까지 긴 통화를 나누는 모양새로 보아 딸아이의 마음을 돌리기에는 너무 늦어 버린 것 같았다. 서로 눈길을 피하며 서먹하게 지내던 우리 모녀가 모처럼 커피를 함께 하던 어느 오후, 나는 조심스럽게 딸에게 물었다.

"그 사람은 평소에 네가 좋아하던 스타일도 아니고, 별로 자랑할 것도 없는 평범한 사람인데 어떻게 결혼까지 할 결심을 했니? 네 감정이 일시적인 것은 아닐까?"

그때 딸 아이는 참으로 묘한 대답을 했다.

"나도 참 이상해요, 그런데 엄마, 나는 그 사람과 함께 있으면 너무 편해요. 아빠 옆에 있는 것처럼. 그 사람은 아빠를 닮았어요."

마지막 한 마디가 내 마음을 크게 흔들었다. 세상 사람들이 따지는 어떤 조건보다 아버지와 닮은 사람이라 마음이 끌렸다는 순진한 아이, 순간 남편이 너무도 부러웠다. 몇 년 후 내 아들들이 '엄마와 꼭 닮아서 이 여자와 결혼하고 싶다'며 며느리 감을 데려온다면 나는 반대할 수 있을까, 아니 그런 말을 들을 수나 있을까. 자신이 없었다. 더 이상 이 결혼을 반대할 용기가 없어졌다. 그러나 남편은 여전히 요지부동, 바위 덩어리 같은 남편을 틈틈이 설득했다.

"당신은 딸에게 참 좋은 아빠였나 봐요. 아빠 같은 사람을 신랑 감으로 골랐다니, 당신 참 좋겠어요."

"외아들보다는 여러 형제가 더 든든하지 않겠어요? 요즘 젊은이들에게 제일 인기있는 직장이 신문사와 방송국이래요. 그것도 국내 최고인 J일보 기자라는데…….."

"어린 것 그만 괴롭히고 허락해 줍시다. 사람은 어차피 자기가 선택한 삶을 살기 마련 아니겠어요? 다 제 운명이고 팔자인걸…… 똑똑한 아이니 믿어 보자구요."

자식 이기는 부모 없다더니 남편의 고집도 결국 수그러졌다. 보내기로 결정한 이상, 하루라도 빨리 하고 싶다는 사돈집의 뜻을 따르기로 했다. 서둘러 날을 잡고 예식장을 정하고 혼수를 장만하고, 청첩장을 돌리고…….

결혼식 날은 아침부터 잔뜩 흐렸다. 하늘도 우리의 섭섭한 마음을 아는 듯 오전 내내 찌푸리고 있었다. 어깨를 시원하게 드러낸 웨딩드레스는 딸아이의 늘씬한 몸매를 더욱 돋보이게 했다. 레이스와 리본으로 장식한 순백의 드레스를 입은 딸은 하늘의 천사가 무색할 만큼 아름다운 신부였다.

"아빠, 결혼 행진곡 다 연주할 때까지 천천히 걸어야 해요"

"허리 펴시고 당당하게, 제 드레스 밟지 마시고…….."

수 차례 집에서 연습한 대로 아버지와 딸은 천천히 여유있게 발을 잘 맞추어 입장했다. 혼인 서약을 하고, 간단하면서도 깊은 의미가 담긴 주례사를 듣고, 마지막으로 축가를 연주할 차례가 되었다. 피아노, 바이올린, 첼로가 어우러진 아름다운 선율이 흘러나오기 시작했다.

그 순간이었다. 딸의 커다란 눈에서 눈물이 쏟아지기 시작한 것은. 동시에 남편의 눈에서도 물기가 어리는 것을 나는 보았다. 나는 얼른 눈길을 돌렸다. 여기저기 눈물을 닦는 하객들의 모습이 눈에 띄었다. 식이 끝난 후 딸의 눈물 자국을 닦아주는 남편의 뒷모습을 지켜보면서, 이 경사스러운 날 온 식구가 눈물을 흘리는 추태를 보이지 않으려, 어금니를 꽉 깨물었다.

아버지처럼 편안한 사람을 신랑으로 맞은 딸은 멀리 목동의 자그마한 아파트에 신혼살림을 차렸다. 생각할수록 딸은 좋은 사람을 만난 것 같다. 여자로서 꽤 힘든 직업을 가진 딸에게 착하고 자상한 사위는 최고의 남편이었다.

모처럼 친정 나들이 온 딸 내외에게 남편은 시치미를 떼고 어른 노릇을 하고 있다.

"어느새 세월이 이렇게 흘렀구나. 나를 따라 남자 목욕탕을 가겠다고 떼를 쓰던 것이 벌써 시집을 갔으니…… 세월이 얼마나 빠른지, 쓸데없는 일로 허비할 시간이 없어, 서로 위해주며 잘 살아야 한다."

서로 아끼고 사랑하며 열심히 살아가는 그들을 지켜보는 것,

늘그막에 이보다 더 큰 기쁨이 어디 또 있을까.

나의 빈 자리

　환절기마다 감기는 나를 비껴가는 법이 없다. 해가 갈수록 증세는 더욱 심해 이제는 아무리 약을 먹고 주사를 맞아도 앓을 만큼 다 앓아야 물러선다. 주일 아침까지도 몸은 개운치 않았다. 머리가 어질어질하고 다리는 후들거려 집 근처에 있는 교회가 천리만큼이나 멀게 느껴졌다. 기운도 없는데다 목소리까지 꽉 잠겨 성가대에는 도저히 참여할 수 없어 예배만 드리기로 했다.

　뒷자리에 앉아 예배를 드리는 동안 내 눈은 연신 성가대 쪽을 향하고 있었다. 맨 앞줄 피아노 쪽에서 세 번째, 주일 예배 때 마다 내가 앉아 있던 그 자리로 눈길이 쏠렸다. 내 자리는 표나지 않게 잘 메워져 아무도 나의 부재를 알아차리지 못할 것 같았다. 예배 순서에 따라 입례송과 기도송이 이어지고 드디어 성가대 차례가 되었다. 나도 모르게 긴장되어 숨을 죽였다. 하늘색 가운을 단정히 차려 입은 성가대원들이 사뿐히 자리에서 일어나 악보를 펼쳐 든다. 지휘자의 사인에 따라 피아노 전주가 흘러나오고 곧 이어 귀에 익은 찬송이 울려 퍼졌다.

'복 있는 사람은

악한 일을 행치 않으며

죄인의 길에 서지도 아니하며……'

오늘따라 성가대의 찬양은 너무 아름답고 은혜스러웠다. 소프라노, 알토, 테너, 베이스의 균형 잡힌 화음이 곱게 울려 퍼진다. 처음에는 잔잔한 시냇물 같았다가 점차 휘몰아치는 격랑으로 크라이막스를 향하고 있다.

'물가에 심은 나무가

시절을 쫓아 열매 맺으며

그 잎사귀가 시들지 아니하며……'

정성을 다하여 찬송 드리는 그들의 모습을 바라보며 나는 묘한 감정에 사로잡혔다. 내가 없다고 해서 달라진 것은 없었다. 아니 나 없이도 그들은 더 잘하고 있었다. 참으로 고맙고 다행스러운 일이 아닐 수 없다. 그러나 뒤이어 나를 엄습하는 것은 엉뚱하게도 심한 허탈감이었다. 몸이 허약해지면 마음까지 약해지는걸까. 나는 먼 훗날 내가 없는 성가대의 모습을 그려보고 있었다. 언젠가 내가 부득이 저 자리를 떠나야 하는 날, 감기로 한 주 동안만 비우는 것이 아니라 아주 서지 못하게 되는, 그날을 상상하고 있었던 것이다.

천년만년 성가대에 설 수는 없는 일, 언젠가는 나도 성가대를 그만 두어야 할 날이 올 것이다. 처음 얼마 동안은 나의 빈 자리를 애석해하는 사람도 있을지 모른다. 그러나 그들은 이내 나의 빈자리에 익숙해질 것이고, 점차 나 없이도 잘 해 나가게 될 것이다. 시간이 지나면 내 자리는 다른 사람으로 메워질 것이고, 더 많은 세월이 흐르면 내가 저 자리에 있었다는 사실조차 까맣게 잊혀지게 될 것이다. 사촌 언니처럼…….

얼마 전 사촌형부가 새사람을 맞아들였단다. 언니가 세상을 떠난 지 4년이나 되었으니 아무도 형부의 재혼을 탓할 사람은 없다. 전혀 예상하지 않았던 일도 아니건만 그 소식을 전해 듣는 순간 기분이 묘했다. 잠시 섭섭한 마음도 들었다. 그러나 나는 이내 이성을 되찾았다. 형부의 결혼, 내가 미리 알았다 해도 달라진 것은 없을 것이다. 결혼식에 참석할까 말까 잠시 고민했겠지만, 결국 나는 참석하지 않는 편을 택했을 것이다. 그 어색한 자리에 나를 초대하지 않은 형부와 조카들의 세심한 배려가 오히려 고마웠다.

세 아들의 자랑스런 어미이자 사랑 받는 아내였던 언니는 늘 그 가정의 중심에 있었다. 언니의 자리는 영원할 것 같았고 온갖 영광과 희망이 보장된 자리처럼 보였다. 소리 없이 숨어든 병마를 뒤늦게 발견하고 힘겨운 투병생활을 하던 언니가 끝내 세상을 떠났을 때, 그 빈 자리는 너무도 컸다. 이 세상 무엇으로도 그 자리를 메울 수 없을 것 같았다. 그러나 흐르는 시간은 아픈 상처를 어루만져 주었고, 언니 없는 생활에 점점 길들여졌다. 언니 없이는 못살 것 같던 형부마저 점점 평온을 되찾아 갔고, 사람들의 머릿속에 언니의 존재는 점점 희미해져 갔다. 이제 새사람까지 들어왔다니 그 가정에서 언니의 자리는 영영 사라진 셈이다.

언니처럼 세상을 떠나면서 자리를 비우는 경우도 있지만, 살아 있으면서 자리를 내줘야 하는 경우도 많다. 건강상의 이유로 물러나기도 하고, 후진들을 위해 자리를 비켜주는 경우도 있다. 자리에서 물러난 사람들 중에는 새로운 환경에 적응하지 못해 방황하는 사람도 많다. 극심한 좌절감이나 울화를 삭이지 못해 병을 얻는 사람도 있다. 긴장이 풀린 탓인지 한꺼번에 늙어버리는 사람도 있다. 직장 일에만 몰두했던 사람들 중에는 어울릴 사람이 없어 폐쇄적인 생활을 하는 사람도 있고, 심한 경우에는 술이나 오락에 빠지기도 한다.

남편이 퇴직을 한 지도 어언 일년이 넘었다. 수십 년 몸담고 있던 자리에서 물러났을 당시에는 은근히 걱정도 되었다. 그러나 그는 미련 없이 홀홀 털고 일어섰다. 남아도는 많은 시간들을 잘 운용하며 빠르게 적응해 갔다. 등산도 다니고 바둑도 두고 붓글씨도 쓰고, 테니스와 골프를 즐기는 등 남편의 스케줄은 일주일 단위로 빈틈없이 짜여있다. 권위적이던 옛모습은 간데없고, 아주 오래 전부터 그렇게 살아온 사람처럼 여유 작작하게 새 생활을 즐기고 있다.

내가 없는 성가대의 빈자리를 바라보는 동안 마음 속에는 또 다른 생각 하나가 고개를 들었다. 지금껏 내가 차지하고 있던 자리들이 너무도 소중하게 느껴졌다. 딸로서 아내로서 어미로서 할미로서 혹은 성가대원으로서, 내가 차지하고 있는 자리 하나하나가 더없이 귀하게 느껴졌다. 그러나 언젠가는 나도 자리를 비워줘야 할 때가 올 테니 서서히 마음의 준비를 해 두어야 할 것 같다.

가끔씩 호되게 감기를 앓는 것도 그때를 미리 준비시키려는 하나님의 뜻인지 모른다. 그러나 자리를 차지하고 있는 동안은 자리에 걸 맞는 사람이 되도록 최선을 다하고 싶다.

할머니가 되었어요

'아, 아, 잊으랴 어찌 우리 이 날을 ……'

6·25 기념일인 오늘, 우리 집에 작고 앙증맞은 새 식구가 생겼다. 어젯밤까지 배가 남산만 하던 딸이 오늘 아침 3.6Kg의 건강한 사내 아이를 낳은 것이다. 죽음 같은 산고를 치른 어미와 세상 밖으로 나오느라 힘들었던 아기, 두 사람은 지금 깊은 잠에 빠져있다. 곤히 잠든 두 사람의 모습 위에 어떤 장면이 겹쳐진다. 오래 전, 첫 딸을 낳고 병실에 누워있던 나와 아기의 모습이다. 천사처럼 곱고 사랑스러웠던 내 아기, 바로 그 아기가 오늘 엄마가 된 것이다.

어젯밤 자정이 넘어 산기産氣가 있는 딸을 데리고 병원으로 갔다. 초산이라 시간이 걸릴 거라며 산모만 두고 돌아가라는 분만실 간호사의 말을 듣고 집에 와 잠시 눈을 붙이고 온 사이, 딸은 죽음 같은 산고産苦를 혼자 치러낸 것이다. 병원에 당도하여 분만실로 올라가니 어젯밤부터 대기실에서 밤을 지샌 신서방이 달려와 기쁜 소식을 전한다.

"조금 전에 낳았는데 아들이래요. 참으려 해도 자꾸 웃음이 나와요……."

수면부족으로 꺼칠한 신서방은 평소의 침착함을 잃은 채 기뻐 어쩔 줄 모른다. 첫 아들을 얻은 기쁨은 충분히 이해하지만 영 다른 사람 같아 웃음이 나온다. 연신 벙긋거리며 신서방이 산모와 아기의 소식을 전한다. 산모는 아직 분만실에서 나오지 않았고, 아기는 바로 신생아실로 데려갔단다.

신생아실 앞에는 '외인 출입금지'라 써 붙여 있어, 창을 통해 안을 드려다 볼 수 있었다. 유리창 너머로 아늑하고 쾌적한 신생아실이 보였다. 벽 쪽으로 아기 침대들이 죽 놓여있는데, 그 중 네 침대에 갓 태어난 아기들이 누워 있었다. 의사 선생님들과 간호사 몇몇이 침대 주위에서 아기들을 관찰하며 무엇인가 열심히 기록하고 있다. 한쪽 구석에서는 아주머니 두 분이 민첩한 손길로 아기들의 젖병을 소독하고 기저귀를 정리하는 등 바쁘게 움직이고 있다. 갓 태어난 생명들은 새로운 세상이 낯설어서인지 몸을 뒤틀고 팔을 휘젓고, 심지어 우는 아기도 있다.

'어느 아기가 우리 손주일까'

유리창 앞에서 기웃거리는 나를 보고 간호사 한 분이 나오신다. 아기 엄마 이름을 말하며 아기가 보고 싶어 왔다고 하자, 들여보내 줄 수는 없고 멀리서 보라며 맨 오른 쪽 침대의 아기를 가리켰다. 네 아기들 중 유독 다리를 쭉쭉 뻗어 올리며 힘을 과시하고 있는 그 아기가 바로 내 딸이 낳은 내 손주였다.

참으로 신비스러운 일이다. 팔다리를 휘 젓고 있는 저 생명, 어젯밤 까지도 딸의 뱃속에 웅크리고 있던 생명이 이제 세상 밖으로 나와 내 눈앞에서 꼬물거리고 있다. 비실비실 웃음이 새어 나온다. 넋을 잃고 바라보는 내게 간호사가 말했다. 신생아 검사가 끝나는 대로 데려갈 테니 입원실에 가서 기다리란다. 갓 태어난 어린것에게 무슨 검사할 것이 그리도 많다는 건지…… 발길이 떨어지지 않았다. 아직 상면相面도 못한 어린 생명이 어느새 내 발목을 잡고 있었다. 어떻게 생겼을까. 건강한가, 잘못된 곳은 없겠지, 아기 엄마는……. 아, 나는 아기 생각에 빠져 아기 어미를 깜빡 잊고 있었다.

아기 엄마는 아직 분만실에 있었다. 분만실에는 산모 외에 아무도 들어갈 수 없는 것이 이 병원의 규칙이기 때문에 모든 산모들은 진통에서 출산까지, 긴 고통의 시간을 혼자 견뎌내야 한다. 어젯밤 분만실로 들어간 딸은 장장 열 두 시간이 지났건만 나오질 않는다. 혼자서 얼마나 힘들었을까, 손이라도 잡아 줬어야 했는데, 왜 여태 안 나올까, 무슨 일이 있나…… 걱정을 하며 초조하게 기다리고 있는데 부수수한 모습의 산모가 간호사의 부축을 받으며 입원실로 들어섰다.

"엄마…… 나 정말…… 죽는 줄 알았어……."

말끝을 흐리는 딸의 눈에 눈물이 가득 고였다. 내 눈에도 눈물이 고였다. 푸석푸석 부은 딸의 얼굴이 밤새 겪은 고통의 시간을 말해 주고 있었다. 신서방이 붉은 장미 한 다발을 딸의 가슴에 안겨준다. 딸은 출산의 고통도 잠시 잊고 함빡 웃음을 웃는다. 곧 이어 가져온 첫 국밥을 단숨에 비우고 흐르는 땀을 닦고 있는 딸, 화장기 없는 얼굴에 질끈 묶은 머리, 헐렁한 환자복을 입고 있지만 그 어느 때보다 아름답다. 늘 아이처럼 보이던 딸이 어느새 성숙한 여인이 되어 있었다.

잠시 후 간호사의 팔에 안겨 아기가 왔다. 강보에 싸여 있는 아기는 빨간 얼굴에 눈을 꼭 감고 있다. 넙적한 코에 눈두덩은 수북하고, 결코 예쁜 얼굴은 아니었다. 그러나 웃음이 나오도록 귀엽고 자랑스러운 내 손주였다.

"엄마, 아기 얼굴이 왜 이래, 너무 이상하게 생겼어……."

아기를 받아 안은 철없는 어미가 소리쳤다. 그러나 아기를 바라보는 눈길은 사랑으로 가득하다. 아기는 어미의 품에서 아빠의 품으로 옮겨졌다. 어설프게 아기를 안고 있는 아기 아빠가 사랑스러운 눈빛으로 아기의 얼굴을 찬찬히 드려다 보며 연신 벙싯거리고 있다.

드디어 내 차례, 작고 연약한 생명을 가슴에 꼭 안아보았다. 따스했다. 새근거리는 고른 숨결, 그리고 아기 냄새, 실로 오랜만에 맡아보는 아기 냄새였다. 어둡고 아늑한 자궁 속에서 넓은 세상으로 첫 발을 내디딘 귀한 생명, 가슴 밑바닥으로부터 뜨거운 것이 솟구쳤다. 눈시울이 뜨거워졌다. 참으로 경이로운 생명의 신비에 온몸이 떨려왔다.

포대기를 살짝 들추고 아기의 발을 만져 보았다. 한없이 보드럽다. 세상에서 이보다 더 보드러운 것을 나는 본 적이 없다. 손도 꺼내 보았다. 꼭 움켜쥐고 있는 작은 주먹을 펴보았다. 작지만 길쭉길쭉한 손가락이 피아노를 잘 칠 거 같다. 영양이 좋아서인지 아기의 손톱은 잘 손질한 멋쟁이 것처럼 길고 뾰족하다. 엄마 뱃속에 미용

사가 있었던가 보다. 작고 앙증맞은 스무 개의 손가락 발가락은 정교한 예술품이다. 기저귀를 들추었다. 있을 것은 다 있었다. 완벽했다. 완벽한 아기를 주신 하나님께 엎드려 감사드리고 싶었다.

한더위를 살짝 피해, 그것도 잊어버릴 염려가 없는 특별한 날을 골라 이 세상에 온 어린 생명은 이 사람 저 사람 품으로 옮겨 다니면서도 계속 자고 있다. 엄마 뱃속에서 세상 밖으로 나오는 일이 많이 힘들었던 모양이다.

이제 나는 할머니다. 늙은이가 되었다는 뜻이건만 조금도 섭섭하지 않다. 섭섭하기는커녕 흐뭇하기만 하다. 인생의 마지막 호칭인 할머니라 불리는 게 무에 그리 기쁜 일이라고 이렇게 비실비실 웃음이 나오는지 모르겠다. 문득 신의 오묘한 섭리가 느껴진다. 늙어가는 것을 두려워하지 말라고, 속상해 하지 말라고, 하나님은 인생 마디마디에 이런 숨막히는 기쁨의 순간들을 마련해 두신 것이다.

오늘따라 하늘은 구름 한 점 없이 맑고 푸르다. 엊그제 내린 비가 공중의 먼지를 다 씻어가 그렇다지만, 나는 하늘이 우리 손주의 탄생을 축복하는 것이라 믿고 싶다. 엎드려 감사드리고 싶다. 누구라도 붙잡고 소리쳐 자랑하고 싶다.

"내가 할머니 됐어요, 손주를 얻었다구요."

빵집 對 베이컬리

서울 속 산촌이던 우리 동네가 요즘 달라져 간다. 시골마을처럼 아늑하고 한적하던 정릉골이 시끌벅적한 서울의 일부로 변해가는 것이다. 동네에 대형 아파트 단지가 들어서면서 비롯된 일이다.

2년여에 걸친 공사가 마무리되어 입주자들이 속속 이사를 오면서부터, 아니 그 몇 달 전부터 동네가 조금씩 달라지기 시작했다. 오랫동안 비어있던 상가들은 새 주인은 찾았고, 기존의 상점들도 하나 둘 새 단장을 시작했다.

동네 어르신들의 사랑방 '동양 부동산'은 큼직한 간판으로 바꿔 달았고, 그 옆 '은성 지물포'도 시원스럽게 내부구조를 고쳤다. 정류장 앞 '세화약국'은 며칠 간의 공사 끝에 깔끔한 모습이 됐고, 아줌마들 집합소인 '진 미용실'은 칙칙한 커튼을 걷어내고 세련된 인테리어와 '진 헤어 뉴스'라는 새 이름으로 놀랍게 변신했다.

아파트 진입로에는 입주를 환영하는 현수막들이 줄줄이 걸려 있고, 거리를 왕래하는 차량들도 부쩍 많아졌다. 무엇보다 눈길을 끄는 것은 새로 문을 연 멋진 빵집이다. 본래 이곳은 몸집이 넉넉한 아주머니가 경영하던 약국이었는데, 어느 날 셔터 위에 '내부수리 중'이라는 안내문을 붙여놓더니 대대적인 공사를 시작했다. 처음에는 건너편 세화약국처럼 인테리어를 바꾸는 줄 알았다. 그러나 며칠 밤낮을 뚝딱거린 끝에 태어난 것은 뜻밖에도 '빵집'이었다. 약국이 빵집으로, 약사 아주머니가 빵집 사장님으로 변신한 것이다. 재벌 기업이 직영하는 '베이커리'답게 빵집은 개업도 하기 전부터 대형 프랑카드를 내걸고 전단지를 뿌리며 대대적인 광고를 했다.

잔뜩 긴장한 것은 맞은 편에 있는 '영국 빵집'이었다. 빵집은 큰길에서 산동네로 올라가는 모퉁이에 있어 장사 몫이 아주 좋은 곳이었다. 게다가 동네에 빵집이 하나뿐이라 독무대나 다름없었다. 그러나 영국 빵집은 크게 발전하지 못하고 겨우 현상 유지나 하는 정도였다. 동네 하나뿐인 목 좋은 빵집이 번창하지 못한 데는 이유가 있었다. 그들은 빵을 만들 줄만 알았지 '친절'과 '서비스'에는 도통 관심이 없었다. '고객을 왕처럼' 대하지는 못한다 해도 드나드는 손님에게 인사 정도는 할 수 있으련만, 어쩐 일인지 젊은 부부는 그 쉬운 일을 못했다. 같은 상가에서 장사하는 이웃들과 도 교분이 없다니, 좀 독특한 젊은이들이었다.

이제 길 건너에 최신 설비를 갖춘 대형 베이커리가 등장했으니 영국 빵집은 강력한 라이벌을 만난 셈이다. 베이커리가 대대적인 개업행사를 벌이던 날, 바짝 긴장한 영국 빵집도 덩달아 사은잔치를 벌였다. 베이커리가 고성능 스피커로 빠른 템포의 최신가요를 마구 틀어대는 바람에 온종일 동네가 시끄러웠다. 개업선물로 딸기잼을 한 병씩 주는가 하면, 케이크를 사는 사람에게는 고급 탁상

시계까지 선물하는 등, 파격적인 물량공세를 펼쳤다. 자본이 넉넉치 못한 영국 빵집에서도 계란 한 줄을 사은품으로 증정하며 베이커리와 맞섰다. 두 집이 치열한 판촉 전을 벌이던 며칠 동안, 아마도 우리동네 집집의 식탁에는 연일 계란 반찬이 올랐을 것이고, 아이들은 원 없이 빵을 먹었을 것이다.

며칠 후 동네는 평온을 되찾았지만 영국 빵집은 쓰디쓴 패배를 시인해야 했다. 베이커리가 밀려드는 손님으로 연일 즐거운 비명을 올리고 있을 때, 빵집은 개점 휴업이나 다름없는 나날을 보내고 있었다. 생각해 보면 빵집의 참패는 당연한 결과인지도 모른다. 같은 값이면 상냥하고 친절한 상점을 찾는 것이 소비자의 심리다. 영국 빵집이 지금껏 장사를 계속할 수 있었던 것은 좋은 장사목과 동네 사람들의 무던한 인내심 덕분인지도 모른다. 발등에 불이 떨어진 지금에야 선물공세를 벌이며 안간힘을 쓰고 있지만 아무래도 '엎질러진 물'이 아닌가 싶다.

손님이 뚝 끊어진 빵집이 안쓰럽다. 남의 불행에서 교훈을 얻는다면 비정하다 할 지 모르지만 어쩔 수 없는 인지상정 아니던가, 이웃과 교분은 없을지라도 빵을 구워 파는 일에 충실했던 그들로서는 지금의 시련을 받아들이기 힘들 것이다. 물량공세를 앞세운 재벌 기업의 횡포라며 울분을 토하고 있을지도 모른다.

그러나 그들은 가장 중요한 것을 모르고 있었다. 고객들과, 혹은 이웃들과 친분을 쌓는 일이 얼마나 중요한 일인지 깨닫지 못했던 것이다. 이웃에게 좀 더 관심을 기울였더라면, 고객들에게 좀 더 친절했더라면, 적어도 지금과 같은 참패는 면했을 지 모른다. 나와

맺어진 모든 인연들을 귀히 여기고 소중히 가꾸는 일이 인생을 살아가는데 얼마나 중요한 일인지, 영국 빵집을 보며 실감한다.

새벽마다 빵집 앞을 지나 교회에 간다. 어두컴컴한 새벽에 길 건너 빵집 문이 열려 있다. 환하게 불이 켜 있어 빵집 내부가 훤히 드려다 보인다. 후줄근한 작업복에 앞치마를 두른 젊은 사장이 벽에 기대 선 채 담배를 피우고 있다. 무슨 생각을 하고 있을까. 갑자기 밀어닥친 불운을 탄식하고 있을까, 연일 남아도는 빵의 처리에 대해 고민하고 있나, 어쩌면 그는 심각하게 전업을 생각하고 있는지도 모른다. 불쑥 연민의 정이 솟구쳤다.

요즘 빵을 사러 갈 적마다 망설이게 된다. 영국 빵집으로 갈까, 그냥 베이커리에서 살까. 광고대로 베이커리의 빵은 신선하고 맛이 좋다. 길을 건너지 않아도 되니 한결 편하다. 게다가 환한 미소로 반겨주는 종업원들이 있어 자연스레 내 발길은 베이커리 앞에서 멈춘다. 그러나 길 건너에 멀거니 앉아있는 젊은 부부를 보면 마음이 약해진다. 그들이 좌절할까 두렵다. 넉넉한 자본과 인생 경험이 많은 약사 아주머니는 세상물정 모르는 젊은이들에게 힘겨운 상대인지도 모른다. 젊은이들에게 용기를 주고 싶다. 이 시련이 그들 인생의 전환점이 되기를, 전화위복의 기회가 되기를 바라며, 베이커리 앞을 지나 횡단보도를 건넌다.

애 본 공, 새 본 공

딸이 출근을 하면 어린 외손자는 내 차지가 된다. 같은 아파트 단지에 사는 손자는 아침마다 잠이 덜 깬 채 제 엄마 손에 이끌려 우리 집으로 온다. 출근하는 어미를 따라 가겠다고 떼쓰는 녀석을 달래는 일은 여간 고역이 아니다. 다행히 아기는 울음 끝이 길지 않아 신통하다. 준비해 둔 간식이나 장난감을 보여주면 금세 헤헤거린다. 어쩌다 울음이 길어지는 날은 가까운 슈퍼나 놀이터로 데리고 나가면 된다.

아기를 밖으로 데리고 나가는 일은 주로 할아버지 몫이다. 아기는 외할아버지인 남편을 무척 따른다. 제 엄마와 자다가도 잠꼬대로 할아버지를 찾는 녀석이다. 남편 역시 외손자라면 끔찍해서 우체국이나 동사무소, 혹은 세차장에 갈 때도 아기를 데리고 다닌다. 가끔 남편은 고향 나들이에도 손자를 데리고 나선다. 아기에게 푸르른 논밭과 자연을 보여주기 위해서라지만 나는 남편의 속마음을 다 안다. 아주버님과 조카들, 고향친구들에게 손자 자랑을 하고 싶은 거다. 가끔은 아기를 데리고 가지 않아야 하는 곳까지 데려가겠다 고집을 부리기도 한다.

지난 번 청주 외삼촌댁 혼사 날도 그랬다. 토요일이라 딸이 쉬는 날이니 내가 아기에게서 해방되는 날이다. 그러나 남편은 굳이 손자를 데려가고 싶어했다. 아기에게 바람도 쐬어 줄 겸 모처럼 주말에 제 어미를 편히 쉬게 해 주자는 것이다. 끝까지 반대를 했어야 하는데 전화 거는 남편을 말리지 못한 것은 내 잘못이었다. 어느새 할아버지는 손자에게 바람을 넣고 있었다.

"할아버지 차 타고 먼데 갈건 데 지훈이도 갈래?"

전화를 받던 아기는 당장 수화기를 집어 던지더니 옷을 입혀달라 양말을 신겨달라 제 어미에게 떼를 쓰더란다. 아무리 달래도 막무가내라 부랴부랴 옷을 입히고 카 시트를 옮겨 달아 손자를 태웠다. 모처럼 호젓하게 나들이하나 보다 좋아했더니 얼결에 주말까지 혹을 떠맡게 된 것이다. 그러나 차창 밖을 내다보며 좋아라 소리치는 녀석을 보니 데리고 오기를 잘 했다는 생각도 들었다.

주말의 고속도로는 밀리고 밀려 일찌감치 집을 나섰건만 가까스로 예식 시간에 댈 수 있었다. 결혼식장의 낯선 분위기 때문인지, 모르는 얼굴들이 많아서인지, 아기는 할아버지 곁에 꼭 붙어 떨어지지 않았다. 식이 끝나고 점심을 먹고, 모처럼 만난 외가 친척들과 이야기를 나누는 동안에도 손자는 할아버지만 졸졸 따라다니며 칭얼거렸다. 마침 교회 옆에 놀이터가 있어 남편은 친척들에게 먼저 작별 인사를 하고 아기를 데리고 그리로 갔다.

모처럼 외삼촌과 외당숙들을 만나 반가웠지만 아기 때문에 오래

지체할 수도 없었다. 서둘러 작별 인사를 하고 막 돌아서는데 놀이터 쪽에서 자지러지는 아기 울음소리가 들렸다. 혹시나 하고 달려 갔더니, 아니나 다를까 남편이 흙투성이가 된 손자를 안은 채 사색이 되어 있었다.

아기를 안고 근처 약국으로 달려갔다. 우선 놀란 데 먹는 환약을 하나 먹이고, 흐르는 물로 흙과 모래를 씻어냈다. 왼편 뺨에 동전 크기만한 찰과상이 뻘겋게 모습을 드러냈다. 빙글빙글 돌아가는 놀이기구 위에서 놀다 중심을 잃고 나가 떨어졌다니, 크게 다치지 않은 게 천만다행이었다. 상처 부위에 연고를 잔뜩 발랐더니 벌겋고 번질거리는 것이 여간 흉하지 않았다. 아직도 흑흑 흐느끼는 아기를 차에 태워 부랴부랴 서울로 향했다.

돌아오는 차 안에서 아기는 계속 잠을 잤다. 이런 일이 처음이니 많이 놀란 모양이다. 얼른 상처를 아물게 할 양으로 곤히 자고 있는 녀석의 얼굴에 계속 연고를 덧발랐다. 약을 바를 때마다 녀석은 움찔거리며 얼굴을 찡그렸다. 집에 도착해서도 우리는 딸 내외에게 알리지 않았다. 차에서 실컷 잔 아기는 잠이 달아났는지 잘 생각을 안 했다. 밤 늦게 걸려온 딸의 전화에 나는 시침을 뚝 떼고 딴청을 부렸다.

"차가 밀려서 이제 막 도착했어, 지훈이 고단한가 봐, 지금 자고 있어. 오늘은 그냥 우리가 데리고 잘 게……."

할아버지와 그림책을 보며 노는 아기를 눈 앞에 두고 나는 새하얀 거짓말을 하고 있었다. 하룻밤 재워 붉은 기가 조금이라도 가라앉은 다음 보여주고 싶었다. 언제까지나 숨길 수는 없겠지만 그렇다고 미리 알려 좋을 게 뭔가. 벌겋게 피가 번진 상처를 드려다 보며 나는 밤새 잠을 설쳤다.

다음 날은 주일이었다. 아기는 새벽부터 일어나 이 방 저 방 휘젓고 다니며 수선을 피웠다. 시뻘건 상처를 보니 어제 일이 악몽처럼 떠올랐다. 교회 가는 길에 들르겠다는 딸의 전화에 남편 역시 딴청을 부리고 있었다.

"아기 늦잠 잔다. 너희끼리 다녀와라. 지훈이는 내 봐줄 테니."

시간 끌기 작전이었다. 어제보다 부기도 빠지고 붉은 기는 좀 가셨지만 상처는 여전히 흉했다. 남편과 나는 상처에 연고를 덧바르며 어서 빨리 상처가 아물어 주기를 바랐다.

교회에서 예배를 드리면서도 나는 아기 생각 뿐이었다.

'어떻게 얘기를 꺼낼까, 많이 놀랄텐데…….'

예배를 마치고 조용히 딸을 불렀다. 이제는 사실대로 말하는 수밖에 없었다.

"사실은 어제 아기가 좀 다쳤어. 놀이터에서 놀다가 그만……."

내 말을 듣고 있던 딸이 깔깔 웃어 제켰다.

"어쩐지 이상하다 했네, 얼굴 좀 까진 것 가지고 뭘 그래요. 내 친구 딸은 팔이 부러져 여름 내내 깁스까지 했어요. 괜찮아요. 애들은 금방 나아……."

'휴……' 가슴을 쓸어 내렸다. 밤새 잠을 설치며 걱정했던 생각을 하니 슬며시 화가 치밀었다. 그렇다. 우리가 무슨 잘못을 했단 말인가. 외할아버지의 유별난 손자 사랑 때문인 것을…….

옛말 틀린 거 하나 없다. 역시 '애 본 공 새 본 공'이었다.

말이 씨가 되어

미국에 사는 동안 편지를 참 많이 썼다. 어머니, 동생, 동서들, 친구들, 교우들…… 아마도 나는 이국 땅에서의 외로움을 편지 쓰는 일로 달랬던 것 같다. 주로 파란 봉함 엽서를 사용했는데, 썼다 지웠다 하면서 연필로 꾹꾹 눌러 손편지를 썼다. 가끔씩 나는 아침에 출근하는 남편에게 밤새 쓴 편지들을 내밀었다.

"또 편지야? 와, 오늘은 여덟 통이네, 당신은 작가가 될 사람이야."

편지를 부쳐달라 부탁할 때마다 남편은 매번 같은 말을 반복했고, 나는 늘 농담처럼 대꾸했다.

"작가는 무슨, 작가는 아무나 되나요?"

말은 그렇게 하면서도 내심 싫지는 않았다. 가끔 편지나 쓰는 내게 작가가 될 사람이라니, 과분한 비유 아닌가. 내게 작가란 감히 넘볼 수 없는 대단한 존재였으니 말이다. 어쩌면 내 안에 글 쓰는 소질이 숨어있을지도 모른다는 생각과 함께, 작가가 되고 싶다는 막연한 꿈을 키우기 시작한 것은 그때부터가 아니었나 싶다.

남편의 임기가 끝나고 귀국하자 나는 집 근처에 있는 역삼동 국립도서관을 자주 이용했다. 도서관에는 책을 빌려주는 것 외에도 다양한 사회교육 프로그램이 운영되고 있었다. 수많은 강의 중 문예창작 반에 등록한 것은 '당신은 작가가 될 사람'이라던 남편의 말이 은연 중 작용했는지도 모른다.

그러나 개강 첫 날, 나는 깜짝 놀랐다. 아무리 둘러봐도 내 또래는 없었다. 모두 젊고 팔팔한 사람뿐, 나는 이방인이었다. 전혀 나이를 의식하지 않고 살았던 내게 그날의 충격은 심각했다. 내가 있을 곳이 아니었다. 몸 둘 바를 모르게 어색하고 부끄러워 책상 밑으로 숨어 버리거나 밖으로 뛰쳐나가고 싶었다.

저녁에 퇴근한 남편을 붙잡고 오늘의 충격을 털어놓으며 유행가 가사 같은 덧없는 세월 타령을 해댔다. 우선은 당장 그만두고 싶었다. 그러나 곰곰이 생각해보니 시작하자마자 바로 그만 둔다면 그것 역시 아줌마 티를 내는 거란 생각이 들었다. 이미 한 학기 수강료를 냈으니, 석 달만 꾹 참고 다녀보기로 마음을 돌렸다.

그러나 석 달 동안 얼마나 불편할지 생각만 해도 끔찍했다. 사람들과 잘 어울리면 주책없는 아줌마라 할테고, 조용히 있으면 교만하다 하겠지, 수업에 적극적이면 푼수 아줌마가 되고, 소홀하면 무식하고 맹한 여자가 될 것이다. 화려한 옷을 입으면 착각 속에 산다 할 테고, 되는 대로 입고 가면 궁상맞다 하겠지, 얼마나 신경 쓰이는 일인가, 저들처럼 좋은 시절에 나는 무엇을 했던가.

잘 떠들면 발랄해 보이고 조용하면 품위 있어 보이고, 적극적으로 공부하면 지성적인 여자가 되고 잠잠히 있으면 겸손해 보이는 저들, 화려한 차림을 하면 센스 있는 멋쟁이가 되고, 수수하게 입으면 소탈한 여자로 돋보이고, 잘 웃으면 명랑한 여자가 되고 찡그리고 있어도 개성 있는 여자가 되는, 아, 부러운 젊음, 나에게 도 한때는 있었던 좋은 시절, 어느새 세월이 이렇게 흘렀단 말인가.

망설임 속에 시작한 공부라서 인지 처음에는 별 진전도 재미도 없었다. 모두들 다투어 글을 써오는데 나는 도무지 엄두가 나지 않았다. 섣불리 썼다가 흉이라도 잡힐까 봐 뒷자리에 앉아 남의 글만 읽다 오곤 했다. 그러나 시간이 갈수록 내가 처음 걱정했던 것들은 모두 쓸데없는 기우였음을 알게 되었다. 책을 가까이하고 글을 쓰는 분들이라서인지 모두 생각이 깊고 좋은 분들이었다. 석 달만 하고 그만두려 했던 공부가 2년이 넘도록 이어졌다.

어느 가을, 교수님이 마로니에 공원에서 열리는 백일장을 소개하시며, 경험 삼아 한 번 도전해 보라고 말씀하셨다. 마로니에 공원도 구경할 겸 회원들과 함께 문예진흥원에서 주최하는 '마로니에 여성백일장'에 참가했는데, 기적 같은 일이 벌어졌다. 개강 첫날의 충격과 감상을 솔직하게 쓴 내 글이 그 많은 참가자들을 제치고 우수상에 뽑힌 것이다.

이듬해 봄에는 '여성문학인회'에서 주관하는 '전국주부백일장'에 참가했는데, 그날은 바로 성수대교가 무너져 온 나라가 비통해 했던 바로 그날이었다. 사고가 난 줄은 까맣게 모르고 공원 한 켠에 앉아 열심히 글을 써 냈다. 딸을 시집 보낸 후 허전한 심정을 토로한 내 글이 또 한번 우수상을 타는 영광을 얻었다.

연거푸 큰 상을 타게 되자 의욕과 함께 사명감 같은 것도 생겼다. 좀 더 공부를 하고 싶어 몇몇 분들과 함께 저명한 수필가 선생님을 모시고 본격적인 글쓰기 공부를 시작했다. 주변의 모든 사물과 마음 속의 생각들, 경험들, 추억들, 살아온 지난 세월 속에 숨어 있던 이야기들이 글이 되어 술술 풀려나왔다. 글 쓰는 재미에 푹 빠져 밤 새는 줄도 모르고, 쓰고 또 썼다.

직장 다니는 딸을 대신하여 손자를 키우게 된 것도 글쓰기에 전념하는 계기가 되었다. 그때까지 나는 꽤 다양한 취미생활을 즐기고 있었다. 그림도 그리고 외국어도 배우고 수영과 테니스도 즐겼다. 틈틈이 피아노 연주를 즐기고 전자악기의 색다른 매력에 빠져들기도 했다. 그러나 외손자를 맡아 키우게 되면서 그 모든 것들을 하나하나 정리해야 했다. 아기 곁을 잠시도 비울 수 없었기 때문이다.

하나를 버리면 다른 하나를 주시는 하나님의 섭리는 참으로 공평했다. 많은 것을 단념한 대신 하나님은 귀한 것 하나를 남겨 주셨다. 아기를 키우면서 내가 할 수 있는 일은 조용히 앉아 글 쓰는 일 뿐이었다. 아기가 잠든 동안에 쓰고, 어미가 퇴근하여 아기를 데려가면 또 컴퓨터 앞에 앉았다. 손주 키우느라 동동거리던 그 바쁜 시기에 오히려 나는 더 많은 글을 썼고, 마침내 영광스런 등단의 문까지 통과했다. 남편의 말 대로 진짜 작가가 된 것이다.

그 해 가을, 그 동안 써놓은 글 중에서 오십 여 편을 골라 '주연에서 엑스트라까지'라는 제목으로 첫 작품집을 출간했다. 노란 은행 잎이 수북이 쌓인 깊은 가을, 경복궁 옆 '출판문화회관'에서 문단 선배님들과 동인들, 친지들의 축하를 받으며 성대하게 출판기념회도 했다.

이듬 해에는 문예진흥원의 창작 지원금을 수령하는 영광을 얻어, 두 번째 작품집 '내 마음의 황금기둥'을 출간했다. 그 후 친구들과 터키 곳곳을 두루 여행하고 돌아와 기행 수필집 '멜하바 터키'를 펴냈다.

남편의 말이 씨가 되어 나는 지금 작가의 길을 걷고 있다.

내가 모르는 나

"어쩜 너는 할머니를 꼭 닮았니……."

둘째를 낳고 퇴원한 딸이 아기 기저귀를 갈아 채우며 혼잣말처럼 중얼거린다. 옆에서 무심히 빨래를 개고 있던 나는 귀가 번쩍 띄었다. 아기가 나를 닮다니, 도대체 어디가, 무엇이 닮았다는 건가.

"이거요, 엄마처럼 점이 있어요. 다리에."

"다리에 점? 나 그런 거 없어."

나는 정색을 하며 잘라 말했다.

"에이, 엄마 있잖아요."

"아니, 없다니까, 정말 없어."

내가 끝까지 없다고 우기자 딸은 다시 포대기를 풀어 아기의 가늘고 여린 다리를 들어 올렸다. 그리고 아기의 무릎 안쪽에 있는 팥알만한 갈색 점을 가리켰다.

"보세요 이 점, 엄마 꺼 하고 똑 같잖아요."

오른쪽 허리에 반점이 있는 건 알고 있지만 무릎 안쪽의 점은 금시초문이었다.

"어, 이상하네, 엄마 진짜 몰랐어요?"

딸은 도무지 이해할 수 없다는 표정이었다.

말 나온 김에 당장 확인해 보기로 했다. 그러나 아무리 몸을 구부리고 이리저리 고개를 돌려봐도 무릎 안쪽까지는 시선이 닿지 않았다. 궁리 끝에 화장대에 가서 작은 손거울을 가져왔다. 그리고는 엉거주춤한 자세로 서서 무릎 안에 거울을 비췄다. 마침내 동그란 거울 속으로 별로 아름답지 못한 정강이 안쪽이 나타났다. 그 순간 나도 모르게 탄성이 터져 나왔다.

"와! 있다 있어, 진짜 점이 있네!"

과연 그곳에 새끼 손톱 크기만한 갈색 점 하나가 수줍은 듯 숨어있지 않은가. 나는 거울을 이리저리 비춰보며 흥분을 감추지 못했다. 아기와 똑 같은 위치에 점이 있다는 것도 놀랍지만, 수 십 년 만에 내 몸의 일부를 처음 발견했다는 사실이 더 반갑고 신기했다. 그 동안 존재조차 모르고 있었다니, 미안한 마음도 들었다. 나는 별로 아름답지도, 자랑할 것도 없는 콩알 만한 점을 연신 쓰다듬으며 묘한 감정에 빠져들었다.

과연 나는 자신에 대해 얼마나 알고 있는 걸까. 어쩌면 내가 모르는 부분은 더 있을지 모른다. 어쩌면 내 눈길이 닿지 않는 내 몸 어딘가 점이 한 두 개쯤 더 있는지도 모를 일이고, 그보다 더 한 것이 숨어 있는지도 모른다.

생각해 보면 나는 나 자신에 대해 모르는 것이 많다. 뒷모습은 어떤 지, 걸음걸이는 어떤 지, 웃을 때는 어떤 지, 화났을 때는 어떤 얼굴이 되는지, 나는 모른다. 그 밖에도 모르는 것은 많다. 나를 위해 열심히 일하고 있는 내 몸의 중요한 부분들도 나는 모른다. 매 순간 나를 숨 쉬게 하는 심장도, 매끼 먹는 음식들을 소화시키는 위장도, 간도, 신장도, 나는 보지 못했다. 어쩌면 나는 그들을 영원히 못 보게 될 지도 모른다.

흔히 사람들은 자신에 대해서는 자기가 제일 잘 안다고 생각한다. 그러나 남이 더 정확하게 나를 꿰뚫고 있는 경우도 많다. 자신에게 잠재되어 있는 능력과 소질을 부모나 스승 등 주변 사람들이 먼저 발견하는 경우를 종종 본다. 피아노를 배우던 정경화에게서 바이올린의 재능을 발견하고, 엉뚱한 행동을 일삼던 에디슨에게서 발명가의 소질을 발견한 것은, 그들의 어머니였다. 천식을 앓던 어린 박태환에게서 수영의 소질을 발견한 것은 코치 노민상씨였고, 고흐의 천재성을 발견하고 뒷바라지 한 것은 동생 테오였다. 벙어리에 귀머거리, 맹인이었던 헬렌켈러에게서 무한한 잠재력을 발견한 것도 헬렌켈러 자신이 아닌 셜리반 선생이었다.

통계에 의하면 보통 사람들은 평생 동안 자신이 지닌 재능의 극히 일부만 활용한다고 한다. 자신의 재능을 발견하고 발전시켜 성공한 사람도 있지만, 타고난 재능이나 소질을 찾아내지 못한 채 살아가는 사람들이 더 많다는 것이다. 자신에 대해 정확히 알고 있다면 그는 이미 절반의 성공을 이룬 사람이라 해도 과언이 아닐 것이다.

나도 가끔 나 자신을 이해 못할 때가 있다. 가슴 메어지는 슬픔 앞에서 눈물 한 방울 흘리지 않는 나, 숨 막히도록 아름다운 절경 앞에서, 가슴 벅찬 기쁨의 순간에 뜨거운 눈물을 줄줄 흘리고 있는 나를 어떻게 이해할 수 있단 말인가. 자신만만하게 덤벼 들었다가 무참히 실패했을 때, 지레 겁먹었던 일을 너무 쉽게 해결했을 때, 밤잠을 설치도록 가슴 졸이던 일을 막상 부딪쳐 거뜬히 해냈을 때, 그때마다 나는 내가 낯설다. 내 속에 존재하는 또 하나의 내가 몹시 낯설다.

퇴직한 남편이 실내 골프 연습장을 차렸다. 남편이나 나나 직장 생활만 했지 사업 경험이 전무한 사람들이고 보니 걱정이 많았다. 무엇보다 사람들을 상대하는 일이라 부담스러웠다. 살아오면서 늘 그 부분이 힘들었기 때문이다. 그러나 시작한 지 반 년이 지난 지금 나는 스스로에게 놀라고 있다. 회원들과 스스럼없이 어울리고 수다도 떨어가며 전에는 몰랐던 새로운 세상을 경험한다. 그토록 걱정했던 일을 오히려 즐기고 있으니, 이야말로 또 다른 나의 발견이 아닌가.

어쩌면 내 속에 또 다른 내가 숨어있어, 어서 깨워 주기를 바라고 있는지 모른다.

2

내가 정말
거기 있었을까

타지마할은 건축이라기보다는 조각이고,
조각이라기보다는 보석이다.
그래서인지 타지마할은 별명이 많다.
'대리석과 시간의 마술', '대리석의 꿈',
'사랑의 서사시', '시간의 뺨 위에 떨어진 눈물방울',
'영원히 마르지 않는 눈물' 등등.

설레임으로 길을 떠나다

　나는 늘 여행을 꿈꾼다. 일상으로부터의 탈출을 꿈꾸는 것이다. 일상을 벗어나 새로운 세상과 만나는 일은 참으로 즐겁고 신나는 경험이다. 사는 동안 기쁘고 흐뭇한 일이 적지 않았지만 여행만큼 나를 설레게 하는 것은 없었다. 여행을 작정하는 순간, 미지의 세상으로 떠날 생각을 품는 순간부터, 내 여행은 시작된다. 물론 계획이 구체화되어 떠나기까지는 시일이 걸린다. 그러나 그 모든 준비 과정까지 내 여행의 일부가 된다.

　여름방학을 이용해 유럽에 간다. 그것도 패키지가 아닌 아들과의 배낭 여행이니 더욱 설레고 기대된다. 여행을 작정한 후 나는 큼직한 유럽지도를 구해 책상 위에 펼쳐 놓고, 틈 날 때마다 이리저리 줄을 그어가며 꼼꼼히 일정을 짰다. 아침마다 운동장을 달리며 체력을 키웠고, 아는 만큼 보이는 것이 여행이기에 서양사, 미술사, 박물관 공부도 하고 여행기도 수없이 읽었다. 마침내 출발일자가 확정되자 비행기 표를 구하고 숙소를 예약하고, 유레일 패스도 예매했다.

떠나는 날, 짐도 별로 없는데 남편과 딸, 어린 손주까지 공항에 배웅을 나왔다. 인천공항은 정말 대단하다. 유리로 덮인 돔형의 천정 때문인지 구석구석 밝고 쾌적하다. 티끌 하나 없이 깔끔하고 편의시설도 최고 수준이다. 건축 당시에는 부정적인 의견도 있었지만 지금은 규모나 시설 면에서 세계적으로 인정받는 공항이 되었다. 대한항공 앞은 탑승 수속을 하려는 사람들로 줄이 길다. 휴가철의 파리 직항 노선이니 승객이 많을 수밖에 없다. 아들 딸이 탑승 수속을 하고 짐을 부치고 여행자 보험까지 가입해 주니, 내가 할 일이 별로 없다.

'무리하지 말고 쉬엄쉬엄 다녀요.'

남편은 같은 말을 반복하지만 귀에 들어오지 않는다. 얼마나 벼르던 여행인데 쉬엄쉬엄 다니나, 하나라도 더 봐야 지…….

'엄마, 돈 아끼지 말고 맛 난 거 많이 사 먹고, 잘 다녀오세요'

'함머니, 빠이 빠이'

한 동안 눈에 밟힐 손주를 품 안에 꼭 안아본다. 당분간은 헤어져 있어야 하는데 섭섭하긴 커녕 자꾸 웃음이 나온다.

가족들을 돌려보내고 아들과 함께 출국장으로 들어간다. 보안검색대를 통과하니 바로 면세점이다. 눈부신 조명 아래 화려한 면세점들이 줄지어 있다. 화장품, 가방, 술, 옷, 시계, 안경 등 세계적인 명품들을 마음껏 구경하고 구매할 수 있으니 여행객들 중에는 면세점 쇼핑을 즐기는 사람들도 많다. 딱히 필요한 건 없지만 구경만 해도 재미있다. 화장품도 발라보고 향수도 뿌려보고 가방도 들어보고 썬 그래스도 써 보고…… 볼 거리가 무궁무진하니 시간이

획획 지나간다. 아들의 재촉에 탑승구로 이동해 기내로 들어간다.

잠시 후 기체가 움직인다. 활주로를 달리던 비행기가 점점 속도를 가하며 이륙을 시도한다. 귀가 멍멍하다. 이 순간 제일 긴장된다. 얼마 후 엔진 소리가 뚝 그치고 기체가 땅 위로 솟아오른다. 비행기를 탈 적마다 나는 인간의 무한한 능력에 전율한다. 비행기는 인류 최고의 발명품이자 신의 영역에 대한 도전이다. 하늘을 나는 능력은 태초에 신이 조류鳥類에게 허락한 것이었다. 그러나 인간은 신의 창조물을 능가하는 크고 강력한 '새'를 만들어 하늘 높이 띄워 올렸다.

이 육중한 쇳덩이가 이 많은 사람과 무거운 짐을 싣고 새보다 더 높이 더 빠르게 날아간다는 사실이 내게는 영원한 불가사의다. 라이트 형제가 뉴 올리언스 해변에서 12초의 첫 비행을 시도한 후 200여년의 세월이 흐르는 동안 비행기는 무서운 속도로 발전해 마침내 온 세계를 하나의 지구촌으로 만들어 놓았다. 고도가 높아지자 바다는 사라지고 주위는 온통 구름이다. 고개를 들어 바라보던 구름을 나는 지금 내려다보고 있다. 폭신폭신한 솜 뭉치들이 비행기 주위를 둘러싸 구름 바다 한가운데 비행기가 둥둥 떠있는 형상이다.

기체가 안정되자 승무원들이 이어폰을 나눠준다. 다양한 채널 중에서 클래식 채널에 고정한다. 잡음 하나 없는 깨끗한 음질로 라흐마니노프 피아노 협주곡이 화려하게 흐른다. 곧 이어 늦은 점심이 나온다. 아들은 소고기 국수를, 나는 비빔밥을 청했다. 얼마 전까지 만해도 기내식은 거의 양식이었다. 가끔은 역한 향신료 때문에 식욕이 당기지 않을 때도 있었는데, 우리 비빔밥이 있어 너무 반갑다.

비빔밥을 기내식으로 개발한 것은 대한항공이지만 이제는 국내 항공사 뿐 아니라 외국 항공사들도 다투어 비빔밥을 기내식으로 제공한다. 비빔밥은 이미 세계인들의 입맛을 사로잡아 김치와 함께 K후드의 선도 역할을 담당하고 있다. 팝스타 마이클 잭슨도 비빔밥을 좋아했다니 말해 무엇하랴.

따끈하게 데워진 '햇반'과 나물이 담긴 큰 그릇이 놓여있고, 따듯한 미역국과 미니 찹쌀떡, 물 한 컵이 오밀조밀 올려져 있다. 고추장과 참기름까지 있으니 완벽한 구성이다. 다진 쇠고기, 계란, 도라지나물, 표고 볶음, 콩나물, 감자 볶음, 생채나물이 색색으로 담긴 모습이 꽃밭처럼 화사하다. 꽃밭 한가운데 햇반을 떨구고 고추장과 참기름을 더해 골고루 비빈다.

비빔밥은 보기도 좋을 뿐 아니라 영양 면에서도 나무랄 데가 없다. 각종 나물이 주재료이니 섬유질이 부족한 현대인들에게는 훌륭한 건강식이자 다이어트식이다. 잘 비벼진 밥을 떠 먹어본다. 와, 맛있다. 한식당 것에 비해 손색이 없다. 아니 하늘 위에서 먹으니 더 맛있다. 뒷자리 외국인 청년도 비빔밥을 먹고 있다. 입에 맞는지 맵지는 않은 지 신경이 쓰인다. 비빔밥으로 포식을 하고도 앙증맞은 모양에 끌려 찹쌀떡을 집어 든다. 쫄깃하고 달콤한 게 후식으로 안성맞춤이다.

아들은 소고기 국수를 후딱 먹어버리더니 승무원에게 하나를 더 청한다. 양이 좀 적다 싶긴 했지만 미안한 기색도 없이 하나 더 달

라는 아들의 뻔뻔함(?)에 내가 괜히 민망하다. 잠시 후 상냥한 미
소와 함께 또 하나를 가져온 승무원에게 내가 대신 고마운 인사를
한다.

식사가 끝나자 아들은 잠에 빠져든다. 식후에 바로 자는 게 건강
에 해로운 줄은 알지만 깨울 수가 없다. 지금 아들에겐 잠이 필요
하다. 회사에서 수출입 업무를 담당하는 아들은 늘 퇴근이 늦다.
어제만 해도 자정이 넘어 퇴근해 그때부터 여행 짐을 꾸렸으니 한
숨도 못 잤을 거다. 내일부터 시작되는 빡빡한 스케줄을 소화하려
면 충분히 자두는 게 좋다. 곤히 잠든 아들을 보며 나도 잠을 청해
본다.

내일 아침이면 드골 공항, 꿈에 그리던 '파리'다. 센 강, 에펠 탑,
샹제리제, 퐁피두센터, 루부르 박물관, 오르세 미술관, 몽마르뜨 언
덕, 베르사이유 궁전……. 생각만해도 가슴이 뛴다. 잠은 멀리 달아
나고 나는 수 십 번 첵크한 일정표를 다시 펼쳐든다. 앞으로 만나
게 될 유럽의 도시들이 하나하나 눈 앞에 그려진다. 파리, 암스테
르담, 뮌헨, 잘츠부르크, 프라하, 빈, 취리히, 루체른, 베네치아, 피
렌체, 그리고 로마…… 길을 떠나면 나는 늘 설렌다.

루브르의 여인, 모나리자

웃음은 인간 만이 가지고 있는 감정의 표현이다. 기쁘고 만족스러울 때, 행복을 느낄 때, 사람의 얼굴에는 저절로 웃음이 피어난다. 남녀노소를 막론하고 웃는 얼굴은 보기 좋다. 아름다운 여인의 웃음은 더욱 매혹적이다. 활짝 웃는 모습도, 수줍은 미소도.

신비로운 미소를 지닌 한 여인을 알고 있다. 그녀의 이름은 모나리자, 그녀를 처음 본 것은 학창시절 미술시간이었다. 선생님이 보여주는 사진 속의 여인은 나를 향해 엷은 미소를 짓고 있었다. 그녀의 미소는 사람을 끌어 당기는 묘한 매력이 있었다. 그날 이후, 그녀를 향한 내 그리움은 시작되었다. 오랜 기다림 끝에 유럽 여행길에 올랐을 때, 내 여행의 첫 코스는 말할 것도 없이 그녀가 사는 곳, 파리였다.

그녀는 파리의 '루브르' 박물관에 산다. 그녀는 루브르 최고의 스타이자, 만인의 연인이다. 몇 시간씩 줄 서서 기다려야 할 만큼 그녀의 인기는 대단하다. 루브르 광장의 유리 피라미드 안으로 들어간다. '드농'관 2층 13실, 그녀는 이태리 미술관 깊숙한 곳에 살고 있다. 미술관의 긴 회랑 좌우로 수많은 그림들이 전시되어 있다. 이태리 미술을 대표하는 걸작들이다. 그림들은 역사의 중요한 장면과 성서의 내용, 신화의 내용들을 담고 있다. 나폴레옹의 대관식, 성 처녀의 죽음, 사비니 여인들, 메두사의 뗏목, 자유의 여신, 그랑 오달리스크…… 오른쪽으로 왼쪽으로, 위로 아래로, 눈을 어디다 두어야 할 지 모를 지경이다.

미술관 곳곳에 사람들이 모여있다. 가이드의 설명을 듣고 있는 단체 관광객들이다. 유명한 그림 앞에는 각국의 말이 마구 뒤섞인다. 영어, 독일어, 스페인어, 중국어, 일어 등 미술관은 언어의 전시장이다. 머리를 질끈 묶은 스페인 가이드는 손짓 몸짓을 해가며 어찌나 열정적으로 설명하는지, 스페인어를 모르는 게 안타깝다. 할머니 가이드도 있다. 깃발을 든 어르신 주위로 한 무리 일본인들이 모여있다. 할머니는 손주들에게 이야기하듯 자상하고 친절하게 조근조근 설명하신다.

여기저기서 흘러나오는 다양한 언어를 들으며 성경의 '바벨탑' 사건을 생각한다. 높은 탑을 쌓아 하늘에 닿으려는 인간의 오만과 탐욕에 하나님은 언어를 흩어놓는 것으로 벌 주셨다. 서로 말이 통하지 않아 탑의 건설은 중단되었고 사람들은 온 지면으로 흩어졌다. 다양한 언어의 물결 속에서 하나의 언어로 충분했던 바벨탑 이전의 세상을 그리워한다.

어디선가 귀에 익은 말이 들린다. 내가 유창하게 말할 수 있고 알아들을 수 있는 유일한 언어, 한국어다. 한국 관광객들 틈에 끼어 가이드의 설명을 듣는다. 곱슬머리에 뿔테 안경을 낀 젊은 가이드는 미술 전공자 같다. 그림이 지니고 있는 역사적인 의미와 미술 사적인 가치, 재미있는 에피소드까지 자세히 가르쳐 준다. '사비니 여인들' 앞에서는 로마의 건국 신화를, '나폴레옹의 대관식'에서는 황제의 권위와 집념, 나아가서 나폴레옹의 가족사까지 알기 쉽게 설명해 준다.

　이태리 미술관 안쪽으로 들어가니 한 쪽에 긴 줄이 서있다. 모나 리자를 만나려는 사람들이다. 미술관 입구부터 줄을 서기도 한다 는데 오늘은 운이 좋은 편이다. 긴 줄 끝에 서자 금방 내 뒤로 또 줄이 이어진다. 기다리면서도 좌우의 그림들을 감상할 수 있어 다 행이다. 아니 그림이 없더라도 지루할 건 없다. 그리던 여인을 만 나는 설렘이 기다리는 시간조차 즐겁게 만든다.

　드디어 그녀의 방으로 들어선다. 루부르의 주인공답게 그녀는 이태리 미술관 가장 깊숙한 곳에 고이 모셔져 있었다. 사람들 어깨 너머로 그녀의 긴 머리가 힐끗 보인다. 그런데 놀랍게도 그림이 크 지 않다. 아니 너무 작다. 가로 53센티, 세로 77센티, 주변의 수많 은 대작들에 비해, 그녀의 명성에 비해, 너무 작고 평범한 것이 놀 랍다. 그러나 크고 화려하지 않아 더욱 친근감이 든다. 한 걸음 또 한 걸음 다가가, 마침내 나는 그녀와 마주 섰다.

　미소를 머금은 그녀의 눈길과 황홀한 듯 바라보는 내 눈길이 허 공에서 부딪친다. 숨이 멎을 것 같은 순간, 우리는 말없이 서로를 응시한다. 사진으로 수없이 보아 너무도 친숙한 얼굴, 반쯤 웃는듯 한 미소와 가지런히 모은 손에서 귀부인의 품격이 느껴진다. 나는 반가운 포옹대신 침묵의 인사를 건넨다.

'안녕, 모나리자, 많이 보고 싶었어……'

그녀는 이태리의 거장 '레오나르도 다 빈치'에 의해 태어났다. 그는 르네상스를 대표하는 화가로 건축, 조각, 천문학, 수학, 과학, 해부학, 음악 등 다방면에 재능을 발휘한 대단한 천재로 알려져 있다. '다 빈치'는 빛나는 재능뿐만 아니라 헌칠한 키와 준수란 용모, 뛰어난 사교술로 한낱 장인의 신분에 불과했던 예술가의 사회적 지위를 왕이나 귀족의 위치까지 격상시켰다. 비사교적인 성격 때문에 늘 고독했던 동시대의 천재 '미켈란젤로'와는 대조적이다.

모나리자가 이태리가 아닌 프랑스의 소유가 된 것도 다 빈치의 폭 넓은 사교성 때문이다. 이태리 예술에 관심이 많았던 프랑스와 1세는 다빈치를 스승처럼 존경해 '앙부스 성'으로 초대한다. 앙부스 성으로 갈 때 다빈치는 평소 애지중지 하던 그림, 모나리자를 가지고 갔다. 앙부스 성에서 왕과 담소하며 소일하던 그는 3년 후 그 곳에서 죽음을 맞는다. 프랑스와 1세는 평소 좋아하던 다 빈치의 모나리자를 구입하여, 이태리 소유가 아닌 프랑스 왕실의 소유가 되었다.

모나리자는 세계에서 가장 널리 알려진 그림으로 미술사상 가장 존중 받는 작품이다. 모나리자가 르네상스의 대표작으로 평가 받는 이유 중 하나는 그림의 주인공이 '평범한 인간'이라는 것이다. 당시 예술작품의 주인공들은 성서 속의 인물이나 신화 속의 신, 기껏해야 국왕과 귀족들이었다. 다 빈치는 그 전통을 깨뜨리고 평범한 인간, 그것도 여성인 모나리자를 그려 르네상스 시대를 선도했다.

다 빈치는 모나리자를 통해 여러가지 새로운 미술 기법을 선보였다. 유화기법을 사용하여 풍부한 질감을 표현했고, 원근법을 이용하여 배경 그림도 그려 넣었다. 특히 스푸마토(Sfumato) 기법을 처음으로 선보여 사물의 경계를 부드럽고 희미하게 처리한 것이 가장 유명하다. 종래의 초상화가 지닌 엄숙함 대신 부드러운 표정과 미소를 유지하기 위해 악사와 익살꾼을 고용했다는 이야기도 전해진다.

모나리자의 매력은 수수께끼 같은 얼굴 표정에 있다. 깊이를 알 수 없는 미소와 그윽한 눈길은 어떤 비밀을 간직하고 있는 듯 신비스럽다. 그녀에게는 부드러움, 고상함, 선량함, 겸손함, 지혜로움 같은 내면의 아름다움이 풍겨난다. 스스로를 억제하는 듯한 엷은 미소와 가지런히 모은 손에서 귀부인의 품격과 범접할 수 없는 고고함이 느껴진다. 시인 '단테'도 '모나리자의 눈빛과 부드러운 웃음은 보는 이의 눈길을 끌고 기쁨을 선사하기에 충분하다'고 감탄했다.

많은 사람들은 그녀의 미소에 열광한다. '지상의 것이 아닌 천상의 미소', '인간적인 것을 넘어 성스러워 보이는 미소' 또는 '가장 무감각한 사람의 정신까지도 매혹시키는 미소'라며 너도나도 찬사를 보낸다. 그러나 전혀 다른 느낌을 받는 이들도 있다. 혹자는 그녀의 미소에서 남성을 유혹하는 에로틱한 분위기를 느낀다고 한다. 자기 만족에 빠져있는 여인, 보는 이를 얕보는 듯 우월감에 가득 찬 여인이라 혹평하는 이도 있다. 같은 얼굴에서 이토록 상반된 감정을 느낄 수 있다는 것 또한 모나리자만의 불가사의한 마력이다.

그러나 내 눈에 보이는 그녀는 여전히 겸손하고 품격있는 귀부인의 모습이다. 그녀의 모든 것을 눈에 담아두려 나는 뚫어질 듯 그녀를 응시한다. 물결처럼 일렁이는 머리 결, 살짝 걸친 검은 베일, 수려한 이목구비와 부드러운 피부, 우아한 목선, 주름이 풍성한 드레스, 가지런히 모은 두 손, 나는 살아있는 여인을 보고 있는 듯한 착각에 빠진다.

그녀의 눈길 또한 수수께끼다. 그녀는 자기를 바라보는 이들을 한 사람도 놓치지 않는다. 사람들은 저마다 그녀가 자신만을 바라보고 있다고 착각한다. 자신만을 응시하는 그녀의 시선에 포로가 되지 않는 사람은 없다. 나 역시 그녀의 포로가 되어 홀린 듯 그녀에게 빠져든다.

밀려드는 사람들 때문에 오래 서 있을 수가 없다. 한 발 한 발 뒤로 밀려난다. 아쉬워 떠나지 못하는 사람들과 새로 들어오는 사람들이 뒤엉켜 그녀의 방은 발 디딜 틈이 없다. 나 또한 쉽게 발길을 돌리지 못하고 그녀 앞을 서성인다. 내 마음을 알기라도 하듯 그녀의 눈길 또한 나를 향하고 있다. 이리가면 이쪽으로 저리가면 저쪽으로, 참으로 집요하게 나를 따라다닌다.

마침내 헤어져야 할 시간, 우리는 또 다시 침묵으로 작별인사를 나눈다.

'반가웠어요, 모나리자. 이제 떠나야 해요.'

'…… 부디 즐거운 여행되세요.'

방을 나서는 내 등 뒤로 그녀의 눈길이 따갑게 꽂힌다.

슈베르트의 '송어'

아침에 일어나면 핸드폰을 열어 음악을 듣는다. 전에는 라디오로 들었지만 요즘은 핸드폰 앱이 편리하다. KBS 1 FM에서는 아침부터 밤까지 다양한 음악을 들려준다. 6시부터는 '새 아침의 클래식, 7시부터는 '출발 FM과 함께'가 이어지는데, 선곡도 좋고 진행자의 정감 있는 목소리도 좋고, 무엇보다 광고가 없어 제일 좋다. 클래식은 잔잔한 감동과 함께 마음을 편안하게 하는 묘한 힘이 있다. 요즘 음악처럼 자극적이지도 않고 유행도 타지 않아 언제 들어도 싫증나지 않는다.

베토벤의 웅장하고 격정적인 교향곡도 좋고, 모차르트의 섬세하고 정돈된 소나타와 실내악도 아름답다. 쇼팽의 왈츠, 녹턴은 언제 들어도 감미롭고, 바흐의 브란덴부르크 협주곡, 무반주 첼로 곡은 화려하면서 정돈된 느낌이 좋다. 멘델스존, 브람스, 차이코프스키, 사라사테, 라흐마니노프 등 수많은 음악가들과 명 연주자들이 내 귀를 즐겁게 해주고 마음을 편안하게 해 준다.

많은 음악가들 중에서 나는 슈베르트를 좋아한다. 그는 내가 처음으로 알게 된 음악가다. 어릴 때 교과서에서 그가 친구에게 쓴 편지를 읽었는데, 머리 속에서 샘 솟듯 떠오르는 악상을 기록할 오선지를 구할 수 없어 안타깝다는 내용이었다. 어린 마음에도 가난한 슈베르트가 너무 불쌍해 가슴이 아팠다.

평생 가난과 질병에 시달렸던 슈베르트지만 그의 음악들은 밝고 아름다워 우리에게 친숙하다. 아기 재울 때 부르는 자장가와 행진할 때 나오는 신나는 행진곡, 여학교 음악 시간에 배운 들장미, 보리수, 음악에, 아베마리아, 세레나데 같은 귀에 익은 명곡들이 모두 그의 작품이다. 그가 만들어 낸 아름다운 선율과 리듬과 하모니는 많은 사람들에게 따뜻한 위로와 감동을 선사한다.

슈베르트는 오스트리아 빈 근교의 작은 마을에서 태어났다. 초등학교 교장인 아버지의 적은 수입으로 16명의 자녀와 대가족이 살았으니 집안은 늘 궁핍했다. 아버지는 아들에게서 음악의 재능을 발견했지만 음악가보다는 학교 교사가 되기를 원했다. 아버지의 뜻을 따라 한동안 보조교사로 일했으나 타고난 천재성을 발휘해 음악에 전념한다.

슈베르트는 성격이 매우 소심했다고 전해진다. 작은 키에 곱슬머리였고, 지독한 근시라서 늘 두꺼운 안경을 썼다니 스스로 외모에 대한 열등감이 있었던 것 같다. 평소 베토벤을 무척 존경하면서도 용기가 없어 찾아가지 못하다가, 친구들의 권유로 겨우 방문한 것이 베토벤이 죽기 일주일 전이었다. 그때 베토벤은 슈베르트가 가져간 악보들을 보고 감탄하며 너무 늦게 만난 것을 아쉬워했다.

'좀 더 일찍 …… 만났더라면…… 자네는 꼭……. 훌륭한…… 음악

가가 될 테니……. 부디…. 용기를 내게……'

병이 깊어 말하기도 힘들고 알아 듣지도 못하는 베토벤의 처참한 모습을 보면서 슈베르트는 더 일찍 찾아 뵙지 못한 것을 자책하며 괴로워했다.

베토벤이 세상을 떠난 뒤 슈베르트도 원인을 알 수 없는 병으로 몸 져 누웠고, 병세는 날로 악화되어 베토벤이 죽은 지 1년 후, 31세의 젊은 나이로 요절했다. 35세에 죽은 모차르트보다 4년이나 일찍 떠난 셈이다. 그의 유해는 생전의 유언대로 '빈' 중앙 묘지, 존경하던 베토벤 옆에 묻혔다.

슈베르트는 평생 가난과 질병으로 고통 받았으나 주위에 좋은 친구들이 많았다. 일찍이 그의 재능을 알아본 친구들이 적극적으로 후원해 작곡에 전념할 수 있었고, 31년이라는 짧은 생애 동안 1200여곡의 주옥 같은 명곡들을 남겼다. 교향곡, 실내악곡, 피아노곡을 비롯해 수많은 작품들이 있는데 그 중 630여곡이 가곡이다. '괴테'의 시에 곡을 붙인 마왕, 들장미, '뮐러'의 시에 곡을 붙인 '아름다운 물방앗간의 처녀', '겨울 나그네'같은 가곡들이 유명해 '가곡의 왕'으로 불리운다. 가곡 외에 실내악곡, 피아노곡, 교향곡들도 훌륭하다. 특히 8번 교향곡 '미완성'은 베토벤의 '운명', 차이코프스키의 '비창'과 함께 3대 교향곡으로 꼽힌다.

슈베르트의 작품 중 내가 좋아하는 곡은 피아노 5중주 '송어 Die Forelle'다. 이 곡은 20대 청년 슈베르트의 패기와 음악적 감성을 그대로 보여주는 작품으로 실내악 부분에서 최고의 걸작으로 손꼽힌다. 피아노와 네 개의 현악기가 만들어 내는 아름다운 선율과 역동적인 리듬을 듣고 있으면 우울했던 마음이 상쾌해 지고 영혼까지 맑아지는 느낌이다. 요즘은 상업 광고에도 이 곡이 많이 사용되고, 영화에도 자주 삽입되어 대중들과 친숙해졌다.

원래 '송어'는 시인 '슈바르트'의 시詩에 슈베르트가 곡을 붙인 가곡이었다. '거울 같은 강물에 송어가 뛰노네……'라는 가사로 시작되는 가곡 송어는 슈베르트의 후원자이자 오랜 친구인 성악가 '미하엘 포글'이 불러 세상에 알려졌다. 어느 해 슈베르트는 '포글'과 함께 연주 여행을 하던 중, 부유한 광산업자 '파움가르트너'의 집에 머물게 되었다. '파움가르트너'는 포글이 부르는 송어를 듣고 이 곡을 주제로 한 실내악곡을 만들어 달라고 슈베르트에게 간곡히 부탁한다. 아마추어 첼리스트였던 그는 음악 애호가인 친구들과 함께 연주하기를 원해, 당시로서는 파격적인 피아노, 바이올린, 비올라, 첼로, 콘트라베이스의 다섯 악기로 편성된 오중주 실내악곡을 완성한다.

이렇게 탄생된 피아노 오중주 '송어'는 곡 전체가 밝고 상쾌해 가곡 '송어' 이상으로 사랑을 받는다. 1악장은 피아노와 현악기들이 만들어 내는 우아한 선율과 경쾌한 리듬이 맑은 계곡을 헤엄치는 송어를 연상시킨다. 2악장은 잔잔하게 흐르는 물결처럼 부드럽고 서정적이며, 3악장은 전체적으로 빠르고 생동감이 넘쳐 듣고 있으면 저절로 어깨가 들썩여진다. 4악장은 송어의 주제를 다양하게 변화시킨 변주곡으로, 느렸다가 빨라지고 잔잔했다가도 격렬한 폭풍처럼 휘몰아치는 변화무쌍함에 빠져든다. 5악장은 당장이라도 튀어 오를 듯 빠른 송어의 움직임을 악기들의 빠른 연주로 표현해 화려하고 장엄하게 대미를 장식한다.

송어의 전악장이 다 좋지만 그 중에서도 나는 4악장을 좋아한다. 가곡 송어의 주제가 반복되어, 이 곡을 '송어'라 부르게 만든 바로 그 악장이다. 찬송가처럼, 바흐의 음악처럼, 느리고 장중하다가도 모차르트나 베토벤의 음악처럼 빠르고 격렬하게 고조되었다가 다시 잔잔해 지는 등, 다채로운 변주가 매력적이다.

언젠가 피아니스트 백건우씨가 젊은 연주가들과 함께 송어를 연주하는 모습을 본 적이 있다. 은발의 백건우씨와 청년 음악가들이 하나가 되어 무아지경으로 연주에 몰입하는 모습이 너무 감동적이었다. 역시 음악은 시대와 연령을 초월한 위대한 예술이다.

요즘은 간편하게 핸드폰으로 듣지만 전에는 오디오나 CD로 음악을 들었다. 때로는 집이 떠나갈 듯 크게, 때로는 배경음악처럼 잔잔하게 집안을 '송어'로 채우곤 했다. 자주 듣다 보니 나중에는 아이들까지 이 곡을 외우고 좋아하게 되었다. 아이들과 함께 주제 선율을 따라 부르고 지휘자처럼 지휘를 해 보기도 했다. 얼마 전 새로 장만한 내 핸드폰은 연결 음으로 송어가 저장되어 있다. 게다가 우리 세탁기는 빨래가 끝나면 송어가 흘러나와 세탁 종료를 알려준다. 음악에 문외한이 남편도 송어의 주 선율을 용케 기억하여 고개를 까딱이며 멜로디를 흥얼거리니, 송어는 우리 집 주제곡인 셈이다.

이렇게 멋진 음악을 작곡 해 준 슈베르트가 고맙고, 완벽하게 연

주하는 연주자들이 너무 고맙다. 손쉽게 음악을 들을 수 있는 핸드
폰의 발전도 고맙다. 오디오나 CD플레이어 없이도 간편하게 음악
을 들을 수 있으니 얼마나 좋은 세상인가.

아름답고 즐거운 예술, 음악이 있어 우리 삶은 더욱 풍요롭다.

프라하에서 천사를 만나다

　그 여름 나는 아들과 함께 유럽을 여행하고 있었다. 유로패스로
기차를 이용하는 자유로운 배낭 여행이었다. 파리를 시작으로 암
스테르담, 뮌헨, 잘츠부르크, 프라하, 비엔나, 스위스를 거쳐 이태
리의 여러 도시를 돌아보는 긴 여정이었다. 혼자라면 엄두도 못 냈
을 텐데 든든한 보디가드(?)가 있어 용기를 낼 수 있었다.

　파리를 시작으로 암스테르담, 뮌헨, 잘츠부르크까지는 계획대로
순조로웠다. 다음 여행지는 프라하였다. 뮌헨에서 프라하까지는
밤 기차를 이용하기로 했다. 열차에서 하룻밤을 자고 일어나면 새
로운 도시를 만날 수 있었으니, 알뜰한 배낭여행객들에게 야간 열
차는 인기 있는 이동 수단이었다.

　새벽의 프라하는 안개가 자욱했다. 마치 베일에 싸인 신부처럼
신비감마저 느껴지는 아름다운 도시였다. 프라하 역에는 한 무리
의 현지인들이 나와 있었다. 민박을 원하는 여행객들을 마중나온
사람들이었다. 현지인들은 여행객들과 날짜와 가격 등을 맞춰보고
조건이 맞으면 바로 자기집으로 데려간다.

우리는 '안나'라는 여인과 성사되어 그녀의 집으로 향했다. 버스를 타고 가면서 안나는 자기 집이 지하철 역과 가깝다고 몇 번씩 자랑을 했다. 그녀는 휴가철마다 여행객들에게 아파트를 빌려주고 렌트비를 챙기는 알뜰한 살림꾼이었다. 안나의 집에서 짐을 풀고 샤워도 하고 아침을 든든히 챙겨먹은 후 집을 나섰다.

안나의 말 대로 지하철 역은 아주 가까웠다. 구 소련시절에 만들어졌다는 지하철은 깊이가 아주 깊어, 끝도 없이 지하로 내려갔다. 에스컬레이터 위에서 아래가 보이질 않을 정도였다. 바츨라프 광장에서 내려 화약탑을 거쳐 구시가 광장으로 가니 관광객들로 발디딜 틈이 없다.

프라하는 정말 아름답고 매력있는 도시였다. 광장에서, 골목길에서, 고성古城에서, 나는 문득문득 타임머신을 탄 듯한 착각에 빠졌다. 화약탑, 천문시계, 볼타바 강, 카를교橋의 조각상들, 다리 위의 예술가들, 고풍스런 프라하 성, 성당의 작은 음악회, 황금소로, 흑맥주 시식, 마리오네트 인형극, 환상적인 야경까지…… 우리는 프라하의 매력에 흠뻑 빠져 예정을 바꿔 하루를 더 머물렀다.

떠나는 날 아침, 서둘러 기차역으로 나갔다. 엊그제 새벽 안개 속에 도착했던 바로 그 역이었다. 열차에 올라 우리 좌석을 찾아갔다. 그런데 이게 웬일인가, 우리 자리에 볼이 발그레한 중년 여인과 아들인 듯한 소년이 앉아 있었다. 우리는 차표를 보여주며 자리를 비켜달라고 말했다. 그런데 그들도 당당하게 차표를 내보였다. 놀랍게도 같은 번호였다.

분명히 우리 자리인데, 무언가 잘못된 것 같았다. 통하지 않는 언어로 실랑이가 오갔고 언성도 점점 높아졌다. 옆자리에 앉은 사람들까지 실랑이에 끼어들어 우리 기차표를 드려다 보며 자기들끼리 한참을 수군거리더니 지나가는 역무원을 불렀다. 역무원은 우리 기차표를 보고 씩 웃으며 느린 영어로 친절하게 설명했다.

"당신들은 역驛을 잘못 찾아왔어요. 프라하에는 기차역이 두 개 있는데, 이건 저 쪽 역에서 출발하는 기차표랍니다. 그런데 지금은 시간이 너무 늦어 그곳으로 갈 시간이 없어요. 다행히 중간에 두 기차가 교차되는 지점이 있어요. 이 기차를 타고 가다가 그 곳에서 '빈'으로 가는 기차를 바꿔 타세요."

이런 실수를 하다니, 서울에도 기차역이 서 너 개가 있는데 왜 우리는 프라하에 기차역이 하나뿐 일 거라 생각했는지, 차표에서 역 이름을 확인하지 않은 것이 잘못이었다. 그러나 지금으로서는 달리 방법이 없었다. 역무원의 말을 따르는 수 밖에. 잠시 후 기차가 움직였다. 창 밖으로 펼쳐지는 아름다운 경치가 그날은 하나도 눈에 들어오지 않았다. 아직 일정이 많이 남았는데 이런 실수를 하다니……. 그 기차가 먼저 도착해서 떠나버린다면 낭패 아닌가……. 달리는 내내 안절부절못하며 일이 순조롭기를 기도했다.

드디어 문제의 기차역에 닿았다. 다행히 우리 기차가 먼저 도착했고, 잠시 후 '빈'으로 가는 기차가 역 구내로 들어왔다. 우리는 짐을 챙겨 내릴 차비를 했다. 바로 그때, 우리 자리에 앉아있던 그 중년 여인이 자리에서 벌떡 일어섰다. 여인의 갑작스러운 행동에 모두 눈이 휘둥그래졌다. 내내 안쓰러운 표정으로 우리를 지켜보던 여인이기에 작별인사를 하려는 줄 알았다.

그런데 여인은 단호한 표정으로 우리에게 따라오라는 시늉을 하며 앞장섰다. 어리숙한 우리 모자母子가 선로 위에서 우왕좌왕하다 기차를 놓칠까 봐 안내를 자청한 것이다. 여인은 정해진 통로를 무시하고 선로 위를 이리저리 가로 지르며 빠른 걸음으로 걸어갔다. 그리 멀지 않아 보였는데 실제로는 제법 거리가 있었다. 우리는 무거운 가방을 끌며 그녀의 뒤를 바싹 뒤쫓았다.

이윽고 우리가 탈 열차 앞에 이르자 여인은 가쁜 숨을 고르며 어서 타라고 재촉했다. 우리는 떠밀리듯 열차에 올랐다. 여인의 발그레한 얼굴에 땀방울이 송송 맺혀 있었다. 우리가 열차에 오른 것을 확인하자 여인은 몸을 홱 돌리더니 뛰기 시작했다. 여인의 등 뒤에 대고 아들과 나는 목청껏 '땡큐'를 외쳤지만 그녀는 뒤도 돌아보지 않고 총알처럼 달렸다. 시간이 촉박했기 때문이다.

무사히 돌아가야 하는데, 우리 때문에 기차를 놓친다면 얼마나 미안한 일인가. 우리는 가슴을 졸이며 달리는 여인을 지켜보고 있었다. '좀 더 빨리, 더 빨리……' 여인은 넘어질 듯 넘어질 듯, 달리고 또 달렸다. 열차까지는 아직 몇 걸음 남았는데, 아, 기차가 움직인다. '안돼, 기다려……' 우리는 안타까이 부르짖었다.

드디어 여인의 손이 열차에 닿자 나도 모르게 탄성이 튀어나왔다. 실로 간발의 차이였다. 여인은 서서히 움직이는 기차에 훌쩍 뛰어오르더니 우리 쪽으로 몸을 돌렸다. 움직이는 열차 위에서 여인은 우리를 향해 양손을 번쩍 들고 힘차게 흔들었다. 마치 개선장군처럼.

그 후 우리는 예정대로 '빈'에서 며칠을 머물고 스위스를 거쳐

2 내가 정말 거기 있었을까

이태리의 여러 도시들을 여행하며 긴 여정을 무사히 마쳤다. 그 분이 아니었다면 우리 여행의 뒷부분이 얼마나 복잡했을 지, 생각만 해도 끔찍하다. 낯선 여행자에게 베푼 여인의 친절은 고마움을 넘어 감동이었다.

이름도 모르는 프라하의 여인, 그녀는 천사였다.

가쁜 숨을 몰아 쉬며 이마의 땀을 훔쳐내던 '프라하의 천사'
개선장군처럼 양손을 흔들던 그녀의 당당한 모습이 지금도 눈에 선하다.

사랑과 눈물의 서사시, 타지마할

　새벽 동이 트기 전에 델리를 떠났는데 정오가 훨씬 지나서야 아그라에 도착했다. 고속도로에 사람과 우마차가 함께 통행하고 있으니 차들이 속도를 내지 못한다. 아그라에서도 한참을 달려 타지마할 주차장에 도착했다. 차에서 내리자 마자 나는 하얀 돔부터 찾았다. 두리번거리는 나를 보고 가이드가 피식 웃는다.

　"타지마할 찾으세요? 여기선 안보여요. 좀 더 가야해요."

　자동차 배기가스로부터 타지마할을 보호하기 위해 반경 4Km 안에는 차를 들여보내지 않아 여기부터는 다른 교통수단을 이용해야 한단다. 낙타, 릭샤, 말, 그 중에서 낙타를 선택했다. 높직한 낙타 등에 올라앉아 그가 이끄는 대로 뚜벅뚜벅 걸음을 옮긴다.

　드디어 타지마할 입구, 표를 사기 위해 긴 줄에 섰다. 델리에서 이미 외국인과 내국인의 입장료 차이를 수차 경험했기에 예상은 하고 있었지만 여기는 그 정도가 너무 심하다. 외국인 입장료가 인도인의 거의 40배다. 안내판에는 우리가 낸 입장료가 세계문화유산을 보호하는데 쓰인다고 써 있다. 인도의 타지마할을 왜 외국인들만 보호해야 하는지, 피식 웃음이 나온다.

붉은 사암으로 지은 멋진 정문을 들어서자 넓은 초록 정원 너머로 그녀가 한눈에 들어온다. 그녀는 하얀 사리로 몸을 감싼 기품있는 인도 여인의 모습이다. 인도 거리마다 넘쳐나는 남루한 군상들과는 전혀 다른 우아한 귀부인이다. 아니 초록의 정원 위에 피어난 희고 순결한 한 송이 백합이다.

타지마할은 무굴 제국의 다섯 번 째 왕인 '샤 자한'이 사랑하는 왕비 '뭄타즈 마할(Mumtaz Mahal)'을 위해 만든 무덤이다. 왕비는 전쟁터에서 열 네 번 째 아기를 낳다가 서른아홉 젊은 나이에 목숨을 잃었다. 아내 잃은 지아비의 슬픔이 얼마나 비통했던지, 하룻밤 사이에 왕의 머리가 하얗게 세어버렸다고 전해진다.

왕비는 세상에서 제일 아름다운 무덤을 지어달라는 유언을 남겼고, 예술적 감각이 뛰어났던 샤 자한 왕은 선대왕들이 축적해 놓은 부富를 마음껏 쏟아 부어 아내의 유언을 완성했다. 한 남자의 애절한 사랑과 그리움과 눈물이 위대한 타지마할을 탄생시킨 것이다. 타지마할이 많은 이들의 사랑을 받는 것은 건축물의 웅장함과 높은 예술성 때문이기도 하지만, 세상 모든 여인들의 가슴을 뭉클하게 하는 샤 자한 왕의 지고지순한 사랑 때문인지도 모른다.

입구에서 묘궁까지 직선의 긴 연못을 중심으로 좌우에 초록의 정원이 펼쳐져 있다. 완벽한 대칭을 이룬 타지마할처럼, 정원 또한 연못을 중심으로 완벽한 좌우 대칭이다. 연못 속에는 또 하나의 타지마할이 물결을 따라 흔들리고 있다. 정원을 지나 묘궁으로 향한다. 묘궁 입구에 신발 보관소가 있다. 타지마할의 청결을 유지하기 위해 신발을 벗거나 덧신을 신어야 한다. 맨발로 대리석 바닥의 감촉을 즐기는 것도 좋겠지만 양말과 운동화를 벗어서 맡기고 찾고 하는 일이 번거로울 것 같다. 10루피짜리 헐렁한 덧신을 사서 운동화 위에 신고 계단을 오른다.

가까이서 보는 타지마할은 멀리서와는 또 다른 모습이다. 멀리서는 웅장한 대리석 건축물로만 생각했는데, 가까이서 보니 거대한 조각 작품이다. 아치형의 문, 둥근 천청, 사방의 벽과 창문들, 얼핏 보면 밋밋한 대리석 같지만 가까이서 보면 하나하나마다 정교하게 무늬가 새겨져 있다. 꽃송이는 물론 휘갈겨 쓴 코란의 글귀까지도 다 조각이다. 사람의 손이 어디까지 섬세할 수 있는지 보여주려는 듯 너무 정교하고 섬세하다. 타지마할은 건축이라기 보다는 조각이고, 조각이라기 보다는 보석이다. 그래서인지 타지마할은 별명이 많다. '대리석과 시간의 마술', '대리석의 꿈', '사랑의 서사시', '시간의 뺨 위에 떨어진 눈물방울', '영원히 마르지 않는 눈물' 등 등.

그 눈물 속으로, 꿈 속으로 들어가 본다. 눈길 닿는 곳 마다 꽃과 잎, 열매들이 조각되어 있는데 희고 투명한 대리석에 아로새겨진 오색영롱한 조각들은 화려함의 극치를 이룬다. 이것은 당시 이태리에서 유행했다는 '삐에뜨라 듀라'(Pietra dura) 라는 상감 기법으로, 먼저 대리석을 꽃무늬 형태로 파내고 그 자리에 색색의 돌을 끼워 넣는 방식이다. 한 송이 작은 꽃을 완성하는데 무려 65조각의 청옥과 홍옥, 황옥을 색 맞추어 조각했고, 작은 꽃망울 하나에도 22조각을 새겨 넣었다니, 타지마할은 수많은 장인들의 피와 땀과 눈물의 결정체였다.

그녀의 속살, 묘실 안으로 들어간다. 중앙에 대리석 조각가리개가 둘려 있는데, 조각 틈새로 드려다 보니 두 개의 관이 놓여있다. 중앙의 것이 왕비의 관이고, 그 옆이 샤 자한 왕의 관이란다. 그러나 이것들은 모조품이고 진품은 지하 은밀한 곳에 고이 모셔 놓았다고 한다. 묘궁 안을 돌아보며 조각들을 만져보고 쓰다듬어 보고 손톱으로 긁어도 본다. 이게 진정 사람의 솜씨일까, 타지마할을 만든 22,000명 장인 모두에게 존경과 경의를 표하고 싶다.

더 보고 싶지만 밀려드는 관광객들 때문에 오래 머물 수가 없다. 묘궁에서 나온 사람들은 모두 뒤편에 몰려있다. 그들은 타지마할이 만들어 준 넓은 그늘에서 시원한 강바람을 즐기고 있다. 타지마할 뒤로 흐르는 '야무나'강은 아그라 성을 지나 멀리 델리까지 이르는 긴 강이다.

가무잡잡한 우리의 인도인 가이드는 강 건너 편의 작은 회교사원을 가리킨다. 샤 자한 왕이 또 하나의 타지마할을 세우려 했던 곳이란다. 왕은 그곳에 검은 대리석으로 자신의 무덤을 세우려 했단다. 아내를 위해서는 순백의 타지마할을, 자신을 위해서는 검은 타지마할을 세워, 죽어서도 서로 마주보려 했다니 그의 아내 사랑이 얼마나 지극했는지 짐작할 수 있다.

그러나 샤 자한 왕은 꿈을 이루지 못했다. 장장 22년에 걸친 타지마할 건축으로 무굴 제국의 재정은 고갈 되었고, 검은 대리석은 흰 대리석의 다섯 배나 값이 나갈 만큼 귀했다. 왕의 꿈이 좌절된 결정적인 이유는 막내아들의 반란이었다. 네 아들 중 가장 용맹하고 신앙심이 깊었던 '아우랑제브'는 국가 재정 파탄에 불만을 품고 부왕을 아그라성城에 유폐시킨 후 자신이 왕위에 올랐다. 타지마할을 완성한 지 4년만에 벌어진 일이다.

샤 자한 왕의 비극적인 운명 때문인지 돌아서는 발걸음이 무겁다. 몇 걸음 가다 멈추고 또 몇 걸음 가다 뒤를 돌아본다. 파란하늘과 하얀 타지마할과 초록의 정원, 이 아름답고 경쾌한 조화가 슬프게 느껴지는 건 무슨 까닭일까. 잠시 벤치에 앉아 타지마할을 바라본다. 과연 샤 자한 왕이 직접 골랐다는 세계 최고의 대리석은 360년이 지난 지금도 엊그제 만든 것처럼 산뜻하다. 흠잡을 곳 하나 없는 완벽한 예술품, 아니 거대한 보석 덩어리가 눈부신 태양 아래 반짝이고 있다.

그러고 보니 오늘이 음력 12월15일, 타지마할이 가장 아름답다는 보름밤이다. 날씨에 따라, 햇빛의 방향과 강도에 따라, 타지마할은 천의 얼굴로 변한다고 한다. 한낮의 타지마할, 새벽의 타지마할, 해질녘의 타지마할, 빗 속의 타지마할, 안개 속의 타지마할이 저마다 다른 모습이란다. 그 중 가장 매혹적인 것이 보름밤의 타지마할이란다. 푸른 달빛이 투명한 대리석에 반사되면 그 아름다움이 절정에 달해, 둥글고 하얀 돔이 밤하늘로 둥실 떠오르는 듯 환상적이라니, 상상만 해도 소름이 돋는다. 타지마할을 한번 보는 것이 소원이었는데, 이제 보름밤의 타지마할을 아쉬워하고 있으니 사람의 욕심은 끝이 없다.

타지마할을 뒤로하고 샤 자한 왕이 유폐되어 말년을 보냈다는 '아그라'성으로 향한다. 붉은 사암의 정문을 들어서니 높은 성벽이 위세를 부리듯 앞을 가로막는다. 50미터 높이로 쌓아 올린 붉은 성벽과 성을 감싸고 흐르는 해자垓子가 철옹성을 방불케 한다. 성안으로 들어서니 넓은 정원 너머로 사암과 대리석으로 지은 고색창연한 왕궁 건물들이 보인다.

정원과 건물들은 건성 둘러보고 비련의 장소인 '포로의 탑'으로 올라간다. 멀리 야무나 강 건너로 타지마할이 작은 미니추어 크기로 아련하게 보인다. 잠시 샤 자한 왕의 심정이 되어 강 저편을 바라본다. 사랑했던 아내의 죽음과 믿었던 아들의 배신에 그가 겪었을 분노와 좌절, 슬픔과 회한의 세월을 생각하니 가슴이 먹먹해진다. 인도 전역을 호령하던 무굴 제국의 황제가 아들에 의해 포로 신세가 되어, 자신이 심혈을 기울여 건축한 타지마할을 바라보며 눈물로 생을 마감했다는 사실은 역사의 아이러니이자 인생무상이다.

이제 델리로 돌아가야 할 시간이다. 주차장으로 가기 위해 이번에는 인도의 가장 대중적인 교통수단 '릭샤'를 탔다. 릭샤에 오르자 이내 졸음이 밀려든다. 새벽부터 종종걸음을 한 탓인지 몰려드는 잠을 이길 수가 없다. 한숨 달게 자고 문득 깨어보니 어둑어둑한 저녁, 하늘에 달이 떠있다. 휘영청 밝은 보름달이다. 푸른 달빛과 하얀 타지마할이 그려낼 몽환적인 광경을 상상하며 나는 다시 잠의 유혹에 빠져든다.

꿈속에서 보름밤의 타지마할을 만났으면…….

탐욕의 상징, 시기리아(Sigiriya)

　스리랑카는 인도 남쪽에 있는 섬 나라다. 유구한 역사와 독특한 문화유산, 바다와 밀림이 어우러진 아름다운 자연 경관으로, 인도양의 진주라 불리우는 보석 같은 섬이다. 콜롬보 공항에서 택시를 타고 예약해 둔 호텔로 갔다. 창 밖으로 비스듬히 바다가 내려다보이는 방이 마음에 든다. 갑자기 떠나온 여행이라 큰 기대를 하지 않았는데 시작부터 기분이 좋다.

　저녁 식사 후 가까운 해변을 산책하고, 돌아오는 길에 호텔 뒤편의 기념품 점에 들렀다. 실론 티(Ceylon tea)의 나라답게 차(茶)종류가 많다. '실론'은 스리랑카의 옛이름이다. 1972년 국호를 바꿨지만 '실론 티'라는 브랜드가 세계적으로 유명하다 보니 지금도 사용하고 있다. 차 외에도 면제품과 수공예품들이 정교하고 다양하다. 많은 상품에 코끼리와 사자의 도안이 있다. 두 동물은 스리랑카를 상징하는 동물로 옷에도 방석에도 가방에도 장난감에도 코끼리와 사자가 그려져 있다. 아기 코끼리를 수놓은 손 지갑과 시원한 면 티를 샀다.

다음 날 '시기리아'를 보러 간다. 시기리아는 스리랑카 홍보 책자의 표지에 나올 만큼 대표적인 관광지다. 프런트에서 소개해 준 기사의 차를 타고 일찌감치 출발한다. 하루 일정으로 빠듯하기 때문에 서둘러야 한다. 시내를 벗어나자 무성한 열대 숲이 시작된다. 밀림 사이로 차 두 대가 겨우 빗겨갈 정도의 길이 끝없이 이어진다. 기사 아저씨는 가다가 절寺刹이 나오면 차를 세우고 들어가 예불을 하고 나온다. 스리랑카가 불교 국가임을 실감한다.

몇 시간 후, 주차장에 차를 세운 기사님이 멀리 밀림 위를 가리킨다. 밀림 위로 엄청나게 큰 바위가 솟아있다. 초록의 밀림 위로 불쑥 튀어나온 거대한 화강암 바위가 오늘의 목적지 '시기리아'다. 차에서 내려 곧게 뻗은 황토 길을 따라 간다.

시기리아(Sigiriya)는 바위 요새(Sigiriya Rock Fortress) 또는 사자 바위(Lion's Rock)로 알려진 스리랑카의 상징적인 랜드마크 중 하나로 세계문화유산으로 지정되었다. 마야의 잉카 유적에 버금가는 건축물로 '동양의 마추픽추'라고도 불리운다. 페루의 마추픽추처럼 인간의 두려움이 만들어낸 밀림 속 난공불락의 공중도시다. 울창한 밀림 한가운데 불쑥 솟아 주변을 압도할 뿐 아니라 드넓은 스리랑카 평원 어디서도 잘 보이는 지형물이 참으로 기이하다.

시기리아에는 가슴 아픈 가족사가 숨어있다. 5세기말 스리랑카를 지배했던 '다토세나'왕에게는 두 아들이 있었다. 장남 카사파(Kassapa)와 이복 동생 목갈라나(Moggallana)였다. 카사파의 어머니는 궁녀 출신이고, 목갈라나의 어머니는 왕비였으니, 왕위는 목갈라나 차지가 될 게 뻔했다. 이에 불만을 품은 장남 카사파가 반

란을 일으켜 아버지를 살해하고 스스로 왕위에 올랐다.

카사파는 왕좌를 차지하긴 했지만 인도로 망명한 동생의 복수가 늘 두려웠다. 동생이 언제 쳐들어올지 몰라 안전한 피난처를 물색했고, 마침내 그가 찾아낸 곳이 시기리아였다. 밀림 한가운데 솟아 있는 200미터 높이의 바위는 최고의 피난처였고, 사방이 탁 트여 적의 공격을 막아낼 수 있는 천혜의 요새였다.

그러나 왕의 영화는 길지 못했다. 아버지를 살해한 왕의 잔혹함에 민심이 돌아섰고, 인도로 피신했던 동생이 군대를 이끌고 쳐들어와 형제 간에 치열한 전투가 벌어진다. 이 전투에서 카사파 왕은 동생에게 대패해 스스로 목숨을 끊는다. 탐욕스럽게 차지한 영화가 11년만에 처참하게 끝이 난 것이다.

입구에는 한 쌍의 거대한 사자 발이 위협적인 모습으로 버티고 있다. 스리랑카 사람들은 자신들을 백수의 왕인 사자의 후예라 믿어 국기國旗에도 실론 티 상표에도 사자 문양을 넣었다. 카사파 왕은 자신의 위세를 드높이고자 바위 아랫부분을 깎아 사자 모양으로 조각해, 왕궁을 찾는 사람들이 사자의 입 속으로 들어가도록 해 놓았다. 머리부분은 훼손되어 날카로운 발톱이 달린 두 발만 남았다.

사자의 양 발 사이에서 계단이 시작된다. 60도 경사의 계단이 끝없이 이어지니 보기만해도 까마득하다. 심호흡을 한 후 한발한발 오르기 시작한다. 계단 옆은 까마득한 낭떠러지, 그 절벽을 철제 계단이 지그재그로 휘감으며 위로 위로 올라간다. 발을 잘못 디디면 절벽 아래로 굴러 떨어질 판이니 조심해야 한다.

한참을 오르니 절벽 중간의 석굴 벽에 벽화가 그려져 있다. 온갖 장신구로 치장한 아름다운 여인들이 풍만한 가슴을 드러내고 있는 민망한 벽화다. 1600년 전에 그렸다는데 색깔이며 형상이 제법 잘 보존되어 있다. 여인들은 저마다 다른 포즈와 표정으로 손에는 꽃, 과일, 음식접시를 들고 서 있다. 이 벽화는 카사파 왕이 죽은 아버지를 위해 그린 것으로, 처음에는 500여 명이었는데 지금은 18명만 남아 있다. 억울하게 죽은 아버지의 원혼寃魂이 찾아오면 이 여인들이 나아가 꽃과 과일과 음식으로 아버지를 달래주길 바라는 마음으로 그렸다니, 아버지를 죽인 죄책감이 컸던 모양이다.

발 아래 펼쳐진 광대한 밀림은 세계 어디에서도 볼 수 없는 장관이다. 그러나 1200개의 계단을 힘겹게 오르다 보니 아름다운 경치도 점차 시들하다. 발 아래만 보고 뚜벅뚜벅 오르고 또 오른다. 가끔씩 발을 멈추어 땀을 씻고 숨을 고른 다음 다시 오르고 또 오르고……. 거의 주저앉고 싶을 만큼 지쳤을 때 계단이 끝나고 정상이 나타났다.

사방이 탁 트여 시원한데다 바람까지 불어주니 그야말로 꿀맛이다. 구경은 잠시 미루고 우선 나무 그늘을 찾아 가쁜 숨을 고른다. 바위 위라서인지 큰 나무는 없고 작은 나무들만 군데군데 있다. 나무 그늘마다 사람들이 몰려 있다. 땀을 식힌 후 왕궁 터를 둘러본다. 암벽 위 평지가 우리나라 평수로 4,200평이라니 엄청나게 큰 바위다. 눈 아래로 초록의 밀림이 끝없이 펼쳐져 있다. 사방이 트여 있어 적의 침입을 한눈에 볼 수 있으니, 과연 난공불락의 요새가 틀림없다.

힘들게 올라왔으니 하나라도 더 보고 싶어 이곳 저곳을 둘러본다. 여기저기 정교하게 쌓여 있는 벽돌 담의 흔적들은 왕궁, 연회장, 집무실이 있던 곳이란다. 물이 가득 고여있는 곳은 왕이 놀던 수영장이란다. 비도 잘 내리지 않는 열대 지방에, 더구나 이 높은 바위 꼭대기에 수영장이라니 어울리지 않는다. 놀랍게도 코끼리를 이용해 승강기를 움직여 바위 밑에서 이곳까지 물을 끌어 올렸다니, 고대 스리랑카의 건축 공학 수준이 대단했음을 알 수 있다.

문득 이 왕궁을 건설한 사람들을 생각해 본다. 이 높은 곳까지 건축 자재들을 운반하느라 얼마나 힘들었을까. 실족해 죽은 사람은 얼마나 많았을까. 결국 시기리아는 카사파 왕의 탐욕이 만들어낸 비극의 결과물이다. 그러나 수많은 사람들의 피와 땀과 희생으로 만들어진 이 유적이 지금은 '세계 8대 불가사의' '동양의 마추픽추'라 불리며 스리랑카 최고의 관광자원으로 국가의 주요 수입원이 되었으니, 중국의 만리장성이나 이집트의 피라미드처럼 역사의 아이러니다.

수영장 위쪽에 돌을 다듬어 만든 긴 의자가 있다. 왕의 의자란다. 돌 의자에 앉아있는 카사파 왕을 상상해 본다. 과연 그는 저기 앉아 무슨 생각을 했을까. 바위 꼭대기에 건설한 자신의 왕궁을 바라보며 만족했을까. 별로 행복하지 않았을 것 같다. 사람의 발길이 닿지 않은 이 밀림 속 바위 꼭대기까지 도망 온 것을 보면 그가 얼마나 두려움 속에 살았는지 짐작할 수 있다.

시기리아에서 탐욕의 최후를 본다. 탐욕의 끝은 결코 행복이 아니었다. 탐욕으로 쟁취한 잠시의 쾌락과 영화가 얼마나 허망한 것인지, 폐허가 된 시기리아의 왕궁 터가 말해주고 있다. 카사파왕의 영화가 사라진 이곳에 원숭이들이 어슬렁거리고 있다. 지금 왕궁의 주인은 원숭이들이다. 몇 마리의 원숭이들이 누구의 방해도 받지 않고 이곳에서 천국 같은 삶을 누리고 있다.

　내려가는 길은 한결 수월하다. 그러나 방심은 금물, 내려갈 때 더 조심해야 한다. 사자의 입에서 토해지는 순간, 내 속에 남아있던 탐욕의 찌꺼기들도 함께 토해버렸다.

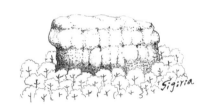

잊을 수 없는 책, 가시나무 새

비밀의 세계를 엿보고 싶은 인간의 호기심은 '아담과 이브'에서 비롯된 것 같다. 인류 최초의 인간인 아담과 이브는 에덴 동산에 심겨진 수많은 과일 중, 먹지 말라 한 과일을 굳이 따먹어 하나님의 진노를 샀다. 그들의 후예인 인간들 역시 호기심이 많다. 때로 호기심은 문명의 발달을 가속시키기도 하고, 비밀의 세계를 소재로 한 소설이나 영화를 탄생시키기도 한다.

사람들은 베일 속에 가려진 성직자의 생활에도 관심이 많다. 신을 향한 일념으로 순결, 청빈, 소명의 계율을 목숨처럼 지키며 살아가는 신부나 수녀들이 종종 소설이나 영화의 주인공으로 등장한다. 영국의 여류 작가 '컬린 맥글로우 Colleen Mcullough'의 '가시나무 새'도 성직자 '랄프'와 청순한 여인 '매기'의 사랑을 그린 대하소설이다.

가시나무새의 무대는 넓고 광활한 땅 호주다. 대가족의 외동 딸 매기는 가족들의 무관심 속에 외롭게 자란다. 외톨이인 그녀에게 관심을 쏟는 사람은 오직 교회의 젊은 사제 랄프신부 뿐이다. 자연스럽게 매기는 부모나 오빠들보다 신부님을 따랐고, 심지어 초경 初經의 난처한 경험까지도 어머니가 아닌 신부님께 고백한다. 성장하면서 신부님을 향한 매기의 감정은 자연스럽게 사랑으로 발전한다. 랄프 역시 눈부시게 아름다운 처녀로 성장한 매기에게 운명적인 사랑을 느끼지만, 성직자의 길을 택한다.

'가시나무새'는 감동적인 내용뿐만 아니라 또 다른 의미로 내게 잊을 수 없는 책이다. 남편의 직장을 따라 미국에 살게 되었을 때 나는 언어의 높은 장벽을 실감하고 한없이 절망했다. 600여 세대가 사는 아파트에 한국인은 우리 집뿐이었으니, 생활에 불편함을 면하기 위해서라도 영어를 배우는 일이 시급했다. 영어를 배우는 길은 여러 가지가 있었지만 나는 영어 책을 읽는 방법을 택했다. 가까운 도서관에 가서 유아용 그림책부터 읽기 시작했다. 유아용 그림책에서 시작된 나의 책 읽기는 아동 도서를 거쳐 '엘릭 시걸'의 소설과 '시드니 셀던'의 소설을 읽는 단계까지 발전했다. Love story, Man Woman and Child, Rage of Angel, Windmill of the God 등을 사전을 찾아가며 열심히 읽었다.

때 마침 TV에서 '가시나무새'가 방영되었다. 성직자의 품위를 손상시킨다 하여 로마 교황청의 강력한 반대에 부딪쳐, 촬영을 마치고도 오랫동안 방영이 보류되었던 화제작이다. 8회에 걸쳐 방영된 TV극 가시나무새는 소설보다 훨씬 더 흥미진진했다. 사랑하는 여인을 두고 성직자의 길을 택할 수밖에 없었던 랄프, 사랑해선 안될 사람을 끝내 단념하지 못하는 매기, 랄프의 야망에 불을 지르는 돈 많은 과부, 기구한 운명의 여인 매기 어머니, 아버지와 오빠들의 삶과 죽음, 넓고 광활한 땅 호주를 배경으로 가시나무 새의 애절한 이야기는 장대하게 펼쳐졌다.

무인도 '바르토크' 섬에서 랄프와 꿈 같은 시간을 보낸 매기는 랄프의 아기를 임신하고 아들 '데인'을 낳는다. '신이 내게서 랄프를 빼앗아간 대신 나는 그의 아들을 훔쳤다'며 쾌재를 부르지만 사랑해선 안될 사람을 사랑한 매기의 시련은 끝나지 않았다. 장성한 데인이 기어이 성직자의 길을 고집하여 로마로 떠나던 날, 매기는 또 한번 신을 저주하며 울부짖는다.

'당신은 내가 사랑하는 사람들을 모두 빼앗아 갔습니다. 랄프도 데인도. 이제 나는 당신에게 더 내놓을 것이 없습니다.'

그러나 가혹한 운명의 신은 매기에게 아들 데인마저 빼앗아 간다. 성탄 휴가를 맞아 로마에서 호주 집으로 오던 중, 그리스 해변에서 바다에 빠진 아이를 구하려다 익사溺死하고 만다. 데인을 맞을 준비로 들 떠있던 매기에게 청천벽력 같은 소식이 전해지고, 바티칸의 랄프 추기경도 달려온다. 자기 아들인 줄 까맣게 모르는 채 랄프는 데인의 장례식을 집전하고 비탄에 젖은 매기를 위로한다. 그때 매기는 지금까지 숨기고 있었던 엄청난 비밀을 쏟아놓는다.

'데인은 내 아들이었지만 당신 자식이기도 했다.'는 매기의 울부짖음에 충격을 받은 노 추기경 랄프는 심장 쇼크를 일으켜 매기의 품에서 숨을 거둔다.

영화 가시나무새를 소설보다 더 좋아하게 된 것은 랄프를 연기한 '리차드 체임벌린'(Richard Chamberlain)이라는 배우 때문이다. 그는 이미 수많은 영화에서 내 마음을 사로잡았던 유명한 배우다.

때로는 유능한 의사로, 때로는 익살스러운 탐험가로, 때로는 희대의 플레이보이 카사노바로, 그는 어떤 역할도 완벽하게 연기하는 연기파 배우였다. 정통 연극학교를 졸업한 체임벌린은 영어 발음이 아주 정확해 다른 어떤 배우보다 대사를 알아듣기가 수월했다. 훤칠한 키에 이지적인 용모, 까만 법의에 진홍빛 띠, 금빛 수술이 달린 끈과 진홍빛 작은 단추들, 추기경 차림의 랄프가 매기를 향한 끊을 수 없는 사랑으로 고뇌하는 모습은 지금도 눈에 선하다.

우리 말로 번역된 가시나무 새를 여러 번 읽었던 터라 전체적인 스토리를 이해하는 데는 어려움이 없었지만, 배우들의 빠른 대사는 알아듣기 힘들었다. 대사를 정확히 이해하기 위해 무리인 줄 뻔히 알면서 영어 원본을 사서 읽기 시작했다. 한 페이지를 읽는데 단어를 몇 장씩 찾아야 했고, 단어를 다 찾아도 내용이 연결되지 않는 복잡한 문장들이 너무 많았다.

무슨 말인지 모르면 다시 VCR을 틀고, 다시 책을 읽고, 다시 틀고, 수없이 VCR을 틀어가며 오기반 호기심 반으로 '가시나무 새'와 씨름했다. 책을 다 읽기까지 반년 넘게 걸렸으니, 내 평생 가장 오래 읽은 소설이다.

가시나무 새를 읽은 후 달라진 것이 있다면 미국인들을 만났을 때 전처럼 겁이 나지 않는 것이었다. 어휘력과 독해력이 다소 향상 되었을지 몰라도 회화 실력과는 별 상관이 없으련만, 적어도 미국인들 앞에서 주눅드는 일은 없어졌다. 비록 부족한 영어지만 침착하게 말할 수 있는 자신감이 생긴 것이다. 마치 장거리 난코스를 운전하고 난 후, 동네 길 운전에 자신감이 생긴 것처럼.

그때 단어를 찾아 놓은 공책들을 보면 지금도 머리가 아파온다. 그러나 나는 그 낡은 단어장들을 버리지 못한다. 그 속에 젊은 날의 내가 있기 때문이다. 높은 영어의 장벽 앞에 절망하던 나, 어린이들과 나란히 앉아 동화책을 읽던 나, 책이 너덜너덜 해질 때까지 가시나무새와 씨름하던 나, TV화면과 책을 번갈아 보며 랄프와 매기의 대사에 귀 기울이던 내가 그 공책 속에 있다. 그 무모한 도전을 감행할 수 있었던 젊음의 용기가 그립다.

　　처음에는 소설의 감동으로, 다음엔 영어 공부를 위해, 나중에는 체임벌린의 연기에 반해, 수없이 읽고 수없이 보았던 가시나무새, 평생 잊을 수 없는 책이다.

목화성, 파묵칼레(Pamukkale)

터키 여행이 중반으로 접어 들었다. 며칠 동안 우리 눈을 즐겁게 해 준 에게 해와 작별하고 내륙으로 들어간다. 길 양편으로 과수원들이 끝없이 펼쳐진다. 과수원에는 귤, 올리브, 살구, 무화과, 석류나무들이 자라고 있다. 맛있고 다양한 터키의 과일들이 생산되고 있는 현장이다. 마침 휴게소에 석류를 갈아주는 곳이 있어 맛보기로 했다. 젊은이는 석류를 툭툭 자르더니 즉석에서 드르륵 갈아 준다. 루비를 닮은 맑고 고운 빛깔이 먹기에 아까울 만큼 매혹적이다. 새콤달콤한 진홍빛 석류 즙이 아주 진하고 맛있다.

'데니즐리'에서 점심을 먹고 '파묵칼레'로 향한다. 터키 여행 안내서를 읽으며 가장 궁금했던 곳이 파묵칼레다. 새하얀 산 허리에 파란 물이 흘러 넘치는 물 웅덩이, 거대한 석회 고드름, 물 속에서 수영을 즐기는 사람들, 도저히 상상이 안 되는 기이한 풍경이었다. 이제 그 신비경을 직접 볼 수 있게 된 것이다.

데니즐리를 떠난 지 30분쯤 되었을까. 멀리 하얀 눈을 머리에 인 야산이 보인다. 목화성이란 이름처럼 산 위에 목화더미가 쌓여있는 것 같기도 하고, 하얀 눈이 소복이 쌓여 있는 것 같기도 하다. 매표소를 지나면 신발을 벗어야 한다. 신발과 양말을 벗어 들고 바지를 둘둘 걷어 올리고 조심스럽게 걸음을 옮긴다. 초입은 흙 길이나 곧 하얀 석회석 길로 변한다. 석회석 표면이 아주 미끄럽다.

드디어 사진에서 보았던 신비스런 석회붕石灰棚이 나타난다. 석회질을 함유한 뜨거운 물줄기가 4000년이란 오랜 세월 동안 암벽 위로 흘러내려 온통 새하얀 산을 이루고 붕棚, 웅덩이를 만든 것이다. 석회붕 겉면에는 거대한 석회 고드름이 주렁주렁 달려있고 그 안에 물이 고여있다. 웅덩이의 물은 하늘빛을 담아낸다. 맑은 날은 파란빛 하늘을, 날이 흐린 날은 회색빛 하늘을.

눈밭 같은 석회석 길에 깊은 도랑이 파여 있다. 도랑의 물빛이 하늘색이라 하얀 설원에 파란 물감으로 굵은 줄을 그어놓은 형상이다. 도랑에는 따듯한 온천 수가 콸콸 흐르고 있다. 맨발과 종아리에 닿는 따듯한 도랑물의 촉감이 아주 좋다. 석회붕 표면이 미끄러운데다 물살도 빨라 조심 조심 걸음을 옮긴다.

중간중간 걸음을 멈추고 사방을 둘러본다. 하얀 설원 위에 펼쳐진 크고 작은 물 웅덩이들이 청옥빛 하늘을 담고 있다. 석회붕의 크기와 담겨진 물의 양에 따라 푸른 빛은 농담濃淡을 달리한다. 사진 속에서 수없이 보았던 광경이지만 직접 눈으로 보니 탄성이 절로 나온다. 파스텔 톤의 크고 작은 물 웅덩이들, 자연이 빚어낸 또 하나의 비경이 터키 내륙 깊숙한 곳에 숨어 있었다.

도랑 오른쪽에 커다란 물 웅덩이가 있다. 웬만한 연못 크기다. 몇몇 젊은이들이 반바지와 티셔츠 차림으로 웅덩이 속에서 첨벙거리고 있다. 물속의 석회를 건져 올려 얼굴과 온 몸에 잔뜩 발라, 살아 있는 석고상을 만들며 즐거워한다.

예전에 비해 온도가 많이 낮아졌다지만 물은 여전히 따듯하다. 안타까운 것은 온천수의 수량이 점점 줄어들고 있다는 사실이다. 실제로 웅덩이의 물은 여행 안내서의 사진처럼 수영을 즐길 만큼 수량이 풍부하진 않다. 근처에 들어선 호텔들 때문이다. 밀려드는 관광객들을 위해 터키 정부는 호텔신축을 허가했고, 호텔마다 온천수를 끌어들이다 보니 수량이 점점 줄어 들 수밖에 없었다.

웅덩이 물보다 도랑에 흐르는 물이 좋다. 도랑 가에 걸터앉아 따듯한 온천수로 손도 씻고 얼굴도 씻고 다리도 씻는다. 마음 같아서는 도랑물 속에 들어가 풍덩거리고 싶다. 실제로 이 온천수는 신경통, 관절염, 눈병과 피부병 치료에 탁월한 효과가 있어 옛날부터 많은 환자들이 모여들었다고 한다. 특히 혼인을 앞 둔 터키 처녀들은 결혼 준비 과정으로 이 온천수에 몸을 담그는 풍속이 있다 한다.

산 정상에 발 씻는 곳이 있는데 모양이 아주 재미있다. 도랑 위를 시멘트로 덮고 중간중간 둥근 구멍들을 뚫어 놓았다. 구멍 안에 발을 넣고 흔들어 석회를 씻어낸 다음, 앉은 채로 양말과 신발을 신을 수 있으니 참으로 기발한 발상이다.

파묵칼레는 낮에도 좋지만 석양 무렵과 밤 경치가 더 아름답단다. 석양 무렵 붉은 노을이 비치면 하얀 파묵칼레는 로맨틱한 핑크빛으로 변하고, 캄캄한 밤에는 달빛, 그리고 주위에 켜놓은 불빛 조명에 따라 오색 빛이 되어 환상적이란다. 핑크빛 파묵칼레, 오색 파묵칼레, 상상만 해도 황홀하다.

한 쪽에 기념품 가게와 식당들이 있고, 그 뒤편에 크레오파트라와 안토니오가 수영을 즐겼다는 노천 온천탕이 있다. 탕 안에는 지진으로 무너진 로마시대의 거대한 돌기둥들이 그대로 잠겨있어 장중함과 신비감을 더해준다. 노천탕 물은 미지근하고 수량도 그리 풍부하진 않다. 그러나 많은 사람들이 수영복 차림으로 물속에 들어가 크레오파트라와 안토니오 흉내를 내고 있다. 노천탕 둘레에는 각종 거목들과 바위들이 울창한 밀림을 연상시킨다. 한쪽에 운치있는 구름다리가 걸려있다. 다리에서 사진을 찍는 것으로 온천욕을 대신한다.

온천탕 밖 상가에 공중전화가 있다. 그러고 보니 터키에 온 이후 집에 전화를 걸지 못했다. 터키에서는 호텔 전화보다 전화카드를 사서 공중전화를 이용하는 것이 경제적이다. 지금이 3시니 서울은 밤10시, 전화 걸기에 적당한 시간이다. 0082-2-909-30**을 돌리니 남편이 직접 전화를 받는다. 남편은 대뜸 내 허리 안부부터 묻는다.

"허리는 어때요? 아프지 않아요?"

그러고 보니 신기하다. 여행 직전까지 그토록 말썽을 부리던 허리가 터키에 온 후로 정말 아무렇지도 않다. 15시간 비행기를 타고 와서 계속 버스를 타고 다니는데도 멀쩡하다니, 기적 같은 일이다. 하루하루가 즐겁기 때문일까? 매일매일 새롭게 펼쳐지는 멋진 풍광을 볼 때마다 엔도르핀이 솟아나 허리 통증을 씻어갔나? 오랜만에 남편 목소리를 들으니 너무 반갑다. 전화를 끊고 보니 정작 할

말은 못했다. 고맙다고 말했어야 했는데…….

 파묵칼레를 뒤로하고 산을 내려온다. 해는 이미 서쪽으로 기울었다. 길 양 옆의 들판이 온통 무덤 천지다. 죽은 자들의 도시 '네크로 폴리스'다. 대부분 이 고장 주민들의 무덤이지만, 병 치료 차 온천에 왔다가 죽은 사람들의 무덤도 많다고 한다. 무덤의 형태는 각양각색이다. 망자의 신분이나 빈부의 차에 따라, 또는 여러 시대를 거치면서 각기 다른 양식의 무덤이 만들어진 것이다. 묘비석들은 비바람에 씻겨 모서리가 닳아있고, 희끄무레한 바위 옷과 푸르스름한 이끼도 끼어있다. 생전의 저들은 귀족으로 평민으로 혹은 천민으로, 다양한 형태의 삶을 살았을 테지만 지금 저들은 무덤 속에 쓸쓸히 누워있다. 똑 같이 한줌의 흙이 되어.

 한 무리의 양떼가 무덤 사이를 돌아다니며 한가로이 풀을 뜯고 있다. 파묵칼레를 뒤로 한 무덤의 도시에는 평화와 고요만이 가득하다.

다시 보고 싶은 무대, 오페라의 유령

　십 수년 동안 똑 같은 공연을 하고 있는 극장이 있다 뉴욕 맨하튼에 있는 '매제스틱 Majestic Theater' 극장이다. 이곳에서는 1988년 1월 26일부터 오페라의 유령(The Phantom of the Opera)을 공연하고 있다. 물론 매회마다 객석은 만원이다. 1억 이상의 관객을 동원한 사상초유의 기록과 26억 달러가 넘는 입장 수입을 올린 이 뮤지컬은 요즘도 서둘러 예약을 하지 않으면 구경하기가 어렵다고 한다. 장기공연 중인 '캐츠', '미스 사이공', '레 미제라블'과 함께 브로드웨이 뮤지컬 '빅 4'로 불리기도 하지만, 이미 반액 할인 티켓이 나돌고 있는 다른 뮤지컬에 비해 '오페라의 유령'의 열기는 오래도록 뜨거웠다.

　'오페라의 유령'을 보게 된 것은 참으로 행운이었다. 당시는 공연을 시작한 지 얼마 되지 않은 때라 예약을 해도 일년 이상 기다려야 할 정도로 인기가 하늘을 치솟던 시절이다. 예약을 해놓긴 했지만 귀국 전에 구경하기는 어려운 상황이라 안타까워하고 있었는데 뜻밖에 행운이 찾아 왔다. 예약을 취소하는 사람이 생기면 연락해 달라고 대기자 명단에 올려 놓았지만, 몇 달이 지나도 소식이 없어 포기하고 있었는데, 공연 시간을 두 시간 앞두고 연락이 온 것이다. 부랴부랴 준비를 하고 나보다 더 이 공연을 보고 싶어하는 큰 아들과 함께 맨하튼으로 갔다.

브로드웨이 44번가에 잇는 매제스틱 극장은 이름에서 풍기는 인상처럼 고풍스럽고 당당한 모습이었다. 극장 안으로 들어선 우리는 안내원을 따라 아래층 객석 앞쪽으로 갔다. 예약을 취소한 사람이 좋은 자리를 예매해 두었던 탓에 앞쪽 중앙, 아주 좋은 자리에서 구경을 하게 된 것이다. 꼭대기나 구석자리라도 감지덕지할 지경인데 '로열박스'라니, 너무도 분에 넘치는 호사였다. 관객들로 가득 찬 극장 안을 둘러보며 나는 훌륭한 공연을 보게 된 뜻밖의 행운에 감사했다. 잠시 후 불이 꺼지고 격정적인 주제음악이 울려 퍼지면서 무대의 막이 올랐다.

오페라의 유령은 1910년 프랑스의 추리작가 가스통 르루(Gaston Leroux)가 1910년 파리 오페라 극장을 배경으로 발표한 소설을 영국의 작곡가 '앤드류 로이드 웨버'가 뮤지컬로 만든 작품이다. 흉측한 얼굴을 가면으로 가리고 파리 오페라 극장 지하에 숨어 사는 '에릭'과 오페라 가수를 꿈꾸는 '크리스틴'이 사랑에 빠지고, 그녀가 에릭의 도움을 받아 세계 최고의 오페라 가수로 성공하는, 어찌 보면 통속소설 같은 이야기다. 그러나 이 동화 같은 이야기를 작곡자 '앤드류 로이드 웨버'와 연출자 '해롤드 프린스'는 수준 높은 예술작품으로 승화시켰다. 이 뮤지컬은 극의 내용도 애절하지만 완벽한 무대장치와 아름답고 인상적인 음악으로 관객들을 사로잡는다.

특히 극 초반에 천장에 달린 샹들리에가 관객들 머리 위로 떨어지는 아슬아슬한 장면과 무대 위에 호수가 등장하고 안개 낀 호수 위로 배를 저어가는 장면은 너무도 환상적이고 신비스럽다. 남녀 주인공이 이중창으로 부르는 격정적인 테마 뮤직도 인상적이고, 여주인공이 부르는 '싱크 오브 미 Think of Me'는 그 서정적인 멜로디와 호소력 있는 창법으로 관객들의 심금을 울린다. 또 뮤지컬 속에는 실제 오페라 장면이 자주 삽입되는데, 실제 공연을 능가하는 멋진 무대장치와 성악가 뺨치는 기량을 지닌 가수들이 대거 등장하여 풍성한 볼거리를 제공한다.

공연을 보고 나서 한동안 나는 온 집안을 오페라의 유령 주제곡으로 가득 채워놓고 살았다. 집안 가득 음악이 흐르면 가면을 쓴 주인공이 목숨을 던져 크리스틴을 구해내는 비극적인 마지막 장면이 눈앞에 떠올랐다. 기분이 좋아서 듣고, 울적해서 듣고, 피곤해서 듣고, 틈만 나면 오페라의 유령을 듣고 또 들었다. 참으로 신기한 것은 볼륨을 한껏 키워놓고 큰소리로 멜로디를 따라 부르고 나면 속이 후련해 지고 새로운 힘이 솟아나는 것이었다.

작고한 소설가 최인호씨도 이 연극을 보고 감동했던 모양이다. 매제스틱 극장에서 오페라의 유령을 관람하고 나와 눈물을 흘리며 맨하튼 거리를 걸었단다. 이토록 멋있는 공연을 볼 수 있는 미국이 부러워서 울고, 수십 년 동안 한 작품만 마음 놓고 공연할 수 있는 극장을 가진 뉴욕이 샘 나서 울고, 부러움과 오기로 저절로 눈물이 났다는 최인호씨의 고백을 읽으며 크게 공감했다 오페라의 유령은 그 명성만큼이나 에피소드도 많다. 세계에서 가장 많은 사람들이 관람한 뮤지컬로 기록되는가 하면, 작곡자 '웨버'의 전처였던 '사라 브라이트만'을 최고의 뮤지컬 스타로 만들어 놓았다. 클린턴 대통령의 취임 축하 파티에 초대되는 영광을 얻기도 했고, 추수 감사절이나 독립 기념일마다 하는 맨하튼의 가장행렬에도 오페라의 유령 팀은 단골로 초대되었다.

그날 밤, 공연을 보고 나오면서 아들과 나는 티셔츠 한 장과 전곡이 수록된 CD를 샀다. 까만 티셔츠에 야광 색으로 그려진 가면은 어둠 속에서 보면 아주 독특하고 괴기한 느낌마저 든다. 큰 아들은 그 티셔츠를 아주 좋아해 색이 바래고 목 주위가 느슨해질 때까지 참 오래도록 입었다. 두 장으로 된 CD는 하도 많이 들어 요즘은 잡음까지 섞여 나온다.

오랜만에 오디오에 CD를 넣고 볼륨을 높였다. 짜자자자 짠……강렬한 주제음악이 방안 가득 울려 퍼지면서 그날의 감동이 물결처럼 밀려온다. 가면을 쓴 사나이의 애절한 사랑, 안개 낀 호수 위로 배를 저어가던 환상적인 장면들이 떠오른다. 그 감동의 무대를 다시 볼 수 있기 바라는 마음 간절하다.

(오페라의 유령은 2023년 2월 18일 마지막 공연을 했다. 매제스틱 극장에서 13,500회 이상의 공연을 한 오페라의 유령이 35년 만에 막을 내린 것이다. 코로나 펜데믹 여파로 관람객이 감소한 탓에, 대규모 등장 인물과 오케스트라와 정교한 무대 세트와 의상 비용을 감당하기 힘들었다고 한다)

톰 행크스(Tom Hanks)

    나는 영화를 좋아한다. 영화 같은 삶을 꿈꾸며 그 속에서 많은 인물들과 만나고 헤어진다. 울적할 때도 나는 영화를 본다. 공연히 심사가 뒤 틀리고 삶이 지루하게 느껴질 때면 하던 일들을 잠시 밀쳐두고 영화 속에 파묻혀 버린다. 그럴 때마다 내가 보는 영화가 있다. '시애틀의 잠 못 이루는 밤'(Sleepless in Seattle)이다. 라디오 토크쇼를 통해 젊은 홀아비와 매력적인 독신녀가 사랑을 이루는 지극히 비현실적이고 동화 같은 스토리지만, 나는 영화 속으로 빠져든다.

    베란다 앞까지 철썩철썩 바닷물이 밀려드는 집, 엠파이어 빌딩 전망대, 젊은 남녀의 운명적인 사랑, 가슴을 적시는 감미로운 음악, 내가 꿈꾸던 모든 아름다운 것들이 영화 '시애틀……' 속에 들어 있어 보고 또 봐도 지루하지 않다.

    영화 속에는 세 주인공이 등장한다. 홀로 된 아빠에게 새 엄마를 찾아주려 방송국에 전화를 거는 깜찍한 아들 '조나', 우연히 그 사연을 듣고 운명처럼 이끌리는 여인 '애니', 그리고 아내를 떠나 보

내고 실의에 빠진 홀아비 '샘'으로 내가 좋아하는 배우 '톰 행크스'
가 나온다.

톰 행크스는 내 동생을 많이 닮았다. 커다란 두상과 시원스런 이
마, 그리고 터져 나오려는 웃음을 간신히 참고 있는 듯한 천진스런
표정이 동생과 비슷하다. 동생을 닮아서인지, 그가 출연한 영화를
많이 보아서인지, 나는 화면 속의 톰 행크가 조금도 낯설지 않다

그는 아카데미상을 두 번씩 받은 할리우드 최고의 스타이자 감
독이고 제작자다. 그러나 내게는 착하고 순박한 만년 소년의 얼굴
을 한 배우의 모습이 가장 익숙하다. 영화 속에서 그는 각가지 다
른 모습으로 등장하지만, 내게는 입을 실룩거리며 웃음을 터트리
는 장난스런 얼굴이 먼저 떠오른다. 처음 톰 행크스를 만난 것이
로맨스 코미디 영화라서 그런가 보다. 심각하고 진지한 영화를 보
면서도 나는 장난기 가득한 그의 얼굴을 떠올리며 미소 짓는다.

톰 행크스는 어떤 역할이든 완벽하게 소화하는 연기파 배우다.
익살스런 표정으로 연신 웃음을 터트리게 하는 로맨틱 코미디에
서부터, 에이즈에 대한 사회적 편견과 싸우는 변호사, 우주선 아폴
로 13호 선장, 지능이 모자라는 청년 포레스트 검프, 용감한 군인
밀러 대위, 무인도에서 가까스로 살아 남은 Fedex 직원에 이르기
까지, 어떤 역할이든 완벽하게 연기한다. 영화 속에서 그는 수없이
변신하고 또 변신한다.

35세 성인의 몸에 10대 소년의 영혼이 들어가면서 벌어지는 코
믹 영화 빅(Big)과 순진한 소년과 성숙한 인어 여인의 사랑을 그린
스프래쉬(Splash)를 보며 나는 그를 타고난 희극배우로 단정했다.

그러나 영화 '필라델피아'를 보고 잠시 혼란에 빠졌다. 그는 에이즈에 걸려 해고 당하고 법정투쟁을 벌이다 병상에서 숨을 거두는 불쌍한 변호사 역할을 맡았다. 스스로 동성연애자였음을 밝히며 사회적 편견과 맞서 싸우는 그에게서 종전의 장난기 어린 모습은 좀처럼 찾아 볼 수 없었다. 그 해 톰 행크스는 '필라델피아'로 아카데미 남우 주연상을 탔다.

그 후 전공인 로맨틱 코미디 배우로 돌아가 '시애틀의 잠 못 이루는 밤'에서 순박하고 낭만적인 모습을 보여 주더니, 이듬해에는 '포레스트 검프(Forest Gump)'라는 지능이 좀 떨어지는 천진스런 연기로 놀랍게 변신했다. 마침내 톰 행크스는 포레스트 검프로 두 번째 남우 주연상을 타는 행운을 거머쥔다.

얼마 전 극장에서 '라이언 일병 구하기(Saving Private Ryan)'를 보았다. 전쟁영화는 별로 좋아하지 않는데 톰 행크스를 믿고 선택한 영화였다. 역시 그는 나를 실망시키지 않았다. 잔혹한 전쟁터에서 사랑하는 부하들의 죽음을 지켜보며 안타까워하는 지극히 인간적인 밀러 대위 역할을 진지하게 연기했다. 탱크를 앞세운 막강한 적과 싸우는 결렬한 전투 장면에서 나는 톰 행크스의 또 다른 면모를 발견했다. 사랑하는 가족과 함께 정원에 장미를 가꾸며 살고 싶어했던 밀러 대위의 소박한 꿈이 무참히 깨어지는 순간, 뜨거운 눈물과 함께 전쟁의 참혹함에 몸서리를 쳤다.

그는 수많은 영화에 출연했지만 악역으로 나온 적이 없다. '그들만의 리그(A League of their Own)'에서 침을 마구 뱉으며 욕설을 퍼붓는 거친 야구 감독으로 나온 것이 그가 맡은 악역의 전부다.

사실 그의 선량하고 순박한 얼굴은 악역으로 어울리지 않는다. 비열하고 잔인한 악당으로 분한 톰 행크스를 나는 상상할 수가 없다.

코미디든 드라마든, 어떤 장르의 영화에서도 가장 매력적인 배역은 언제나 그의 몫이다. '시애틀……'에서도 그는 감상적이고 낭만적인 주인공이다. 어린 아들을 사랑하는 자상한 아빠이자 죽은 아내를 그리며 눈물짓는 따뜻한 남자다. 실제로 그는 두 번째 부인 '리타 윌슨'과 행복하게 살고 있다. 아내를 사랑하고 아들을 사랑하는 영화 '시애틀……'의 '샘 볼드윈'과 별로 다르지 않다.

'엠파이어 스테이트 빌딩' 전망대에서 운명처럼 다가온 여인을 황홀한 듯 바라보는 톰 행크스, 그 눈빛은 바로 사랑의 마법에 걸린 사나이의 눈빛이었다. 그 꿈 같은 결말에 내 모든 시름은 눈 녹듯 사라지고, 나는 다시 일상으로 돌아간다.

좋은 영화, 톰 행크스 같은 멋진 배우가 있어 나는 행복하다.

멜하바 이스탄불

터키는 이스탄불이 있어 행복한 나라다. 역사학자 토인비는 이스탄불을 가리켜 '인류 문명이 살아있는 거대한 옥외 박물관'이라 했다. 실제로 이스탄불에는 고대로부터 현대까지, 인류가 이룬 5000년 역사의 문화유산들이 그대로 살아 숨쉬고 있다. 현재 터키의 수도는 앙카라지만 이스탄불은 여전히 사회, 경제, 문화의 중심지로서 그 찬란한 역사를 고스란히 지니고 있다.

터키에 온 첫날 잠시 둘러본 이스탄불을 마지막 날인 오늘 꼼꼼히 돌아보기로 한다. 도시 곳곳이 볼거리들로 가득 찬 1600년 고도 古都를 하루에 본다는 건 과욕임에 틀림없다. 다행인 것은 이스탄불의 주요 관광지들이 술탄 아흐메트 지역에 집중되어 있어 시간이 많이 절약된다는 점이다. 그 동안 터키 전역를 여행하면서 부러운 게 많았다. 오묘한 자연의 비경, 곳곳에 산재한 수천 년 역사 유물과 유적 등 무궁무진한 관광자원이 너무 부러웠다. 에페스의 고대 유적과 파묵칼레, 카파도키아의 진기한 풍광, 모두 대단한 볼거리였지만, 오늘 돌아 볼 이스탄불이야말로 터키 여행의 진수眞髓다.

이스탄불은 기원전 7세기, 그리스의 비자스(Byzas) 장군에 의해 건설되었다. 장군은 에게 해를 따라 배를 몰아 다르다넬스 해협을 지나 마르마라 바다로 접어들어 천혜의 요새인 보스포러스 해 맞은 편 언덕에 새 도시를 건설하고, 자신의 이름을 따서 비잔티움(Byzantium)이라 명명命名한다. 오랫동안 풍요와 영화를 누리던 비잔티움은 동로마 제국에 의해 함락되었고, 콘스탄티누스 황제가 다스리는 동로마의 새 수도가 되면서 '콘스탄티노플'이라는 새 이름으로 화려하게 탄생한다. 보스포러스 해협과 마르마라 해로 둘러싸인 천연의 요새 콘스탄티노플은 1000년 동안 황금시절을 누린다. 소피아 성당을 비롯해 눈부신 문화유산들은 거의 콘스탄티노플 시대에 이룩되었다.

유럽의 문화적 정신적 중심지이자 세계 부의 상징이었던 콘스탄티노플은 동방의 새로운 강자 '오스만 트루크' 제국에 어이없이 함락당한다. 정복자 '술탄 아흐메트 2세'는 소피아 성당의 화려하고 장엄한 성화들을 회칠로 덮어 버리고, 술탄의 병사들은 약탈 방화 등, 무자비한 만행을 저지르며 도시를 마구 파괴했다. 도시 이름마저 '이슬람의 도시'라는 뜻의 '이스탄불'로 바꾸었다. 비잔티움에서 콘스탄티노플, 이스탄불로 이름이 바뀌기까지 1600여년 동안, 수많은 국가와 왕조가 명멸하면서 도시는 찬란한 문화의 꽃을 피우며 혼합되고 융화되었다.

이스탄불은 보스포러스 해협을 사이에 두고 아시아 쪽과 유럽 쪽으로 나뉜다. 두 대륙은 멋진 다리로 연결되어 있다. 하늘에 매달린 듯 날렵한 보스포러스 다리는 세계에서 유일한 두 대륙을 잇는 다리다. 누구든지 다리 한가운데 서서 팔을 벌리면 '유럽과 아시아'를 양 팔에 안는 원대한 꿈(?)을 이룰 수 있다.

역사 유적들과 호텔, 공공기관과 회사 상점 등 주요 도시 기능은 유럽 쪽 이스탄불에 집중되어 있고, 아시아 쪽은 주택지라서 많은 사람들이 보스포러스 해협을 건너 유럽지구로 통근한다. 유럽 쪽 이스탄불은 금각만金角灣을 사이에 두고 다시 구 시가지와 신 시가지로 나뉘는데, 사원을 비롯한 관광지들은 남쪽 구 시가지에, 정부 기관이나 회사 상점들은 북쪽 신 시가지에 있다. 구 시가지는 도시 전체가 세계문화 유산으로 지정되어 있다.

버스를 탄 채 보스포러스 다리와 히포드롬을 돌아보고, '술탄 아흐메트' 공원 앞에서 내렸다. 이스탄불의 주요한 유적들이 다 이 공원 근처에 모여있기 때문이다. 공원은 마로니에를 비롯한 각종 정원수와 꽃나무들로 잘 가꾸어져 있고 단풍으로 붉게 물들었다. 공원 너머로 소피아 사원의 둥근 지붕과 네 개의 뾰족한 첨탑이 보인다. 공원 위로 사원이 둥실 떠오르는 형상이다.

공원을 사이에 두고 '아야 소피아'와 '술탄 아흐메트 사원'이 마주 서 있다. 두 건물은 천년이라는 시차를 두고 건설되었지만, 걸어서 5분이면 닿을 수 있다. 공원 가운데 서서 이쪽 저쪽을 바라본다. 기독교와 이슬람교, 하나님과 알라가 얼굴을 마주하고 있는 형상이다. 아직도 세계 곳곳에서 이슬람과 기독교의 종교 분쟁이 끊이지 않지만, 이곳에선 두 종교가 사이 좋은 친구처럼 다정해 보인다. 어쩌면 두 성전의 주인들은 하늘나라에서 이미 화해하지 않았을까.

먼저 이스탄불을 대표하는 인류의 걸작품인 '아야 소피아' 사원으로 들어간다. 당시 유스티아누스 황제는 자신의 모든 권위와 신망을 걸고 최고의 기술을 동원하여 비잔틴 문명을 대표하는 최고의 건물을 지어 하나님께 바쳤다. 기둥 하나 없이 쌓아 올린 566미터의 돔은 현대의 기술로도 다시 짓기 어렵다는 불가사의한 건축물이다. 한동안 박물관으로 개방되어 종교적 중립성의 상징처럼 보였으나 2020년 7월 다시 이슬람 사원으로 전환 되었다니, 시대의 종교적 정치적 변화를 소피아 사원이 그대로 보여주고 있다.

경건한 마음으로 천국의 문을 통과하니 오른 쪽 벽에 아름다운 금빛 모자이크 성화가 나타난다. 예수님과 마리아와 요한을 그린 성화다. 세계에서 가장 아름다운 모자이크로 알려진 금빛 성화가 회 칠로 반쯤 가려져 있다. 오스만 점령군들의 만행으로 상처 입은 성화를 보니 가슴이 아프다.

소피아 성당을 나와 공원을 가로지르면 바로 '술탄 아흐메트 사원'이다. 이스탄불의 3000여개 이슬람 사원 중 규모가 가장 크고 아름다운 사원이 바로 이곳이다. 사원 내부에 푸른 타일을 많이 사용하여 '블루 모스크'라는 애칭으로 더 유명하다. 넓은 실내에는 양탄자가 깔려있고, 한 사람이 엎드려 기도할 수 있는 공간을 무늬로 구분해 놓았는데 한번에 1만명 이상이 예배드릴 수 있다고 한다. 길 건너 '지하 저수 궁전'도 구경하고, 터키탕에도 들어가 보고……. 중세와 근세의 유적들을 구경하느라 정신이 팔려있는 사이, 점심 시간이 훌쩍 지났다.

점심을 먹을 곳은 '갈라타 타워' 레스토랑이다. 타워는 68미터의 원통형 건물로, 뾰족한 원추형 지붕이 멀리서도 눈에 띈다. 검은색 돌로 쌓아 올린 타워는 중세의 감옥 같기도 하고, 소방서의 망루望樓 같기도 하고, 먼 바다의 배들을 항구로 인도하는 등대 같기도 하다. 실제로 이곳은 어떤 돈 많은 성주가 살던 집인데, 지금은 레스토랑으로 운영되고 있다.

식당은 원추형 지붕 아래 있어 엘리베이터로 올라간다. 음식이 나올 때까지 식당 밖 베란다로 나간다. 이 곳은 이스탄불을 조망하기에 가장 좋은 전망대다. 푸른 바다 너머로 구 시가지가 한 눈에 보인다. 조금 전에 다녀온 소피아 사원과 불루 모스크가 보이고, 왼쪽으로 톱카프 궁전도 보인다. 둥근 돔과 뾰족한 첨탑들이 이스탄불만의 독특한 스카이라인을 이룬다.

오늘따라 하늘은 구름 한 점 없이 맑고 푸르러, 하늘과 바다와 도시가 어우러진 한 폭의 이국적인 풍경화를 이룬다. 누군가 이스탄불을 '물 위에 화관花冠을 씌워놓은 도시'라 했는데 여기서 보니 그 말이 딱 맞다. 짙푸른 바다 위에 돔과 첨탑의 고색창연한 도시 이스탄불이 화관처럼 둥실 떠 있는 형상이다. 운 좋게도 우리 테이블은 창문 옆이라 식탁에 앉아서도 바다와 이스탄불이 한눈에 보인다. 싱싱한 야채와 각종 과일과 먹음직스런 고기요리가 나왔는데, 밖의 경치에 취해 식사를 하면서도 눈은 연신 창 밖을 향한다. 이 곳은 낮에도 좋지만 야경은 더욱 황홀해 저녁은 미리 예약해야 하고 음식값도 훨씬 비싸단다.

점심을 먹고 '탁심'으로 간다. 탁심은 이스탄불 최고의 번화가이자 젊음의 거리다. 가만히 서 있어도 저절로 인파에 밀려간다. 빨간색 전차가 인파를 뚫고 달려온다. 속도가 빠르지 않아 달리는 전차에 올라타는 젊은이들도 있다. 영화관도 있고, 맥도날드, 베네통, 폴로, 박코 등 유명 상점들도 눈에 띈다.

복잡한 큰길에서 벗어나 골목으로 들어가 본다. 골목 안에는 식당들이 줄지어 있다. 식당 한쪽에서 머리에 수건을 쓴 여인들이 직접 음식을 만들고 있다. 밀가루를 얇게 밀어 밀전병 비슷한 것들을 구워낸다. 넓적한 밀전병에 치즈 고기 야채 등을 싸서 먹는 이 음식은 '뵤렉'이다. 만두를 빚는 여인들도 있다. 만두피에 만두 속을 넣어 뾰족하게 오므려 상 위에 가지런히 올려놓는데 음식 이름이 놀랍게도 '만트'란다. 만두와 만트, 어쩌면 이름까지 비슷한지, 너무 신기하다.

가장 많이 눈에 띄는 건 '케밥'이다. 여러 종류의 케밥이 있지만 그 중 '됴네르 케밥'은 세계인들과도 친숙해 진 터키의 대표 음식이다. 껍질과 내장을 제외한 양고기의 모든 부위를 얇게 썰어 양념에 재웠다가 쇠꼬챙이에 차곡차곡 끼워 원통형으로 쌓아 올리고, 화덕 앞에서 돌려가며 굽는다. 표면이 익으면 가늘고 긴 칼로 얇게 베어내 빵에 싸서 먹는다. 깨를 솔솔 뿌린 '스미트' 빵을 유리케이스 안에 가득 넣어 밀고 다니며 판다. 뵤렉도 만트도 케밥도 맛보고 싶지만 점심 먹은 직후라 먹을 수 없는 게 안타깝다.

다음 코스는 톱카프 궁전이다. 이스탄불에는 돌마바흐체와 톱카프 두 궁전이 있다. 돌마바흐체는 술탄과 그의 가족들이 실제 거주했던 곳으로 화려하고 아름다운 궁전이다. 오늘 돌아 볼 톱카프 궁전은 오스만제국의 술탄이 거주하던 정궁이었으나 지금은 박물관이 되었다. 터키의 각종 유물과 진귀한 보물들을 이곳에 전시하고 있는데 그 양이 엄청나 총 몇 점인지 알 수 없을 정도란다.

소지품 검사를 하고 황제의 문, 평화의 문을 거쳐, 드디어 보물 전시관으로 들어간다. 예상은 했지만 도무지 입을 다물 수가 없다. 온갖 종류의 보석들이 휘황찬란하니 어디를 봐야 할 지 모르겠다. 주먹만 한 에메랄드가 박힌 단검, 진주가 촘촘히 박힌 화살 통, 다이아가 다닥다닥 박힌 술잔, 황금 대접, 보석 담뱃대, 보석의자, 황금 투구…… 그 화려함과 정교함은 말로 표현할 수 가 없다.

86캐럿의 물방울 다이아도 있다. 이 보석에는 '스푼 다이아몬드'라는 별명이 붙어있다. 한 어부가 바다에서 이 다이아몬드 원석을 건졌는데, 보석상은 어부에게 '평범한 유리 덩어리'라며 숟가락 세 개와 바꿔줬단다. 49개의 작은 다이아몬드로 둘러싸인 86캐럿 다이아가 영롱한 광채를 발하는데 정말 눈이 부시게 찬란하다. 여기 전시된 보물들의 대부분은 각 나라에서 술탄들에게 바친 진상품이라니, 당시 오스만 트루크의 위세가 얼마나 대단했는지 짐작할 수 있다.

온갖 보물들을 보느라 눈이 빙빙 돌 지경이다. 진귀한 보석들을 하도 보아서인지 나중에는 그저 덤덤하다. 보석 불감증에 걸린걸까. 귀해야 보석이고 보물인데 지천으로 널려있으니 귀한 줄을 모르겠다. 가슴 한 켠에 남아있던 보석에 대한 관심과 애착을 이곳에서 모두 씻어 버렸다. 보물 전시관을 나오니 멋진 전망대가 있다. 보스포러스 바다가 한눈에 보이는 전망대에서 사진도 찍고 눈의 피로도 풀고, 잠시 망중한을 즐긴다.

마지막 목적지는 그랜드 바자르다. 수백 개의 상점과 좁은 미로가 복잡하게 얽혀있는 터키 최대의 시장이다. 무려 500년이 훌쩍 넘은 이 시장은 유럽과 아시아의 온갖 물건들이 오갔던 교역의 중심지였다. 금 세공품, 각종보석, 옷, 가방, 양탄자, 도자기…… 온갖 종류의 터키 토산품들이 점포마다 가득 차 있다. 물건은 산같이 쌓였으나 필요한 것도 사고 싶은 것도 없어 눈요기만 실컷 한다.

시장에서 나오니 밖은 이미 어둑어둑하다. 그랜드 바자르를 끝으로 이스탄불, 아니 터키 여행의 모든 일정이 끝났다. 다시 한국관으로 가서 터키에서의 마지막 저녁을 먹는다. 여행 다니면서 계속 터키 음식만 먹다가 어제와 오늘, 연거푸 한국음식을 먹으니 살 것 같다. 터키 음식이 중국, 프랑스 음식과 함께 세계 3대 음식으로 손 꼽힌다지만, 평생 먹어 온 식습관은 어쩔 수가 없다.

한국관을 나오니 밖은 캄캄한 어둠, 이스탄불은 이미 꽃밭으로 변해있다. 가이드는 우리를 다시 술탄 아흐메트 광장으로 데려간다. 이스탄불의 야경을 보여주려는 가이드의 마지막 배려다. 관광객들로 붐비던 광장에는 어둠이 짙게 드리워져 있다. 건축술로는 소피아 사원에 못 미치는 불루 모스크지만, 밤이 되면 다르다. 컴컴한 소피아 쪽과 달리 불루 모스크는 휘황찬란하다. 노란 조명을 받은 둥근 돔과 여섯 개의 첨탑이 어둠 속에 우뚝 솟아, 마치 살아있는 생명체가 하늘 위로 둥실 떠 오르는 듯 신비스럽다.

야경까지 알차게 보고, 아쉬움을 안은 채 버스에 오른다. 터키 첫 날, 어둠 속에서 달려왔던 길을 이번에는 거꾸로 간다. 천년 전에 쌓았다는 테오도시우스 성벽이 마르마라 바다를 따라 이어지고, 바다와 성벽 사잇길로 버스가 달린다. 드디어 공항, 어둠 속에서도 ATATURK라는 금빛 글자가 선명하다. 짐을 부치고 기내로 들어간다. 밤 비행기라서 인지 빈자리가 많다. 자리에 앉아 창 밖을 내다본다. 칠흑 같은 어둠 속에 이스탄불이 침묵으로 나를 배웅한다. 보스포러스 바다, 갈라타 타워, 아야 소피아, 부루모스크, 탁심, 톱카프, 그랜드 바자르…… 꿈같은 하루였다. 길가에 뒹구는 돌멩이 하나에도 역사의 숨결이 느껴지는, 이스탄불은 터키의 보석이며 온 인류의 보물창고다.

기체가 움직이며 점점 속도가 붙는다. 활주로를 질주하던 비행기가 한순간 하늘로 솟아 오른다. 침묵하고 있던 이스탄불이 별처럼, 보석처럼, 꽃밭처럼, 찬란한 빛을 발한다. 황홀한 불빛 바다, 거대한 별무리, 이스탄불이 멀어져 간다.

천혜의 자연과 함께 수천 년 역사 유적과 눈부신 문화유산, 뒤섞이고 혼합된 동서양의 문화와 고대와 현대가 공존하는 신비와 환상의 나라, 매혹의 터키가 내게 속삭인다.

귤레귤레…… 잘 가세요……. 또 오세요.

금방 떠나왔는데 벌써 그립다. 찬란한 별무리가 어둠 속으로 서서히 사라진다.

멜하바 이스탄불……

멜하바 터키……

3

모든 것이,

모든 곳이 그립다

안채가 한눈에 들어왔다.

대청마루, 안방, 부엌, 건넌방, 아궁이……

꿈에 그리던 고향 집이 다소곳이 앉아 나를 바라보고 있었다.

마치 오래전부터 나를 기다리고 있었다는 듯,

아니 이제야 찾아온 나를 원망하는 듯.

울컥 눈물이 솟구쳤다.

어머니의 칼국수

한국전쟁을 겪은 것은 다섯 살 때였다. 물자도 부족하고 식량도 부족했던 그 시절, 허약하고 편식이 심했던 나는 어른들의 속을 꽤나 썩여 드렸던 것 같다. 걸핏하면 앓아 눕는 잔병꾸러기에다, 콩밥도 싫어하고 보리밥도 싫어하고 국도 안 먹고…… 가리는 음식이 너무 많았다.

여름 피난에서 돌아온 그 해 여름, 우리 집 저녁은 늘 국수였다. 유별나게 입이 짧았던 내가 국수를 좋아할 리 없었다. 저녁 무렵 어머니가 국수 반죽을 치대는 기미가 보이면 나는 꽤 멀리 떨어진 작은 할머니 댁으로 갔다. 작은 할머니 댁 대문을 살며시 열고 들어서면 할머니는 벌써 알아차리시고 '저녁에 또 국수 했구나' 하시며 내 밥을 퍼서 밥상에 올려 주시곤 하셨다. 반찬이라야 기껏 된장찌개에 오이지 정도였지만, 그 더위에 땀을 뻘뻘 흘리며 먹어야 하는 뜨겁고 미끈거리는 국수보다는 밥이 훨씬 좋았다.

나이가 들면 식성도 변한다더니 그 동안 내 식성도 많이 변했다. 흰쌀밥보다 보리나 콩이 섞인 잡곡밥이 더 맛있고, 국이나 김치가 있어야 밥을 먹는다. 무엇보다 그렇게 싫어했던 칼국수를 좋아해 유명 칼국수 집을 찾아 다닐 정도다. 그러나 아무리 다니며 먹어 보아도 내 입에는 어머니가 만들어 주시는 칼국수가 제일이다. 밀가루와 날 콩가루를 섞은 반죽으로 국수를 만들어 멸치국물에 삶아 낸 평범한 칼국수지만, 내 입에는 그 어느 유명한 집 것보다 맛있다. 어머니의 칼국수는 여느 칼국수보다 면발이 아주 가는 것이 특징이다. 나는 아직 어머니만큼 가늘고 똑 고르게 칼국수를 써는 사람은 본 적이 없다. 담백한 멸치국물에 삶아낸 부드러우면서도 오돌오돌한 어머니의 칼국수는 아무리 먹어도 물리지 않는다.

어머니의 칼국수 솜씨는 외할머니에게서 물려받은 것이다. 외할머니와 어머니가 칼국수를 만들던 풍경은 지금도 눈에 선하다. 큰 그릇에 밀가루와 날 콩가루를 섞어 국수 반죽을 치대기 시작하면 넓은 대청마루에는 길다란 밀대와 함께 커다란 국수 판이 펼쳐졌다. 사방 넉자는 족히 될 우리 집 국수 판은 하도 많이 사용해서 칼날이 닿은 부분이 우묵하게 들어가 있었다. 길다란 밀대 역시 꽤 오래되어 손이 닿는 양 끝이 반질반질했다. 반죽이 고르게 잘 치대지면 국수판 위에 놓고 밀가루를 뿌려가며 밀대로 밀기 시작한다.

힘을 적당히 주면서 고르게 밀어야 하는데, 이 때부터 할머니의 실력이 나타나기 시작한다. 쓱쓱 싹, 쓱쓱 싹……. 국수 미는 소리는 정확히 삼박자 리듬을 타고 있었다. 열심히 국수를 밀고 계신 할머니와 어머니 옆에서 내가 '쓱쓱 싹 쓱쓱 싹…….' 하고 흉내를 내면 할머니께서는 "예끼, 국수도 안 먹는 게 흉내는 잘 내지……." 하시며 흐르는 땀을 훔쳐내셨다.

중간중간 밀대를 펼쳐놓으면 둥근 보자기 모양의 반죽이 국수판 위에 쫙 펼쳐졌고 할머니는 그 위에 밀가루를 솔솔 뿌린 다음, 다시 반대 방향으로 말아서 또 밀고 또 밀었다. 두툼하게 밀어 굵직굵직하게 썰면 힘이 덜 들 텐데, 워낙 알뜰하신 할머니는 '얇게 밀어야 느루먹는 벱이여' 하시며 밀고 또 밀었다. 국수 보자기가 점점 커지고 종잇장처럼 얇아지면, 밀대가 물러나고 칼이 등장한다.

이 때야 말로 할머니의 노련한 솜씨가 빛을 발하는 시간이다. 할머니의 두툼한 손은 마치 기계처럼 움직였다. '삭 삭 삭 삭……' 실낱처럼 가늘게 국수를 썰고 있는 할머니의 재빠른 손놀림을 보고 있노라면 국어책에서 읽은 한석봉 어머니의 떡 써는 모습이 연상되곤 했다. 똑 고르게 썰어진 실낱 같은 국수가 상 위에 가득 채워질 무렵, 화덕 위의 솥에서는 국수 물이 설설 끓었다. 여름이면 뒷마당에 화덕을 만들어놓고 화덕에서 음식을 만들곤 했다. 집 안이 더워지는 것을 막기 위함이었다. 어머니는 할머니를 도와 설설 끓는 국수를 살살 펼쳐가며 솥에 넣었다. 뚜껑을 덮고 기다리다가 국수가 우르르 끓어 오르면 찬물을 한 바가지 끼얹었고, 송송 썰어 놓은 애호박과 파를 던져 넣는다.

이때쯤이면 마당에 멍석이 깔리고 커다란 두레반이 펼쳐진다. 어머니는 잘 삶아진 국수를 커다란 자배기에 퍼 담아 멍석 옆으로 갖다 놓는다. 뜨거운 김이 오르는 국수를 양재기에 퍼 담아 두레반 위에 놓으면, 어른들은 그 뜨거운 국수를 후루룩 후루룩 맛있게 잡수셨다.

'이 더위에 뜨거운 국수라니……' 가만 있어도 땀이 나는데 뜨거운 국수를 먹으며 땀을 훔치는 어른들을 나는 이해할 수가 없었다.

국수를 싫어하는 나였지만 국수하는 날이 싫지는 않았다. '국수 꼬리' 때문이었다. 누가 붙인 이름인지는 모르지만 국수 썰다 남은 끝 부분을 우리는 '국수꼬리'라 했다. 나는 국수를 써는 할머니와 어머니 옆에 지키고 앉아 "고만 썰어, 고만 고만……." 하며 성화를 댔다. 알뜰한 할머니보다 어머니가 남겨 준 국수꼬리가 조금 더 길었다. 아궁이 불에 구워 거뭇거뭇 탄 국수꼬리는 그 시절 내게 최고의 간식이었다.

어느덧 어머니의 연세가 팔순을 넘기셨건만 칼국수 솜씨는 조금도 달라지지 않았다. 아니 갈수록 더 맛있는 칼국수를 만들어 내신다. 밀가루와 날 콩가루 만 넣던 국수 반죽에 달걀도 넣고 도토리 가루도 넣고 메밀 가루도 넣고, 이것저것 집에 있는 것들을 번갈아 넣어 만드시니 그때마다 새로운 맛이 나온다. 국수 국물은 여전히 멸치국물을 고집하시지만 다시마나 표고버섯을 넣어 더욱 깊은 맛을 우려내신다. 얇게 밀어 가늘게 써는 솜씨는 외할머니를 그대로 닮았다. 실낱같이 가늘어도 삶다가 끊어지거나 풀어지지 않고 오돌오돌 하면서도 부드럽다.

어머니는 요즘도 가끔 칼국수를 만드신다. 반죽하고 미는 일이 힘에 부칠 것 같은데 기회만 있으면 밀가루를 퍼 담으신다. 식구 중 누가 감기에 걸렸다거나 비가 부슬부슬 내리는 날이면 슬그머니 국수 반죽을 치대시기 시작한다. 집에 있는 밀대가 너무 짧다고 늘 불평하시더니 얼마 전 길다란 밀대를 장만하셨다. 길가 노점상에서 샀다는데 무척 마음에 들어 하신다. 새로 산 밀대 때문인지

요즘 더 자주 칼국수를 만들려 하신다. 가늘고 홀홀한 어머니의 칼국수를 먹는 일은 더할 나위 없이 기쁜 일이지만, 땀 흘리실 어머니를 생각하면 맛있다 말하기도 조심스럽다. 맛있다 하면 더 자주 수고를 자청하실 어머니임을 잘 알기 때문이다.

칼국수를 만드시는 어머니의 모습에서 나는 젊은 시절의 어머니를 본다. 돌아가신 외할머니의 모습도 본다. 우리 집 칼국수는 외할머니에서 어머니로 이어진 대를 잇는 음식이다. 나도 잘 배워서 어머니께 만들어 드려야 하는데 나는 아직 칼국수를 제대로 만들 줄 모른다. 칼국수만은 어머니의 고유한 영역으로 지켜 드리고 싶다. 맛있는 칼국수로 우리 입맛을 즐겁게 하셨던 정성은 이제 손자 손녀들의 입맛까지 사로잡아 건강하게 성장시켜 놓았다.

어머니의 칼국수는 당신의 가슴 깊은 곳에서 끊임없이 퍼내어 주시는 뜨거운 사랑이다.

합죽 할머니

한낮의 음식점들이 대개 그렇듯이 레스토랑 '로즈'는 여인 천국
이었다. 넓은 홀은 사 오십 대의 중년 여인들로 가득했다. 중앙 무
대를 중심으로 커다란 관엽식물들이 여기저기 놓여있고, 오색 전
등이 반짝이는 화려한 실내에는 피아노 바이올린 첼로가 연주하는
감미로운 음악이 흐르고 있었다. 친구들과 나는 무대 왼쪽에 마련
된 테이블로 안내 되었다.

음식을 기다리는 동안 무심히 실내를 둘러 보던 나는 관엽식물
들 사이로 보이는 한 테이블에 눈길이 멎었다. 은발의 할머니 네
분이 환담을 나누며 점심을 들고 계셨다. 포크와 나이프로 고기를
잘라 맛있게 드시는 모습을 바라보며 나는 참으로 그리운 얼굴 하
나를 떠올렸다.

외할머니, 내 어린 시절의 추억 속에는 언제나 그 분이 계시다.
텃밭에서 채소를 가꾸시던 할머니, 개울가에서 빨래를 하시던 할
머니, 커다란 대바구니를 들고 제수祭需를 장만하러 가시던 할머
니, 정월 대보름에 달맞이 가시던 할머니, 산속 암자의 불상 앞에

서 수없이 절을 하며 소원을 비시던 할머니, 그분 곁에는 항상 어린 내가 있었다.

외할머니는 부잣집 마나님 답게 후덕하고 인정이 많은 분이셨다. 그러나 누구보다 마음 고생이 심하셨던 분이다. 젊고 고운 여인에게 외할아버지의 마음을 빼앗긴 것도 기막힌 일이데, 외아들인 외삼촌이 너무 병약하여 할머니의 애간장을 녹이셨다. 그러나 할머니의 가장 큰 아픔은 내 어머니였다.

그 당시 서울유학까지 보내 신식 공부를 시킨 외동딸이 시집간 지 오 년 만에 청상이 되어 어린 남매를 데리고 친정으로 돌아왔으니, 외할머니의 가슴은 숯검정이 되신 것이다. 산속 암자나 성황당에서, 혹은 보름달에게 수없이 절하시며 간구하시던 외할머니의 소원을 어린 나는 어렴풋이 짐작할 수 있었다.

할머니는 첫 손녀인 나를 참 예뻐해 주셨다. 밤마다 팔베개를 해 재워 주시고, 재미있는 옛날 이야기도 들려주시고, 어디를 가건 나를 데리고 다니셨다. 장을 보러 가실 때나 친정 나들이를 가실 때도 언제나 나를 앞 세우셨고, 비밀스런 바깥사랑 심부름도 늘 내 몫이었다. 어느 여름 이웃 어른들이 우리 집에 마실을 오셨는데, 할머니가 그분들에게 하시는 말씀을 엿들은 적이 있다.

"저거 하는 짓 좀 보셔, 신통하기가 꼭 입의 혀 같다우……."

어린 내가 대충 닦아 마루 끝에 엎어놓은 어르신들의 고무신을 가리키며 할머니는 외손녀 자랑에 침이 마르셨다.

안타깝게도 외할머니는 너무 일찍 치아齒牙를 잃으셨다. 육십 대에 벌써 이가 다 빠져 합죽 할머니가 되신 것이다. 치아가 없으니

잡숫는 게 부실할 수 밖에 없었다. 질척한 밥을 국에 말아 다진 나물과 함께 드시는 것이 평소 할머니의 식단이었다. 어머니가 음식을 잘게 다지고 곱게 갈아드려도 제대로 씹지를 못하니 소화가 잘될 리 없었다. 늘 소화불량으로 고생하셨던 할머니는 한약 냄새 나는 환丸으로 된 소화제를 늘 끼고 사셨다..

이렇게 치아가 없어 고생을 하면서도 할머니는 틀니를 하지 않으셨다. 친척들이 아무리 설득을 하고, 어머니와 외삼촌이 간청을 해도 고집을 꺾지 않으셨다.

"얼마나 더 산다고 틀니를 해, 그냥 이대로 살란다."

억지로라도 치과에 모시고 갔어야 했는데, 식구들은 할머니의 고집에 번번이 지고 말았다. 당시에도 틀니를 한 노인들이 없지 않았고, 외갓집이 틀니 값을 걱정할 만큼 궁색한 형편도 아니었건만, 어쩐 일인지 할머니는 '틀니' 소리만 나오면 역정을 내셨다. 워낙 알뜰하신 어른이라 돈이 아까워 저러시나 오해한 적도 있었다.

철이 들면서 나는 할머니가 틀니를 거부하신 이유를 어렴풋이 짐작할 수 있었다. 가난한 집안에 맏며느리로 시집오셔서 당대에 많은 재산을 일구었건만, 할머니는 가장 중요한 것을 잃고 말았다. 할아버지의 사랑을 놓쳐버린 할머니에게는 맛있는 음식도 건강한 몸도 별 의미가 없었던 것이다. 할아버지가 조금 더 자상하고 다정한 분이었더라면, 마음 한 자락이라도 내주셨더라면, 할머니는 진작에 틀니도 하시고 맛난 음식도 탐하시며 그런대로 한세상 사셨을 텐데, 인생의 가장 큰 즐거움 두 가지를 다 외면한 채 외롭고 허망한 생을 살다 가셨다.

아이들 간식을 장만하다 보면 할머니 생각이 간절하다. 말랑말랑한 젤리, 떠먹는 요구르트, 입 안에서 사르르 녹는 생크림 케이크, 부드러운 파이, 촉촉한 카스텔라…… 할머니께 드리고 싶은 음식이 너무 너무 많다.

외할머니를 레스토랑으로 모실 생각은 왜 못했을까. 한식당에 가서 탕湯 종류나 죽粥만 대접할 줄 알았지, 양식을 대접할 생각은 못했다. 어르신들은 양식을 싫어하실 거라는 고정관념에 사로잡혀 있었으니, 나는 너무도 생각이 짧은 사람이었다. 부드러운 연어, 고소한 크림 스프, 고기를 곱게 다진 '햄버거 스테이크'나 부드러운 생선요리, 후식으로 나오는 케이크나 아이스크림까지, 할머니는 홀 코스의 양식을 거뜬하게 드셨을텐데. 오물오물 고기를 씹고 계신 '로즈'의 할머니들을 바라보며 나는 때늦은 후회와 자책에 빠졌다.

아직 내 치아는 쓸 만하여 끼니 때마다 음식을 잘도 씹어 먹는다. 먹을 것도 궁하지 않고 치아도 건강한 편이니 더 바랄 것이 없다. 그러나 나는 가끔 할머니에게 야단맞을 짓을 한다. 늘어나는 체중 때문에 음식을 앞에 놓고 망설일 때가 있다. 그때마다 외할머니의 노기 띤 얼굴이 떠오른다.

'예끼, 미련한 것, 먹을 수 있을 때 고맙게 먹어……' 하시는 호통 소리와 함께.

복덕방과 국화빵

처음으로 도시를 구경한 것은 열두 살 때였다. 시골뜨기 눈에 비친 도시는 놀랍고 신기한 것 천지였다. 대낮처럼 환한 밤거리와 배우들의 얼굴을 똑 닮게 그린 커다란 극장 간판이 너무 신기했다. 먹음직스런 빵을 수북이 진열해 놓은 제과점 앞을 지날 때면 군침이 돌았고, 사람인지 인형인지 분간할 수 없는 양장점의 마네킹 앞을 지날 때는 가슴이 떨렸다. 거대한 야수野獸처럼 무서운 소리를 내지르며 달려오는 기차를 본 것도 그때가 처음이었다. 철도 건널목에서 처음 이 시커먼 괴물과 마주쳤을 때, 나는 두 손으로 귀를 틀어 막고 눈을 꼭 감은 채, 기차가 어서 지나가기를 기다렸다.

더구나 한 학년이 50명 밖에 안 되는 시골학교에서 큰 도시의 중학교로 입학시험을 치러 온 길이었으니, 열두 살 어린 것은 긴장과 두려움으로 잔뜩 주눅이 들어 있었다. 다행히 시험에 합격하여 도시에서 중학교를 다니게 되었다. 입학 후 외당숙들과 함께 살았는데, 당숙 아저씨와 아줌마들은 시골뜨기인 내가 길이라도 잃을까 봐 집 밖으로 혼자 나가면 안 된다고 늘 주의를 시켰다. 시골에서

들로 산으로 쏘다니던 내가 기껏 학교와 집만 오고 가는 답답한 신세가 되었으니, 놓아 먹이던 송아지에 고삐를 채워놓은 격이었다. 학교 갔다 와서 숙제를 마치면 대문 앞에 기대서서 큰 길 쪽을 바라보는 것이 내 유일한 낙이었다.

그때 마주 보이던 큰 길가에는 나이 지긋하신 아저씨가 빵을 구어 팔고 있었다. 까만 주물로 된 빵 틀에 기름을 골고루 바르고, 주전자에 든 멀건 밀가루 반죽을 쏟아 부은 다음 팥 소를 가운데 놓았다. 뚜껑을 닫고 잠시 기다렸다가 훌쩍 뒤집어 또 한번 익혀내면, 똑 같은 모양의 빵이 한꺼번에 여러 개씩 만들어졌다.

아저씨의 빠른 손놀림을 구경하는 아이들과 빵이 구어지기를 기다렸다 사가는 손님들로 아저씨 주위에는 언제나 사람들이 삥 둘러 서 있었다. 만드는 방법도 재미있고 사람들이 잘 사가는 것으로 보아 틀림없이 맛도 좋을 것 같았다. 그러나 할머니로부터 길에서 음식을 사먹는 건 천박한 짓이라고 귀에 못이 박히도록 들으며 자란 나는 감히 사먹을 엄두도 내지 못하고 침을 꿀꺽 삼키며 멀리서 바라보기만 했다. 어떤 맛일까, 저 빵 이름이 뭘까

어느 날 나는 그토록 궁금했던 빵의 이름을 알아냈다. 등잔 밑이 어둡다더니 빵 굽는 아저씨 뒤에 꽂혀있는 붉은 깃발, 그 깃발에 커다랗게 빵 이름이 써 있지 않은가. 언젠가 꼭 사먹고야 말 그 빵의 이름을 가슴 깊이 새겨 두었다. 복.덕.방. 얼마나 멋진 이름인가. 짧은 한문 실력으로 글자까지 떠올리며 나는 복福스럽고 덕德스러운 빵의 맛을 마음껏 상상했다. 그 후 오래도록 나는 이 빵의 이름이 복덕빵인 줄 알고 살았다. 어쩌다 길가에서 빵을 굽고 있는 아

저씨를 만나면, '와, 복덕빵이네'하며 내심 반가워했다. 새로운 것을 하나씩 알아가며 도시 생활에 적응해 가는 나 자신을 대견하고 자랑스럽게 생각하면서.

　복덕방이 빵 이름이 아니라는 사실을 알게 된 것은 아주 오랜 뒤였다. 어느 겨울 날 당숙아저씨 친구분이 놀러 오시면서 따끈따끈한 봉지를 우리에게 건넸다. 군고구마나 찐빵일거라 생각하며 봉투를 열어보니, 아, 바로 그것, 꿈에도 그리던 복덕빵이 들어있지 않은가, 너무 반가워서 나는 부끄럼도 잊고 소리쳤다.

　"우와! 복덕빵이다!"

　모두 눈이 둥그래져서 나를 쳐다보았다. 내가 농담을 하는 게 아니라는 것을 안 아줌마와 아저씨들은 서로 마주보며 눈을 끔뻑거리더니 허리를 뒤틀며 웃기 시작했다.

　"복떡빵? 이게 복덕빵이라고? 이런 촌뜨기 같으니……."

　"아니야, 분명히 복덕빵이라고 써 있었어. 정말이야."

　나는 붉은 깃발에 써 있던 글씨에 대해 열심히 설명을 했다. 그러나 내가 진지하게 말하면 말할수록 사람들은 더욱 깔깔대며 웃는 게 아닌가.

　"이 바보야, 그건 빵 이름이 아니고…… 그 뒤에 할아버지들이 계신……. 복덕방 간판이야…… 복덕방은 빵이 아니고…… 집을 사고 팔 때……."

　"반죽이 풀처럼 묽어서……. 풀빵이라고 하는데……. 빵 모양에 따라 붕어빵……. 혹은 국화빵이라고……. 하는 거야."

　아저씨와 아줌마들은 웃느라고 말을 제대로 이어가지도 못했다.

내 촌스럽고 무식했던 과거사를 다 아는 우리 식구들은 지금도 이 빵을 복덕빵이라 부르며 나른 놀리려 든다. 특별한 추억 때문인지 나는 지금도 이 '복덕빵'을 좋아한다. 부드럽고 구수한 맛은 따끈할 때 일품이고, 그 맛에 비해 값도 저렴하다. 먹고 싶은 것을 꾹 참고 군침만 삼켰을 어린 내 모습을 상상하면 애처롭기도 하고 웃음도 난다.

몇 년 전, 미국 동부에 살 때 우리 동네에 '야호한'이란 일본 백화점이 있었다. 그 백화점 식품부에서 가장 인기있는 곳이 바로 풀빵 집이었다. 일본 사람들은 이빵을 '오방떡'이라 불렀다. 이름은 다르지만 재료나 만드는 법은 우리의 국화빵과 똑 같았다. 그들은 어쩔 수 없는 우리의 이웃인지, 오방떡을 아주 좋아했다. 굽기가 무섭게 금방금방 팔려 나가 이걸 사려면 긴 줄에 서서 기다려야 했다. 가끔 그 긴 줄에 서서 풀 빵을 사먹곤 했는데, 그때 그 오방떡에서는 그리운 고향의 냄새가 났다.

며칠 전 친구들과 관악산을 다녀오는 길이었다. 겨우내 쉬다가 오랜만에 등산을 했더니 다리가 뻐근하고 꽤 힘이 들었다. 지하철 역에서 집으로 오는 길에 붕어빵 장수가 있다. 구수한 냄새가 또 나를 유혹했다. 도저히 그냥 지나칠 수가 없어 다이어트 결심도 잊고 슬금슬금 붕어빵 장수 앞으로 다가가 한 봉지를 샀다. 시장한 김에 그 자리에서 한 개를 후딱 먹어버렸다. 먹고 싶은 것도 꾹 참고 구경만 하던 순진하고 착한 옛날의 내가 아니었다. 복덕방과 국화빵을 구별하지 못했던 옛날의 내가 아닌 것처럼.

그러나 부드럽고 달콤한 그 맛은 예나 지금이나 그대로였다.

청국장 이야기

청국장, 결코 향기롭지 못한 냄새에도 불구하고 나이든 사람들 중에는 그 구수한 맛을 잊지 못하는 사람들이 의외로 많은 것 같다. 먹어 본 사람만이 알 수 있는 그 깊고 오묘한 맛은 어쩌면 그리운 고향의 맛인지도 모른다.

내 고향에서는 청국장을 '담북장'이라 불렀다. 해마다 가을이 오면 집에서 담북장을 띄우곤 했는데 이 일은 늘 할머니 몫이었다. 할머니는 푹 삶은 콩을 시루에 담아 따듯한 아랫목에 놓고 담요나 이불을 푹 씌워 두셨다. 이 삼일 지나면 퀴퀴한 냄새가 나면서 콩에서 진득한 진이 나오는데, 이 때를 잘 맞추는 것이 중요했다. 진이 덜 나올 때 꺼내면 깊은 맛이 덜하고, 어쩌다 때를 넘기면 청국장 특유의 냄새가 너무 강해 좋지 않다. 진이 쩍쩍 묻어나는 콩을 절구에 쏟아 붓고 고춧가루와 소금을 넣어 잘 찧은 다음, 항아리에 꼭꼭 눌러 담아두고 가을 내내 끓여 먹었다.

누구나 어릴 적에 먹던 음식 맛을 잊지 못한다더니, 나 역시 나이가 들수록 청국장을 찾게 된다. 여름이 지나 찬바람이 불기 시작하면 우리 집 식탁에는 청국장이 오른다. 고향은 같아도 식성만은 전혀 다른 우리 내외지만 청국장 만은 예외다. 두 사람 다 청국장 한가지만 있으면 다른 반찬은 거들떠보지도 않으니, 청국장은 가을 내내 우리 식탁의 단골메뉴가 되곤 한다. 조리법도 간단해서 된장보다 좀 진하게 청국장을 풀고 두부와 파, 마늘만 넣으면 된다. 청국장 특유의 맛 때문인지 된장찌개처럼 고기나 멸치, 풋고추 등을 구태여 넣지 않아도 구수한 맛이 나니, 음식 솜씨 없는 사람들이 해먹기에는 안성맞춤인 음식이다.

식품 연구가와 의사들의 말에 의하면 청국장은 최고의 건강식품이라 한다. 식물성 단백질의 보고인 콩이 주원료인 데다 띄우는 과정에서 우리 몸에 유익한 유산균이 더해져 항균, 항암 효과가 탁월하고 소화는 물론 변비 예방과 미용효과까지 있는 그야말로 최고의 식품이다. 된장 고추장과 각종 젓갈 등 많은 발효식품을 개발시킨 우리 조상님들의 지혜에 실로 감탄하지 않을 수 없다.

지금은 단골 식품점에서 사다 먹지만, 주택에 살 때는 옛날의 기억을 되살려 집에서 직접 띄워 먹곤 했다. 할머니께서 하시던 방법 그대로 하되, 따뜻한 아랫목 대신 지하 보일러실 물탱크 위에 올려놓았더니 아주 십상이었다. 음식솜씨라곤 없는 내가 청국장 하나만은 곧잘 띄워 큰댁이나 이웃에 나눠주며 모처럼 솜씨 자랑을 하곤 했다.

그러나 맛과 영양에 비해 냄새는 그리 좋지 않다. 청국장을 끓일 때 나는 퀴퀴한 냄새는 멀리서도 금방 맡을 수 있을 만큼 독특하다. 더구나 오래도록 냄새가 가시지 않아 청국장을 끓여먹은 날에는 온종일 창문을 열어놓거나 홴(fan)을 틀어 놓아야 할 지경이다. 예민한 사람들은 그 냄새에 미리 질겁을 하고 달아난다. 우리 식구 중에서도 딸애는 청국장을 아주 싫어한다. 청국장 끓이는 날이면 코를 싸 쥐고 옷에 냄새 밸까 무섭다며 제방으로 쏙 들어가 문을 닫아 버리곤 한다.

청국장의 퀴퀴한 냄새가 못 견디게 그리웠던 시절이 있었다. 한때 남편의 직장 때문에 미국에 살았던 적이 있다. 600여 세대가 사는 20층짜리 아파트에 살았는데 한국인은 우리 집뿐이었다. 우리의 행동 하나하나에 고국의 명예가 걸린 셈이니 매사에 조심스러웠다. 더구나 전임자가 된장국을 끓여 먹다 이웃에게 항의를 받은 일이 있었다니 청국장은 감히 끓여먹을 엄두도 내지 못했다. 된장 냄새도 못 견딘 그들이 퀴퀴한 청국장 냄새를 맡는다면 얼마나 질겁을 하겠나.

그러나 해마다 여름이 가고 가을이 다가오면 청국장 냄새가 코끝에 맴돌기 시작하며 슬슬 군침이 돌기 시작했다. 구수한 청국장 맛과 함께 고국에 두고 온 그리운 얼굴들이 하나하나 떠오르며 한바탕 향수병을 앓곤 했다.

임기를 마치고 돌아온 것은 늦은 봄이었다. 귀국하던 날 밤, 어머니와 나란히 잠자리에 누워 그 동안 쌓인 이야기를 하던 중 청국장 이야기가 나왔다. 너무 먹고 싶었지만 지독한 냄새 때문에 참아야 했다는 내 이야기를 잠자코 듣고 계시던 어머니는 다음날 바로 시장에 가서 청국장을 잔뜩 사오셨다

청국장을 처음 끓이던 날의 감격을 나는 잊을 수가 없다. 구수한

냄새가 집안 가득 퍼지는 순간, 나도 모르게 온몸의 긴장이 확 풀리며 마음이 편안해졌다. 험난한 여행을 마치고 집에 돌아왔을 때 느껴지는 푸근한 안도감과 함께 가슴 깊숙한 곳에서 치솟아 오르는 행복감에 눈시울이 뜨거워졌다. 식구들은 뚝배기 주위에 둘러앉아 보글보글 끓고 있는 청국장을 신기한 듯 들여다보며 침을 꿀꺽꿀꺽 삼키고 있었다.

그날 끓인 청국장은 어찌나 맛있던지 뚝배기 바닥이 다 들어날 정도였다. 물론 구수한 맛도 기가 막혔지만 무엇보다 이웃의 눈치 안 보고 마음대로 끓여먹을 수 있다는 사실이 너무 통쾌하고 기분 좋았다. 그 후 매끼마다 청국장 뚝배기가 식탁에 올랐음은 말할 것도 없다. 마치 그동안 못 먹은 한을 풀기라도 하려는 듯, 끓이고 또 끓였다. 먹어도 먹어도 물리지 않는 것이 신기할 지경이었다.

그러나 기숙사에 있던 딸이 집으로 돌아오면서 사정은 달라졌다. 집안에 들어서자마자 코를 싸 쥐며 호들갑을 떨었다. 온 집안에서 청국장 냄새가 난다며 창문을 열어 제키고 방향제까지 뿌리며 난리를 쳤다. 한달 가까이 청국장만 끓여 먹었으니 모르는 사이에 집안 구석구석 냄새가 배어 있었던 모양이다.

얼마 전 한 친구에게서 청국장 냄새 없애는 방법을 배워 요긴하게 쓰고 있다. 촛불을 켜놓는 아주 간단한 방법이다. 청국장을 좋아하면서도 냄새 때문에 망설이는 이웃들에게 나는 이 방법을 알려준다. 담배 피우는 손님이 다녀가면 켜놓던 촛불을 요즘은 청국장 끓이는 날에도 켜놓는다. 식탁 위에 반짝이는 크리스탈 촛대 하나를 세워 놓았더니 식탁 분위기마저 달라졌다. 촛불을 켜놓고 식사를 하면 마치 고급 레스토랑에 온 기분이다. 촛불 하나로 청국장 냄새도 없애고 멋진 식탁 분위기도 연출할 수 있으니 그야말로 일거양득인 셈이다.

오늘 저녁에도 식탁에 촛불을 밝혀야 할까 보다

꿈 마을 장터

내 고향은 충북 진천군 덕산면 용몽리, '구말'이라는 동네다. '구 말'은 용꿈을 꾼 동네龍夢里'라는 뜻의 '꿈마을'에서 유래된 이름이 다. 모두들 '구말'이라 부르지만 나는 지금도 시詩처럼 아름다운 이 름 '꿈마을'이라 부른다.

꿈마을, 꿈 꾸는 마을, 얼마나 멋지고 정감 있는 이름인가. 그러 나 운치 있는 이름과는 달리 구말은 아주 평범한 시골이다. 높은 산도 없고, 깊은 강도 없고, 사방에 보이는 것이라곤 끝없이 펼쳐 진 논밭뿐인 전형적이 농촌이다. 조용한 마을에 가끔 활기가 도는 날이 있다면 닷새에 한 번씩 서는 장날이었다.

4일과 9일에 서는 구말 장은 근동에서 소문난 큰 장이었다. 장날 은 온 동네가 잠에서 깨어 살아 숨쉬는 듯 활기가 넘쳤다. 이 장 저 장을 돌아다니며 장사하는 장꾼들과 근동 마을에서 장을 보러 나 온 사람들로 장터는 잔칫집처럼 흥청거렸다. 동네 위쪽 높직한 곳 에 자리한 우리 집에서는 장터가 훤히 내려다 보였다. 나는 사람들 의 까만 머리가 고물고물 움직이는 모습을 내려다보며 장터에서

들려오는 소리에 귀를 기울이곤 했다. 장꾼들의 웅성거림이 한데 어울려 만들어 내는 독특한 소리는 사람의 마음을 들뜨게 하는 신비스런 힘이 있었다.

장터에는 정말 볼 것이 많았다. 색색의 고운 옷감들이 줄줄이 걸려있는 포목전, 찝찔한 바다 내음을 전해주는 어물전, 눈부시게 반짝이는 놋그릇을 파는 유기전, 쇠 발굽에 징을 갈아 끼우는 아저씨, 가죽 조각에 색색의 물감을 묻혀 혁필화革筆畵를 그리던 할아버지, 우물가에 자리잡은 떡 장수 아주머니들, 집에서 키운 닭이나 돼지를 새끼줄로 묶어 끌고 나온 사람들…… 큰 길은 물론 좁은 골목까지 구경거리는 끝도 없었다.

책 전에는 새 책이 나왔는지, 옆 집 재분 엄마가 새로 차린 국밥집은 장사가 잘 되는지, 약장수가 오늘은 또 무슨 마술을 부릴지, 튀밥 장수는 왔는지, 공부를 하면서도 마음은 온통 장터에 가 있었다. 친구들도 마찬가지였다. 학교가 파하기 무섭게 우리는 달음박질하듯 장터로 내 달았다.

장터에서 제일 흥미로운 것은 대장간과 약장수였다. 면사무소 앞 넓은 공터는 언제나 약장수 차지였고, 공터 뒤쪽에 대장간이 있었다. 식- 식- 하는 풍구소리에 맞춰 대장간 화덕에서는 불꽃이 확 확 타올랐다. 화덕 안에는 사람들이 가져온 호미, 괭이 같은 농기구들이 달구어지고 있었다. 빨갛게 달군 연장들을 길다란 집게로 꺼내 쥐고, 망치로 탕탕 두들겨 모양을 바로잡은 다음 물속에 쑥 집어넣으면, 칙- 하는 소리와 함께 뜨거운 김이 확 피어 올랐다. 다시 불에 달구어 두들겨 물에 집어넣고, 다시 불에 달구고 두들기고…… 구

슬땀을 흘려가며 망치를 휘두르는 대장장이 아저씨의 굵은 팔뚝은 어린 내 눈에도 씩씩하고 남자다워 보였다.

온갖 재담과 노래, 바이올린 연주, 때로는 신기한 마술까지 보여주는 약장수는 가장 흥미 진진한 구경거리였다. 우리 꼬맹이들은 어른들 사이를 요리조리 비집고 들어가 맨 앞줄에 나란히 앉았다. 커다란 북을 짊어지고 있는 아저씨는 신통하게도 다리로 북을 쳤다. 다리를 뻗을 때마다 등에 연결된 북채가 북을 쳤는데, 이야기를 하다가도, 걸음을 걷다가도, 다리를 쭉쭉 뻗어 북을 둥둥 치며 사람들의 시선을 끌어 모았다.

약장수 아저씨의 마술은 너무 신기했다. 까만 보자기를 꼭꼭 접었다가 확 펼치면, 그 속에서 리본이 줄줄 이어져 나오고 돈이 쏟아지고 비둘기가 날았다. 하루는 검은 보자기를 씌운 상자 위에 여자 아이의 머리가 달랑 올려져 있어 섬뜩했다. 아이는 눈을 이리저리 굴리며 아저씨가 묻는 말에 요상한 목소리로 대답했는데 신기하면서도 너무 측은해 보였다.

원래 몸집이 작은 난장이 였는지, 정말 마술을 부린 건 지, 어떻게 그 작은 상자 속에 사람이 들어갈 수 있었는지, 어른이 된 지금까지도 궁금한 부분이다. 그들의 목적은 약을 파는데 있었지만 노래와 춤, 만담, 마술까지 보여주고 있었으니, 당시 약장수들은 문화적인 혜택을 받지 못하는 시골사람들에게 지금의 연극이나 뮤지컬에 버금가는 종합예술을 보여주고 있었던 셈이다

가끔 튀밥 장수가 왔는데, 그날은 온 장터에 구수한 냄새가 진동했다. 튀밥 튀기는 곳은 구경뿐 만 아니라 실속도 있었다. 아저씨

는 시커먼 주물 통에 곡식을 넣어 불에 올려놓고 빙빙 돌리다가, 시간이 되면 큰소리로 고함을 질렀다. "뻥이요 뻥", 우리는 양손으로 귀를 틀어막고 눈을 질끈 감았다. '펑' 소리와 함께 연기가 풀썩 피어 오르면, 길다란 망은 튀밥으로 가득 찼다. 기다리고 있던 우리는 우르르 달려들어 한 주먹씩 튀밥을 움켜다 입안 가득 넣고 우물거리며 다시 '펑' 소리가 날 때를 기다렸다.

장터 분위기는 집 안까지 이어졌다. 시골에서 장보러 오신 일가 어르신들로 집 안은 온종일 북적거렸다. 묘봉골에서 오신 할머니 친정 올케들, 구수하게 이야기를 잘 하시던 용소말 할머니, 음식 솜씨 바느질 솜씨가 뛰어나신 안구말 아주머니, 언제나 곱고 정갈하신 옥골 할머니……. 그 밖에도 여러 어른들이 안방에 둘러 앉아 그 동안 밀린 이야기를 나누며 점심을 드셨다.

장날이면 우리 집은 점심을 넉넉히 준비했다. 장보러 오신 어르신들에게 따뜻한 점심을 대접하는 것은 외할머니의 배려이자 큰 기쁨이었다. 커다란 두레반에 촘촘히 둘러앉아 점심을 드시며 담소하는 어르신들의 모습은 참으로 익숙한 우리 집 장날 풍경이었다.

얼마 전 구말 장에 간 적이 있었다. 오랜만에 외삼촌 댁을 찾은 날이 마침 장날이기에 마을 어귀에서부터 잔뜩 기대에 부풀었다. 흥청거리는 장터 풍경이 보고 싶고 웅성거리는 장터의 소리가 듣고 싶어 귀를 기울였다. 그러나 장터는 너무 쓸쓸했다. 고장의 특산물인 고추와 곡물을 사러 온 도매상들과 흥정하는 몇몇 어른들만 보일 뿐. 예전과는 전혀 다른 모습이었다.

큰소리로 손님을 부르는 장꾼들도 없고, 장터를 기웃거리는 아이들도 보이지 않았다. 떡 장수들이 줄지어 앉아있던 우물은 오래 전에 메워져 흔적조차 찾을 길 없었고, 약장수와 대장간이 있던 면사무소 앞 공터에는 3층 건물이 서 있었다. 동네에 커다란 농협 구판장이 있고, 골목마다 상점이 있으니 특별히 장날 물건을 사고 팔 일이 없어진 것이었다.

한마당 축제 같았던 꿈 마을 장터, 풍요롭던 장터의 풍경도 나를 들뜨게 하던 장터의 소리도 세월의 물결 속으로 사라져 버렸다. 두레반에 둘러앉아 점심을 드시던 어르신들도 저 세상으로 떠나신 지 오래다. 그러나 장터의 모든 풍경들은 내 기억의 창고 속에 생생하게 살아있어 가끔씩 꿈속으로 스며든다. 내 고향 꿈 마을은 추억의 보고이자 그리움의 원천이다

꿈꾸는 마을, Dream Village, 이 세상 어디에 이렇게 아름다운 마을 이름이 또 있을까. 철없이 뛰놀던 어린 시절을 꿈꾸고 싶다. 그리운 얼굴들을 만나고 싶다. 지금은 사라져 버린 흥청거리던 구 말 장의 풍경을 꿈속에서라도 보고 싶다.

팔월 열 사흘의 사랑

추석이 한 주 앞으로 다가온 요즘, 시장이나 백화점에서는 추석 맞이 세일이 한창이다. 해마다 추석은 우리 집에 한발 먼저 찾아온다. 음력 팔 월 열 사흘, 추석과 함께 찾아오는 남편의 생일은 굳이 달력을 보지 않아도 저절로 알 수 있다.

더위가 물러가고 선들 바람과 함께 햇과일이 나오기 시작하면, 신문이나 방송에서는 추석 물가를 들먹이며, 남편의 생일이 가까웠음을 넌지시 내게 일러준다. 다른 사람들은 추석 장을 보기 시작할 때, 나는 송편을 빚고 토란국을 끓이는 등, 추석 음식을 미리 만들어 남편의 생일 상을 차린다. 그리고 생일 상 옆에서 빙긋이 웃고 계실 시어머님의 모습을 그려본다.

내가 시집오기 전에 이미 돌아가신 어른이시라 한번도 뵌 적이 없건만, 사진틀 속의 시어머님은 오랫동안 뵈었던 분처럼 친근하다. 동서들로부터 어머님 이야기를 많이 들어온 탓인지, 어머님을 많이 닮은 남편의 외모 때문인 지 낯설지 않다. 남편은 고고한 선비 풍의 시아버님보다 어머님 쪽을 닮았다. 시원스런 눈매와 웃음기 어린 입, 형님들과 시누이님들의 말에 의하면 외모는 물론 활달하고 시원시원한 성격까지 어머님을 닮았다고 한다.

어린 나이에 종부로 시집오셔서 궁핍한 살림 일으키고 자손들을 번듯하게 키워 내신 시어머님에 대한 일화는 지금도 집안 어른들 사이에 전설처럼 전해진다. 다른 사람 서 너 몫의 일을 너끈히 해 낼 만큼 일손이 빨랐고, 경우에 어긋나는 일에는 무섭도록 단호한 대쪽 같은 성품이셨단다. 한없이 정이 많고 자식 사랑이 끔찍하셨지만, 일찍부터 자녀들을 도시로 보내 교육시킬 만큼 진보적이고 결단력 있는 어른이셨다. 의원도 약국도 없는 궁벽한 시골에서 여덟 자녀를 하나도 놓치지 않고 건강하게 길러 낸 어른이었기에, 동네에서 누가 병이 나면 먼저 어머님께 달려와 도움을 청했다고 한다.

어머님은 아들 다섯, 딸 셋, 팔 남매를 두셨다. 남편은 어머님의 막내이자 다섯째 아들이다. 남편의 생일이 팔월 열 사흘이니 추석 준비로 한참 바쁠 때 어머님은 아들을 출산을 하신 것이다. 우물물을 길어 음식을 만들고, 절구에 쌀가루를 빻아 송편을 빚던 시절이었으니, 어쩌면 일이 너무 힘들어 조산早産을 하셨는지도 모른다. 만삭의 몸으로 추석 준비에 분주하시던 중 갑자기 산기産氣를 느꼈을 때, 얼마나 놀라고 당황하셨을까. 남편의 생일상을 차릴 때마다 당시 어머님의 모습이 떠올라 애처로운 마음이 든다.

마흔에 얻은 늦둥이라서 인지 어머님의 막내 사랑은 유별나셨다 한다. 닭을 잡으면 통통한 다리는 언제나 막내 몫이었고, 어쩌다 별식이라도 만들면 제일 좋은 쪽은 막내 몫으로 챙기셨단다. 공부하러 도시로 간 막내가 고향에 오는 날이면 어머니는 다락에 감춰 두었던 떡이며 과일들을 줄줄이 꺼내 놓으셨단다. 냉장고가 없던 시절, 다락에서 꺼낸 음식들은 곰팡이가 피고 썩어 있었지만, 어머님의 지극한 막내 사랑은 장성할 때까지 계속되었단다

평생을 힘들게 사신 탓인지, 어머님은 그토록 사랑했던 막내의 결혼도 못 보고 너무 일찍 세상을 떠나셨다. 남편과 내가 결혼식을 올리던 날, 세 분 시누님들은 내 손을 붙잡고 울먹이셨다.

"어머니가 계셨더라면…… 끔찍이도 막내를 사랑하셨는데……."

살아 계셨다면 그토록 사랑했던 막내의 생일을 얼마나 기뻐하셨을까. 막내의 사는 모습을 보고 얼마나 대견해 하셨을까. 해마다 남편의 생일 무렵이면 어머님의 지극하신 사랑이 가슴 가득 전해온다.

비록 어머님은 안 계셨지만 아주버님들이 모두 생존해 계시던 때는 남편의 생일이 제법 흥청거리는 분위기였다. 서울에 사는 아주버님과 조카들이 오고, 고향에 계신 아주버님들까지 올라오시면 우리 집은 잔칫집을 방불케 했다. 멀리 경동시장에 가서 더덕이랑 버섯을 사오고, 떡쌀을 빻아 색색으로 물들여 송편을 빚고, 갈비찜을 하고, 각색 전을 부치고, 더덕을 양념하여 굽고, 잡채도 푸짐하게 하고…… 워낙 손이 굼뜬 나는 며칠 전부터 잠을 설치며 부산을 떨곤 했다. 그러나 아주버님들이 한 분, 두 분 타계하시자 생일상의 규모는 점점 줄어 몇 해 전부터는 우리끼리 조촐하게 생일을 보내곤 한다.

어느새 남편도 나이가 들어 노인네 짓을 곧잘 한다. 전에 없던

잔소리가 늘었고, 할 일없는 여자들이나 보는 프로라며 거들떠보지도 않던 TV 연속극에 관심을 보인다. 새벽에 도시락을 몇 개씩 싸느라 동동거릴 때는 그렇게 무심하던 사람이 요즘은 '뭐 좀 거들어 줄 거 없어?' 하며 주방을 기웃거린다. 희고 성글어진 남편의 머리칼을 보면 애처로운 마음도 든다. 평생을 다닌 직장에서도 물러난 지 오래고, 늘 막내 자리에 있던 사람이 집안에서 웃어른이 되었다. 친구들과의 밤샘 모임이 없어진 것도 어쩐지 서글프다.

그러나 남편은 나이를 의식하지 않고 사는 행복한 사람이다. 솔직하고 낙천적인 성격 탓인지 그의 주변에는 좋은 친구들이 많다. 친구들을 대하는 그의 모습을 보면서 '사랑받고 자란 사람이 사랑을 베풀 줄도 안다'는 말을 실감한다. 어려서부터 어머님과 형제들의 사랑을 듬뿍 받고 자란 탓인지 그는 남을 이해하고 감싸주는데 익숙하다.

집에서도 아이들의 잘못을 지적하고 잔소리하는 악역은 내 차지고, 잘했다 신통하다 칭찬해 주는 역할은 늘 남편 차지다. 아이들의 하는 양이 그저 사랑스럽고 귀엽기만 하다니, 악역은 영원히 내 몫으로 남을 것 같다. 그렇다. 악역이 내 몫이 되어도 좋고, 불시에 친구들과 들이닥쳐 나를 애먹인다 해도 그가 우리 곁에 있다는 사실이 그저 고마울 뿐이다. 든든한 성처럼 나와 아이들을 지켜주는 그를 위해, 올해도 일찌감치 추석 장을 보아다 정성스레 남편의 생일 상을 차릴 생각이다.

하늘의 어머님이 보시고 흐뭇해 하시도록……

외삼촌의 미국 인절미

그날은 장날이었다. 4일과 9일에 서는 덕산德山장은 근동에서 소문난 큰 장이었다. 초여름의 장터는 잔칫집처럼 흥청거렸다. 이장 저장을 돌아다니는 장꾼들과 이웃 마을에서 장을 보러 나온 사람들로 큰 길은 물론 좁은 골목까지 북적거렸다. 장터 한가운데로 나는 외삼촌 손을 잡고 걸어가고 있었다.

우리는 누런 광목 차일을 친 고무신 전廛 앞에 멈추었다. 배船를 닮은 커다란 남자 고무신, 색색의 선을 두른 여자 고무신, 눈이 부시도록 깨끗한 흰 고무신, 알록달록 무늬도 고운 아이들 고무신이 줄지어 놓여있다. 막 물건 진열을 끝낸 고무신 전 아저씨가 반갑게 우릴 맞았다.

외삼촌은 마음에 드는 걸 골라보라 하시며 내 하는 양을 조용히 지켜보셨다. 이것저것 신어 본 끝에 나는 두 켤레를 골라 들었다. 모란꽃 무늬가 화사한 분홍 고무신과 하얀 물방울 무늬가 시원스러운 하늘색 고무신이었다. 둘 다 너무 예뻤다. 어느 것을 택해야 할 지, 양손에 든 고무신을 번갈아 보며 망설이고 있었다. 바로 그때, 장 구경을 나온 반 친구들이 나를 보고 달려왔다.

"누구셔? 네 아버지?"

한 친구가 외삼촌을 힐끗 쳐다보며 귓속말로 내게 물었다. 잠시 머뭇거리던 나는 한껏 으쓱대는 표정으로 엉뚱한 대답을 해버렸다.

"응, 우리 아버지야."

아마도 외삼촌은 우리 대화를 듣지 못하셨을 것이다. 아니 듣고도 일부러 모르는 척하셨는지도 모른다. 친구들은 외삼촌이 골라준 화사한 분홍 고무신과 젊고 멋진 내 아버지(?)를 번갈아 바라보며 몹시 부럽다는 표정을 짓고 있었다.

아버지를 일찍 여읜 내가 조금도 외롭지 않게 어린시절을 보낼 수 있었던 것은 순전히 외삼촌 덕분이다. 시집간 지 몇 해 만에 청상이 되어 돌아온 누이, 내 어머니는 외삼촌에게 커다란 아픔이었으리라. 누이에 대한 끝없는 연민의 정이 두 생질甥姪에 대한 지극한 사랑으로 나타났을까. 외삼촌은 늘 아버지 같은 따스함으로 나와 동생을 지켜주었다. 외삼촌이 진짜 내 아버지였으면 하는 철없는 생각을 참 많이 하며 자랐다. 그날 친구들 앞에서 천연덕스럽게 외삼촌을 아버지라 말한 것도 무의식 중에 표출된 내 솔직한 감정의 일부였을 것이다.

내 기억 속의 외삼촌은 대학생 시절부터 시작된다. 서울대학 마크가 금실로 수 놓인 둥근 교모를 살짝 비켜 쓴 외삼촌은 정말 멋진 청년이었다. 키가 훌쩍 큰 미남에다 근동에서 보기 드문 서울 대학생이었으니, 외삼촌이 너무 자랑스러웠다. 방학이 되어 외삼촌이 내려오신다는 기별이 오면 그날부터 내 긴 기다림은 시작되었다. 어쩌면 하루가 그리도 길던지, 달력에 X표를 쳐가며 정말 '눈이 빠지게' 기다렸다. 내가 외삼촌을 애타게 기다린 데는 이유가 있었다. 물론 외삼촌을 보고 싶은 게 가장 큰 이유지만, 선물도 있었다. 외삼촌은 한 번도 내 선물을 잊은 적이 없다. 외삼촌 가방 속에는 내게 줄 '새벗'과 '미국 인절미'가 꼭 들어있었다.

'새벗'은 당시 유일한 어린이 잡지였는데, 읽을거리가 궁하던 시절 '새벗'은 내게 보물같은 책이었다. 나는 그 책을 처음부터 끝까지 한 글자도 빼놓지 않고 다 읽었다. 새벗을 통해 나는 많은 것을 알게 되었다. 동화나 동시를 읽는 즐거움을 통해 문학의 세계를 어렴풋이 알게 되었고, 넓은 세상에 대한 상식도 키울 수 있었다. 서울에 덕수, 남산 같은 큰 학교가 있다는 것도, 피아노와 바이올린이라는 멋진 악기가 있다는 것도 처음 알았다. 악기를 연주하는 아이들 사진을 보면 너무 부러웠다. 어떻게 연주할까, 어떤 소리가 날까. 무한한 상상의 날개를 펼쳐가며, '새벗'이 너덜너덜 해져 '헌벗'이 될 때까지 읽고 또 읽었다.

미국 인절미는 미제 과자 '젤리'에 내가 붙인 이름이다. 빨강, 초록, 주황, 노랑, 보라, 투명한 셀로판지에 싸인 색색의 젤리는 당시 시골에서는 구경하기 힘든 귀한 것이었다. 말랑말랑한 젤리 표면에는 하얀 설탕이 잔뜩 묻어 있었는데, 색깔마다 다른 향긋한 과일 향은 가히 환상적이었다. 쫄깃쫄깃한 맛과 넓적한 모양이 우리 떡 인절미와 비슷해, 나는 외삼촌이 가르쳐 준 '젤리'라는 낯선 이름 대신, 늘 '미국 인절미'라 불렀다.

선물 뿐아니라 외삼촌의 입을 통해 전해지는 이야기들도 내겐 모두 신기했다. 외삼촌의 교모에 금실로 수놓은 'ㄱㅅㄷ'이 '국립 서울 대학'의 머리 글자를 조합해서 만들었다는 사실이 그렇게 신기할 수가 없었고. 외삼촌이 전공하는 수의학獸醫學이라는 학문도 너무 근사했다. 동물을 사랑하고 동물에게 의술을 베푸는 일은 아무나 할 수 없는 성스러운 일처럼 느껴졌다.

외삼촌이 집에 오면 그날부터 우리 집은 잔칫집이 되었다. 부엌에서는 하루 종일 맛있는 냄새가 진동을 하고, 외할머니와 어머니 얼굴에는 연신 웃음꽃이 피었다. 나와 동생은 깡충거리며 온종일 외삼촌 주위를 맴돌았다. 외삼촌은 나와 동생을 양팔에 뉘어 놓고 재미있는 이야기도 들려주고 노래도 가르쳐 주었다.

'가슴마다 성스러운 이념을 품고……'로 시작되는 서울대학 교가도 외삼촌 팔에 누워서 배운 노래 중 하나다. 초등학교 갓 입학한 어린 것이 이념理念, 진리, 인재, 융성隆盛같은 어려운 말을 이해할 리 없고, 느리고 장중한 곡조도 생소했지만, 외삼촌 학교의 교가는 꼭 알아 둬야 할 것 같았다. 외삼촌이 한 소절 부르면 내가 따라 부르고 또 따라 부르고 하면서 끝까지 다 배웠다. '서울'이라는 도시와 '대학'에 대한 꿈을 처음으로 내게 심어 준 분이 바로 외삼촌이다.

요즘도 나는 연락도 안하고 불쑥 외삼촌 댁을 찾아간다. 갑자기 나타난 나를 보고 외삼촌은 반가워 어쩔 줄 모르신다. 아직도 외삼촌의 웃음은 새벗과 미국 인절미를 사다 주시던 그 시절과 다름이 없다. 깊어 진 주름살과 반백의 머리가 안타깝지만 내 눈에 비친 외삼촌은 여전히 멋지고 근사하다. 아니 인자함과 여유로움이

더해져 '로맨스 그레이'란 말이 잘 어울리는 중후한 노신사의 모습
이다.

외삼촌이 안 계셨다면 내 어린 시절이 얼마나 외롭고 쓸쓸했을
지, 상상만 해도 서글프다. 아버지의 사랑을 모르고 자라는 조카들
에게 큰 그늘이 돼 주셨던 외삼촌, 지금도 그분은 아버지 같은 인
자한 눈길로 나를 지켜보고 계시다.

어린 내게 꽃 고무신을 사 주시던 그 장날처럼…….

모녀 여행

새벽 산책이다 수영이다 하며 제법 건강관리를 잘하고 있다 자부해왔는데, 요즘 지독한 감기로 맥을 못 추고 있다. 일상 하는 일에서 조금만 무리를 했다 하면 감기에 걸리고 마는 내 체질을 뻔히 알면서도 번번히 무리를 해 곤욕을 치르곤 한다. 이번에는 '개犬도 안 걸린다'는 여름감기를 심하게 앓고 있다.

살인적이었다고 표현할 수밖에 없는 올여름의 더위와 싸우느라 온종일 선풍기와 에어컨을 켜놓고 산 것도 문제였고, 그 더위 속에 다녀온 두 차례의 여행도 내 체력에 무리였다. 남편의 친구 가족들과 지리산에 갔다가, 연이어 어머니들을 모시고 모녀 여행을 다녀온 것이 힘에 부쳤던 모양이다.

어머니들과의 여행은 친구들과의 마음 편한 여행과는 다른, 솔직히 말하면 신경이 많이 쓰이는 여행이었다. 한 해라도 근력筋力 있으실 때 모시자고 오래 전부터 벼르던 일이고, 어쩌면 처음이자 마지막이 될 지도 모른다는 생각까지 하면서 꼼꼼히 준비한 여행이었다.

더위가 한풀 꺾인 팔월 하순으로 날을 잡았지만 한낮의 더위는 만만치 않았다. 게다가 칠팔십 대의 어르신들이고 보니, 세끼 식사에서부터 간식까지, 맛은 물론 소화까지 신경을 썼다. 과히 힘들지 않으면서도 지루하지 않은 코스를 찾느라 저녁마다 네 딸들은 머리를 맞대고 지혜를 모았다. 쌓인 얘기로 밤잠을 설치고도 새벽잠 없는 어머니들의 기상起床시간에 맞추느라, 늦잠 한번 못 자고 '착한 딸' 노릇을 열심히 했다.

딸들의 정성을 아시는 어머님들도 힘든 내색 하나 없이 잘 따라주셨다. 소화도 잘 시키고, 차멀미도 안 하시고, 덥다고 불평하시는 분도 없었다. 관절염 때문에 지팡이를 짚어야 하는 옥이 어머님이 좀 힘드셨을 뿐, 다른 어머님들은 오히려 딸들을 앞지르기까지 하셨다.

사찰寺刹을 둘러보고 동굴 구경을 하고 유람선도 타고 온천 물에 목욕도 하셨다. 더위도 아랑곳없이 소풍 나온 아이들처럼 즐거워하시는 어머님들을 바라보며 네 딸들은 흐뭇하기도 했지만, 진작 모시고 나오지 못한 것을 죄스러워했다.

밤에는 밤 대로 새로운 경험을 시켜드렸다. 휘황찬란한 조명이 번쩍거리는 화려한 쇼도 보여 드리고 노래방에도 모시고 갔다. 어두컴컴한 방에 오색 조명이 번쩍거리는 노래방 분위기를 어떻게 생각하실 지 걱정했는데 어머니들의 반응은 의외였다. 골목마다 걸려있는 간판만 보았을 뿐 처음 와본다며 신기해 하셨다. 노래방에서 우리는 어머님들의 새로운 모습을 보았다.

비록 걸음은 불편하셨지만 83세라는 연세가 믿기지 않을 정도로 총기聰氣가 좋으신 옥玉이 어머님은 흘러간 노래를 어찌나 구성지게 부르시는지, 혀를 내두를 지경이었다. 자그마한 체구에 단정하게 쪽 머리를 찌신 선善이 어머님은 '시집살이 타령'과 '환갑잔치 타령'을 부르셨는데, 노랫말이 너무 재미있어 몇 번이나 앵콜을 받으셨다. 애처가 남편을 두신 수秀 어머님은 여행을 자주 다니셔서 젊은 우리가 무색할 정도로 박식하고 재치가 넘쳤다. 최신가요를 척척 부르고 리듬에 맞춰 어깨춤도 추시는 신명 많은 어른이셨다.

어머니도 줄곧 싱글벙글 환한 얼굴이셨다. 그러나 나는 남몰래 죄인처럼 움츠려 들었다. 네 분 중 연세는 제일 젊으신 데 등이 활처럼 굽으셨다. 평소에 운동도 건강관리도 열심이시건만 눈길에 미끄러져 허리를 다치신 후부터 점점 등이 굽어졌다. 등이 굽으니 옷을 입어도 모양이 나질 않는다. 굽은 등을 감추어 보려 옷 입을 때마다 뒷자락을 끌어내리시는 어머니를 보면 내 가슴이 메어진다. 어머니의 굽은 등이 내 불효 탓이라는 자책감이 여행길 내내 나를 괴롭혔다.

여러 가지로 신경 쓰이고 힘은 들었지만, 가슴 뿌듯한 여행이었음을 흡족해 하며 집으로 돌아오자, 마치 기다렸다는 듯 감기가 덮쳐왔다. 목이 따끔거리고 침을 삼킬 수 없을 만큼 편도선이 붓고, 눈물 콧물이 쏟아져 화장지와 휴지통을 옆에 끼고 사는 추한 몰골이 돼 버렸다. 어머니 볼 낯이 없다. 같이 여행을 다녀왔건만 어머니보다 젊은 것이 맥을 못 추고 있으니 면목이 없다.

몇 해 만에 앓는 지독한 여름감기, 모처럼 어머님들을 기쁘게 해드리고 잊지 못할 추억을 안겨드린 훈장인가, 그토록 기뻐하시는 것을 너무 늦게 해드린 벌인가. 그렇다. 즐거움보다는 의무감이 앞섰던 내 속마음을 알고 하늘이 내린 벌인가 보다. 자식들에게 쏟는 정성의 반만이라도 부모에게 쏟는다면 효자 소릴 듣는다는데 그렇게 좋아하시는 일을 왜 진작 못해 드렸는지, 나는 감기보다 더한 벌을 받아도 할 말이 없다.

모녀여행의 마지막 날, 눈물을 글썽이며 헤어짐을 아쉬워하시는 어머니들에게 해마다 꼭 모시겠노라 약속을 했다. 아무리 세상살이가 바빠도 이 약속만은 꼭 지키자고 네 딸들도 굳게 굳게 다짐했다.

아, 그러나, 앞으로 몇 번이나 더 모시고 다닐 수 있으려나…….

부디 오래오래 건강하셔서 그 약속 꼭 지킬 수 있기를 두 손 모아 빌어본다.

가족 사진

　강원도 화천에서 군복무 중인 큰 아들이 오랜만에 휴가를 나왔다. 마침 주말이라 용산 카투사인 막내까지 외출을 나오자 집안이 가득 찬 느낌이다. 흐뭇한 눈으로 두 아들을 바라보던 남편이 뜻밖의 제안을 한다. 군복 입은 두 아들의 모습을 담아 가족사진을 찍자는 것이다. 곧 막내가 제대를 하니 이번 아니면 기회가 없다는 것이었다. 예상대로 아들들은 달가워하지 않았다. 짧은 머리에 시퍼런 군복이 뭐 자랑할 게 있냐며 투덜거렸다. 그러나 녀석들의 불평은 남편의 고집을 꺾지 못했다.

　막내가 외출 나오는 저녁시간에 찍기로 하고 경복궁 옆 R 사진관을 예약했다. 모처럼 나온 휴가라 저녁마다 친구들과 어울리기 바쁜 큰 녀석도 겨우 틈을 냈다. 회사 일로 늘 분주한 딸과 사위도 시간을 냈다. 사진 기사는 식구 수대로 의자를 마련해 놓고 앉을 자리를 정해 주었다. 어머니를 중심으로 우리 내외와 외손주를 앞 줄에 앉히고, 그 뒤로 두 군인을 세웠다. 딸과 사위는 맨 위쪽이었다. 기사님은 자연스런 자세와 얼굴 표정까지 한 사람, 한 사람 세심하게 신경을 써 주었다. 조명이 환하게 켜지면서 어린 손주의 표정이 굳어지자 각가지 장난감이 동원되었고, 몇 차례 반복 끝에 촬영을 마쳤다.

사진 찍기 좋아하는 남편 덕분에 앨범은 몇 권씩 되지만, 정작 사진관에서 가족사진을 찍은 것은 아이들이 꽤 자란 후였다. 남편의 해외지점 발령으로 가족들의 여권 사진이 필요해 아이들과 함께 사진관에 갔을 때였다. 사진관 입구에 어느 집의 가족사진이 걸려있는데, 환하게 웃는 가족들 모습이 너무 행복해 보였다. 부러운 듯 바라보는 우리의 눈길을 사진사가 놓칠 리 없었다.

"여태 가족사진이 없어요? 오늘 찍으세요."

사진사 아저씨의 부추김이 없더라도 정말 찍고 싶었다. 여권사진 찍는다고 모두들 단정하게 차려 입었으니 꾸물거릴 것도 없었다. 딸이 고등학생, 큰 아들이 중학생, 막내가 초등학교 6학년 때였다.

그날 엉겁결에 찍은 가족사진은 썩 잘 나와서 진작 찍지 못한 것을 후회할 정도였다. 사진사도 아주 흡족해 하며 우리 사진을 진열대에 놓도록 허락해 달라 했다. 굳이 고집 피울 일도 아닌 것 같아 승낙했더니 답례로 큰 사진을 석 장이나 더 뽑아 멋진 액자까지 끼워주었다. 덕분에 시댁에도 친정에도 사진을 한 장씩 나눠 드릴 수 있었다.

4년의 임기를 마치고 귀국하자 남편은 또 한바탕 가족사진 타령을 했다. 아이들이 대학 입시 준비로 바쁠 때라 모두들 귀찮아 했지만 남편의 고집을 당할 수가 없었다. 그때 찍은 사진은 딸의 뿌

루퉁한 얼굴과 아들들의 억지 웃음이 어색하기 그지없다. 그러나 이번에 새로 찍은 가족사진은 사위와 손자까지 더해져, 여덟 명의 가족이 화면에 그득하다.

가족 사진을 드려다 보는 재미가 제법 오붓하다. 군복 입은 두 아들의 모습을 사진으로 남기고 싶어했던 남편의 의도는 적중해서 특색 있는 가족사진이 되었다. 가운데 앉아 계신 어머니의 흐뭇한 표정도 보기 좋고, 딸과 사위의 다정한 모습도 사랑스럽다. 아무래도 사진 속의 꽃은 외손주다. 제 어미가 머리에 무스까지 발라주며 수선을 떨더니 꼬마 탤런트처럼 앙증맞다.

석 장의 가족 사진을 나란히 세워 보았다. 처음 것과 새로 찍은 사진 사이에는 십수 년의 세월이 가로 놓여 있다. 우리 내외에 비해 아이들의 변화는 놀라웠다. 우리 얼굴에 주름살이 조금씩 깊어가는 동안, 동글동글 귀엽던 어린 것들은 어깨가 떡 벌어진 헌헌장부로 성숙한 여인으로 변한 것이다. 우리의 젊음을 내주고 아이들의 아름다운 성장을 얻었다 생각하니 늙는 것을 섭섭해 할 것도 아쉬워할 것도 없다.

사진 한 장이 주는 즐거움이 이렇게 클 줄 몰랐다. 만만찮은 비용이 들었지만 조금도 아깝질 않다. 거실 한가운데 사진을 걸어놓고 틈만 나면 바라본다. 수첩에 들어갈 만한 작은 사이즈로 몇 장을 더 뽑았다. 우선 군 복무 중인 큰 아들에게 한 장 보내야겠다. 객지에서 가족들이 많이 그리울 텐데, 아들 품속에서 지켜주고 싶다. 내 지갑 속에도 한 장을 고이 넣었다.

사랑하는 가족들을 내 품에 꼭 껴안고 있는 기분이다.

목화밭의 환청

뒷문 밖 텃밭은 해마다 주인이 바뀌었다. 넓은 밭 가득 고추가 자라는가 하면, 어느 해는 목화밭이 되었다가 또 어느 해는 고구마가 차지하기도 했다. 한국전쟁이 나던 그 해 우리 텃밭의 주인은 목화였다.

무궁화를 닮은 연 노란색 꽃이 살짝 분홍빛을 띠었다가 시들면, 꽃이 진 자리마다 동글동글한 열매 목화 다래가 달렸다. 초여름의 목화밭은 목화 다래 천지였다. 연둣빛 작은 열매는 점점 갈색으로 변해가며 단단하게 여물다가, 뜨거운 여름 해와 눈부신 가을 햇살 아래 마지막 한 방울 물기까지 다 날려버리고, 마침내 하얗고 폭신한 면화, 목화 솜을 피워냈다. 목화 솜을 두툼하게 넣은 솜이불과 솜옷은 한겨울 추위를 녹여주었고, 물레로 실을 자아 만든 무명옷은 백의민족의 상징이 되었다.

그런데 이 목화 다래가 아이들에게 수난을 당했다. 먹을 것이 궁한 시절이다 보니 달콤한 목화 다래는 아이들의 만만한 간식거리가 되었다. 여물기 전의 연한 목화 다래는 단물을 가득 머금은 스폰지 같았다. 달콤한 맛도 맛이지만 대여섯 개만 먹어도 허기를 달랠 수 있었으니 아이들은 틈만 나면 목화밭을 기웃거렸다.

"목화 다래 하나면 솜이 한 뭉치여, 죄 따먹으면 어쩌자는 겨……."

할머니가 호통을 치셨지만 나는 몰래 몰래 텃밭을 드나들며 달콤한 군것질을 즐겼다. 그날도 나는 혼자 텃밭으로 나갔다. 쾌청한 날씨 탓인지 밭은 더 넓어 보였다. 파란 하늘에는 솜사탕 같은 뭉게구름이 흐르고, 멀리서 쑥국새의 낮은 울음도 간간이 들렸다. 나만의 성찬을 즐기기에 더 없이 좋은 날씨였다.

바로 그때, 귀청을 찢을 듯한 굉음과 함께 요상하게 생긴 비행물체가 머리 위로 돌진해 왔다. 나는 반사적으로 밭고랑에 푹 엎드렸다. 순간 머릿속이 하얘지며 엄청난 공포가 밀려왔다. 난생 처음 느껴보는 죽음의 공포였다.

'아, 이제 죽는구나, 할머니 말 안 듣다가 비행기에 깔려 죽네…….'

벼락치는 듯한 굉음은 사라졌다가 다시 나타나고, 가버렸는가 하면 또 다시 나타나 머리 위를 맴돌았다. 비행기가 곧 머리 위로 떨어질 것 같아 밭고랑에 코를 박고 납작 엎드렸다. 그리고 눈을 꼭 감은 채 어서 이 악몽이 끝나기를 기다렸다. 영원처럼 긴 시간이 흘렀다.

요상한 비행물체는 우리 국군의 정찰기였다. 얼마 전부터 마을에 빨갱이가 쳐들어온다는 흉흉한 소문이 돌았지만, 이 궁벽한 시골까지 정찰기가 나타날 줄은 몰랐다. 비행기는 저공으로 날면서 인민군들의 소재를 파악하는 임무를 맡고 있었던 것이다.

비행기가 사라지고 나서도 나는 한참을 더 밭고랑에 엎어져 있었다. 곧 다시 날아올 것 같아 머리를 들 수가 없었다. 한참 후, 후들거리는 걸음으로 목화밭을 빠져나왔을 때 얼굴과 팔다리 옷은 온통 땀과 흙으로 범벅이 되어있었다.

그날 이후, 나의 목화밭 출입은 끝났고, 텃밭 쪽은 쳐다보지도 않았다. 날이 갈수록 정찰기들의 출현은 잦아졌다. 서너 대의 비행기가 함께 날아올 때는 엄청난 굉음과 함께 집이 흔들리고 창문까지 덜컹거렸다. 그때마다 나는 공포에 질려 숨을 죽였다. 물론 목화 다래의 달콤함 따위는 까맣게 잊어버렸다.

그해 여름 우리 가족은 할머니의 친정인 묘봉골로 피난을 갔다. 여름 내내 묘봉골 좁은 집에서 복작거리며 죽음의 공포로 떨고 있는 동안, 텃밭의 목화 다래는 단단하게 여물고 여물어 폭신한 목화솜을 하얗게 피워냈을 것이다.

다섯 살 내게서 아버지를 앗아간 전쟁, 참으로 꽃 같았던 내 어머니를 가여운 청상으로 만든 참혹한 전쟁, 목화밭의 악몽으로 시작된 한국전쟁의 상흔傷痕은 수십 년이 지난 지금도 아물지 않고 있다.

목화밭의 희미한 환청이 내 안에 맴돌고 있듯이.

나를 기다려 준 고향집

'배꽃'은 내가 태어나 다섯해를 살았던 충남 논산의 작은 마을이다. 어린 시절의 아련한 추억 때문인지, 너무도 시詩적인 마을 이름 때문인지, 배꽃은 내 기억 속에 그리움으로 남아 가끔은 꿈속까지 숨어들곤 한다. 그곳을 떠나온 것은 한국 전쟁이 터지기 직전이었다. 전쟁은 우리 가족에게 참혹한 시련이었다. 나에게서 아버지를 앗아갔고, 당분간이 될 줄 알았던 피난 길이 배꽃과의 마지막이 되어 버렸으니, 전쟁은 나에게서 고향까지 앗아간 셈이다.

그 후 오래도록 나는 배꽃을 잊고 살았다. 배꽃을 다시 찾는 일이 우리 가족, 특히 어머니에게는 아픈 상처를 헤집는 것과 같았다. 어쩌면 그곳은 나보다 어머니에게 더욱 애틋한 추억의 고장인지도 모른다. 그러나 어머니는 내 앞에서 한번도 배꽃 이야기를 하신 적이 없다. 자연스레 우리 가족들 사이에 배꽃 이야기는 사라졌고, 다만 가슴 깊은 곳에 숨어들어 그리움의 뿌리를 내리고 있었다

서울에서 논산, 하루면 다녀올 수 있는 곳이지만, 옛 추억을 더듬기 위해 지금은 아무 연고도 없는 곳을 찾아간다는 게 어쩐지 사

치스러운 일처럼 느껴졌다. 그러나 꼭 한번 가 보고 싶었고 나이가 들면서 조바심도 일었다. 차일피일 미루기를 또 몇 년, 오늘 비로소 틈을 냈다. 장거리 운전이고 보니 혼자는 엄두가 나질 않아 남편과 동행했다. 배꽃을 그리워하는 내 마음을 잘 알고 있는 남편이기에 흔쾌히 시간을 내 주었다. 경부고속도로을 달리던 차는 서대전에서 호남고속도로로 접어 들었다. 3월이라지만 차창 밖의 산야는 아직도 짙은 회색 빛이었다. 논산이란 이정표가 보이자 마음은 벌써 배꽃에 닿은 듯 설레기 시작했다.

충남 논산군 구자곡면 배꽃, 내가 알고 있고 있는 고향집 주소의 전부다. 정확한 주소를 모르니 네비게이션도 소용이 없어 사람들에게 묻고 또 물었다. 상점에 들어가 묻고 택시 기사님들께도 물었다.

"배꽃이란 동네를 아시나요."

"아, 구자곡면九子谷面이 아니고 채운면彩雲面이었군요."

시골길을 몇 차례나 오르락내리락 하며 한참을 헤맨 끝에 들판 한가운데 옹기종기 모여 있는 50여호의 작은 마을을 찾아냈다. 마을 초입에 '이화梨花초등학교'가 있는 걸 보니 옳게 찾아온 것 같았다. 오랫동안 그리던 곳, 꿈속에까지 숨어들어 나를 애타게 하던 고향 마을이 그 모습을 드러내기 시작했다.

차 두 대가 겨우 비껴갈 만한 좁은 길을 따라 동네 한 가운데로 들어갔다. 마을 안쪽의 높직한 언덕 위에 마을회관이 있고, 그 옆에 오래된 교회당이 있었다. 쌀쌀한 꽃샘바람 탓인지 사람들의 왕래도 없고 마을은 물속처럼 고요했다. 마침 마을회관 앞 벤치에 두

어르신이 앉아 햇볕 바라기를 하고 계셨다.

"어릴 적 살았던 집을 찾아요, 집 앞에 동네 우물이 있었어요."

"우물? 지금 우물이 어딨어, 다 메꿨지."

고개를 갸우뚱거리던 어르신들은 우물이 있던 곳을 가르쳐 주겠다며 앞장 서신다.

할아버지들은 논 가운데 있는 정미소를 가리켰다. 오래 전에 우물을 메우고 그 위에 정미소를 지었단다. 그러나 너무 낯설었다. 아무리 주변을 둘러보아도 내 기억 속의 풍경과는 전혀 다른 분위기였다. 정미소 주위를 서성이며 기억 속의 장면과 연결시켜 보려 애썼으나 도무지 연결이 되지 않았다. 그렇다면 지금껏 내가 간직해 온 기억들은 뭔가, 상상으로 지어낸 환상이었나, 내 기억의 오류인가.

너무 실망스럽고 남편 보기도 민망했다. 어릴 적 기억에 의지해 바쁜 사람을 대동하고 이 먼 길을 찾아온 자신이 한심스러웠다. 누군가에게 배신이라도 당한 기분이었다. 한 가닥 미진한 마음도 없지 않았으나, 강산이 다섯 번 변한 긴 세월 탓이라며 나를 위로하는 남편에 이끌려 차에 올랐다. 허탈한 마음으로 차를 돌려 동네를 빠져나오는 데, 앞 골목에서 허리가 굽으신 할머니 한 분이 걸어 나오신다. 혹시나 하는 마음에 차를 멈췄다. 이 동네에 오래 사셨다는 할머니는 내 말을 들으시더니 귀가 번쩍 뜨이는 말씀을 하신다.

"동네에 우물이 두 개 있었어. 정미소 쪽 말고 저 쪽에……"

할머니는 정미소 쪽과는 반대편으로 가신다. 어쩐지 골목이 낯설지 않다. 혹시나 했던 기대는 점점 확신으로 바뀌었다. 얼굴이 달아오르며 가슴이 쿵쾅거렸다. 나도 모르게 걸음이 빨라졌다. 할머니는 골목 안쪽의 허름한 집을 가리켰다

"우물은 오래 전에 메웠고 행랑채는 허물었어. 집 주인은 서울로 갔어. 몇 년째 빈 집이야. 이 집이 맞나 모르겠네……."

"맞아요. 이 집, 제가 여기서 태어났어요."

비록 집 앞의 우물은 메워지고 행랑채도 사라졌지만 내 기억 속에 선명하게 새겨진 바로 그 집이었다. 와락 끌어안고 싶도록 반가웠다. 두근거리는 가슴을 억누르며 사립문이 있던 자리에 우뚝 섰다. 안채가 한눈에 들어왔다. 대청마루, 안방, 건넌방, 아궁이…… 꿈에 그리던 고향집이 다소곳이 앉아 나를 바라보고 있었다. 마치 오래 전부터 나를 기다리고 있었다는 듯, 아니 이제야 찾아온 나를 원망하는 듯. 울컥 눈물이 솟구쳤다.

아버지姜太錫 어머니李載順 동생 姜明求, 나, 우리 네 식구가 다섯 해를 살았으니 어쩌면 이 집 어딘가에 우리 식구들의 단란한 웃음소리가 스며 있을 것만 같다. 타임머신을 타고 세월을 거슬러 올라간 기분이 이럴까. 나는 엊그제 집을 떠났다 돌아온 사람처럼 마당을 가로질렀다. 집은 너무 낡아 있었다. 마당에 수북이 자란 마른 풀이며 구석구석 쌓여있는 먼지, 떨어진 문짝들, 50여년은 결코 짧은 세월이 아니었다. 다섯 살 어린 것을 할머니로 만들어 버린 무서운 세월이니 어찌 집인들 온전하랴. 앞마당과 집 둘레에 수북이 자란 마른 풀 더미를 보니 한여름에는 뱀이라도 나왔음직하다.

나를 기다리다 지쳐버린 듯, 너무도 퇴락한 모습에 가슴이 저려

왔다. 마루로 올라가 안방을 드려다 보았다. 아래 윗방 사이의 미닫이 문을 없애 길쭉한 방이 되어 있었다. 이 방에서 동생이 태어나던 날을 나는 기억한다. 사촌언니 등에 업혀 아랫목에 누워있는 엄마와 아기를 내려다보던 그 장면이 어렴풋이 떠오른다.

반들거리던 대청마루는 비닐조각과 흙먼지로 뒤덮여 있었고, 부엌문 앞에 걸린 칫솔 통에는 색깔이 변한 다섯 개의 칫솔이 꽂혀 있었다. 무엇보다 반가운 건 건넌방 아궁이에 걸려있는 무쇠솥이다. 수십 년 된 솥은 녹이 슬고 때가 덕지덕지 묻어 있었다. 조심스레 솥 뚜껑을 열어보니 불그레한 녹물이 손바닥만큼 고여 있었다. 너무 오래된 기억이라 실제와는 차이가 있으리라 생각했는데 어쩌면 너무 똑 같았다. 남편도 신기한 듯 집 안팎을 둘러보며 중얼거렸다.

"당신이 말한 그대로네. 거 참 신기하네, 딱 그대로야……."

만약 흔적마저 사라진 빈터가 되었다거나, 시멘트와 벽돌로 지은 새집이 들어섰다면 얼마나 섭섭했을까. 비록 마당 가득 잡초가 웃자란 낡은 폐가일 망정 옛 모습을 그대로 간직하고 있다는 사실이 너무 고마웠다. 서울에 산다는 집 주인을 찾아가 고맙다는 인사라도 하고 싶은 심정이었다. 마치 내 집이라도 되는 양, 나는 앞마당에서 뒤 곁으로, 마루에서 방으로, 집 안 밖을 휘젓고 다니며 추억의 파편들을 주어 담기에 분주했다. 다섯 살 어린애처럼 상기된 얼굴로…….

이른 봄의 해는 어느덧 서쪽으로 기울었다. 돌아가야 할 시간인데 발이 떨어지질 않는다. 하마터면 잃어버릴 뻔한 고향집을 찾아

주신 할머니께 거듭 감사를 드리고 차에 올랐다. 동네를 빠져나오는 동안 나는 아예 몸을 돌려 뒤쪽을 향하고 있었다. 서향 햇살을 머리에 인 배꽃마을은 너무 아름답고 평화로워 보였다. 동네가 점점 멀어지더니 시야에서 사라졌다. 울컥 목이 메었다. 언제 다시 올 수 있으려나. 나를 배웅하는 다정한 목소리가 들리는 듯했다.

'오래 기다렸는데……. 반가웠어요. 또 오세요, 배꽃이 환하게 피는 날'

4

낯선 세상 속에서

단풍의 계절이면 가을비 추적추적 내리던

화이트 마운틴의 캠핑이 생각난다.

'큰 바위 얼굴'을 보겠다고 세 번씩이나

산에 오르는 열정이 있을지 모르겠다.

화려한 단풍 빛깔에 반해

길을 멈추는 낭만이 남아있는지 모르겠다.

그 시절의 낭만과 열정을 되찾고 싶다.

그때의 젊음으로 돌아갈 수는 없을지라도…….

새벽, 맨하튼에서

우리 가족이 뉴욕 케네디 공항에 도착한 것은 한 해가 다 저무는 초겨울 새벽이었다. 제법 쌀쌀한 새벽 공기는 긴 비행 끝의 나른함을 말끔히 씻어주었고, 새로운 세계를 향한 기대와 호기심으로 정신은 더욱 맑아졌다. 공항 대합실에는 남편의 회사 동료 몇 분이 기다리고 있었다. 이 새벽에 공항까지 나와 주시다니, 고맙기도 하고 죄송하기도 했다. 그 분들이 타고 온 차에 짐을 나누어 싣고 공항을 빠져나왔다. 대낮처럼 환한 공항과 달리 새벽의 고속도로는 어두컴컴했다.

얼마쯤 달렸을까. 저 만치 도시의 스카이라인이 어슴푸레 보이기 시작했다. 차는 고층건물들이 삐죽삐죽 솟아있는 도시를 향해 빠른 속도로 질주하고 있었다. 우리는 잔뜩 긴장을 하고 세계 최고의 도시, 맨하튼과의 첫 만남을 기대하고 있었다. 차는 조금씩 속도를 늦추며 도심 속으로 미끄러져 들어갔다.

새벽의 맨하튼은 어둡고 칙칙했다. 그리고 물속처럼 고요했다.

차와 사람으로 뒤덮인 활기찬 도시를 상상했던 나는 낯선 풍경에 잠시 어리둥절했다. 인적이 드문 새벽 미명의 맨하튼은 죽음의 도시인양 적막했다. 하늘 높이 솟아오른 검은 빌딩들을 바라보며 나는 며칠 전 방문했던 할리우드 유니버설 스튜디오를 떠올렸다. 영화 촬영을 위해 겉모습만 번듯하게 지어놓은 거대한 세트처럼 황량했다. 컴컴한 골목에서 불쑥 유령이라도 튀어나올 듯, 음산한 분위기마저 감돌았다.

그 멋진 빌딩들은 다 어디 있을까. 크라이슬러, 엠파이어 스테이트, 쌍둥이 빌딩, 트럼프 타워…… . 이리저리 둘러보아도 사진에서 본 낯익은 빌딩들은 보이지 않았다. 두리번거리는 우리를 보고 운전하시는 정 차장님이 말씀하셨다.

"엠파이어 빌딩 찾으세요? 워낙 높아서 가까이서는 안보여요, 좀 있다가 그쪽으로 갈 거예요. 새벽이라 차가 없으니 맨하튼 중심가를 보여 드릴게요."

뉴욕 지점 근무 3년째라는 정 차장님은 아주 친절하신 분이었다.

"맨하튼은 고구마처럼 길쭉하게 생긴 섬이지요. 옛날 네덜란드 사람들이 원주민한테 24불 상당의 물건들을 주고 샀다는데 지금은 세계 최고의 도시가 되었지요. 길이 바둑판처럼 가로 세로로 나 있어 길 잃을 염려는 없어요, 지금 가는 이 길은 '파크 애비뉴'예요."

차는 금빛이 화려한 건물 사이를 통과하고 있었다. 건물 가운데로 찻길을 내다니, 참으로 기발한 발상이었다. 도로 한 가운데 있는 중앙 분리대에는 나무들이 심겨져 있었고, 길 좌우로 높다란 빌딩들이 도열하듯 서 있었다.

"지금 지나온 황금빛 건물이 '팬암' 빌딩이구요. 저쪽의 고풍스런 건물은 '월도프 아스토리아'인데 주로 각국 대통령이나 수상들이 이용하는 고급호텔이지요."

차는 좌회전하여 한 블록을 건넜다. 다시 넓은 길이 나타났다.

"여기는 '앤더슨 애비뉴'라고 역시 번화한 길이지요. 고층빌딩들이 아주 많아요. 우리 은행 지점도 이 길에 있어요."

내일부터 남편이 출근할 곳이라니 더 관심이 간다. 정 차장님은 다시 한 블록을 건넌다. 역시 양 옆으로 고층빌딩이 즐비하다.

"이 길은 '휩스 애비뉴'라고 흔히 5번가라고 부르지요. 맨하튼에서 가장 화려한 거리지요. 엠파이어 스테이트 빌딩, 삭스 백화점, 성패트릭 성당이 있고 대형 크리스마스 트리와 스케이트장이 있는 록펠러 센터가 있어요……."

정 차장님은 맨하튼에 대해 모르는 것이 없다. 귀로는 정차장님 말씀을 들으며 눈은 이리저리 바쁘게 움직였다.

"유명한 극장들이 몰려 있는 브로드웨이는 옛날 마차 길의 형태를 그대로 살렸어요. 다른 길들은 다 직선인데 브로드웨이 만 구부러져 있지요. 위쪽에 링컨 센터와 줄리어드 음대가 있고, 그 유명한 센트럴파크도 있어요, 센트럴파크는 엄청나게 큰 공원이지요. 공원 근처에는 박물관들이 많아요. 메트로 폴리탄 박물관, 자연사 박물관, 구겐하임 미술관들이 있어요. 진귀한 것들이 아주 많아요. 앞으로 자주 가보세요."

정말 맨하튼은 볼거리가 무궁무진한 도시였다. 정 차장님은 운전을 하면서 계속 말씀하신다.

"북쪽으로 올라가면 '할렘'가예요. 거긴 대낮에도 지나가기 겁나요. 언제 무슨 일이 벌어질지 모르거든요."

차는 다시 한번 좌회전을 하여 오던 길로 돌아간다.

"여기서 3년을 살았지만 이렇게 조용한 맨하튼은 처음 봐요. 새벽에 나와 본 건 처음이거든요. 지금은 이렇게 조용하지만 몇 시간 후면 여긴 전혀 다른 곳이 돼요. 빌딩마다 거리마다 사람과 차로 뒤덮이고 활기가 넘치지요. 물론 출퇴근하는 사람들이 많지만 사시사철 관광객들이 엄청나요."

차는 5번가에 있는 한 고층 빌딩 옆 골목으로 들어간다.

"이 빌딩이 바로 엠파이어 스테이트 빌딩이예요."

정차장님의 말에 우리는 모두 차창 밖으로 고개를 쑥 내밀고 위쪽을 바라보았다. 아무리 고개를 쳐들어도 꼭대기가 보이지 않는다. 102층, 엄청나게 높다.

"빌딩 꼭대기에 전망대가 있어요. 거기서 내려다보면 맨하튼 골목골목이 다 보이고 멀리 뉴져지까지 다 보여요. 밤이면 전망대에 조명등을 켜는데 색깔이 자주 바뀌지요. 빨강, 노랑, 주황, 파랑, 초록으로. 조명등이 켜진 엠파이어 야경은 아주 멋져요. 앞으로 올라가실 기회가 있을 거예요. 시장하시지요?"

차는 골목 안에서 유일하게 불이 환하게 켜진 건물 앞에 멈추었다. 우래옥, 한글로 써있는 상호가 너무도 반가와 소리를 지를 뻔했다. 부지런한 우리 한국인들은 맨하튼 한복판에서도 새벽장사를 하고 있었다. 우래옥은 불고기와 갈비를 비롯한 각가지 한국음식을 파는데 한국인은 물론 외국인들도 많이 찾는 명소란다. 문을 밀고 들어서니 구수한 냄새가 훅 밀려든다.

우리 일행이 들어서자 한가하던 식당 안에 갑자기 활기가 돈다. 우리는 중앙 테이블에 널찍하게 자리를 잡고 정 차장님이 권하는 대로 우래옥의 명물이라는 설렁탕을 주문했다. 한쪽에 한국인 서너 명이 설렁탕을 먹고 있다. 진국을 먹으러 일찌감치 나온 분들이다. 잠시 후 뽀얀 설렁탕이 뚝배기에 담겨 나왔다. 쌀쌀한 날씨 때문인지, 느끼한 기내식만 먹은 탓인지, 냄새만으로도 군침이 돈다. 후후 불어가며 한 그릇을 단숨에 비워냈다. 설렁탕도 맛있지만 김치 깍두기가 서울 것 못지 않다. 아니 더 맛있는 것 같았다. 맨하튼에서 한국음식을 먹을 수 있다는 반가움이 그 맛을 격상시켰는지도 모른다.

아침을 든든하게 먹은 탓인지 긴장이 풀리고 한결 여유가 생긴다. 날은 많이 밝아졌으나 거리는 여전히 한산하다. 간간이 쓰레기를 수거해 가는 청소차만 왕래할 뿐 사람들의 모습은 보이지 않는다.

맨하튼은 아직 달콤한 새벽잠에 빠져있다.

(그 후로 4년을 살았지만 첫날의 그 적막했던 맨하튼은 한번도 본 적이 없다. 가끔 그 곳을 찾았는데 그때마다 도시는 차와 인파로 뒤덮인 활기찬 모습이었다. 온갖 진귀한 것들을 다 모아놓은 박물관들, 5번가 백화점의 화려한 쇼 윈도우, 브로드웨이의 멋진 연극, 센트럴파크의 울창한 숲, 차이나 타운의 이국적인 풍물, 할렘의 으스스함까지, 참으로 맨하튼은 천의 얼굴을 가진 도시였다. 나갈

때마다 인파에 휩쓸려 다녔건만, 지금도 맨하튼을 생각하면 거대한 영화 세트 같았던 그 새벽 거리가 떠오른다. 맨하튼 골목골목을 마음껏 누비고 다녔던 새벽 드라이브, 새벽 미명에 이루어진 맨하튼과의 첫 만남은 행운이었다.)

Fort Lee의 전망 좋은 집

맨하튼을 빠져 나온 차는 허드슨 강을 따라 북쪽으로 달렸다. 왼쪽으로 거대한 철제 다리가 보인다. '죠지 워싱턴 부리지'다. 다리를 사이에 두고 맨하탄과 뉴져지가 마주보고 있는 셈이다. 미국 초대 대통령의 이름을 딴 '죠지 워싱턴 부리지'는 이름에 걸맞게 아주 멋드러진 모습이다.

맨해튼에서 죠지 워싱턴 다리를 건너면 바로 뉴저지 주州 Fort Lee 다. 포트리는 맨하탄과 제일 가까워 각국 상사의 주재원들이 많이 거주한다. 앞으로 우리가 살 집도 이곳에 마련되어 있다. 큰 길을 벗어난 차는 동네 길로 접어든다.

초겨울의 가로수는 마지막 잎새마저 다 떨군 초라한 모습이었다. 새벽이 주는 신선함 때문이었을까. 그 초라한 모습조차도 아름답게만 보였다. 꽃도 신록도 단풍도 아닌 앙상한 나목裸木들이 그토록 단아한 아름다움을 지니고 있는 줄 미처 몰랐다. 새벽의 고요 속, 앙상한 가로수 사이로 바라본 '포트리'의 첫 인상은 참으로 평화롭고 아늑한 동네였다. 그림엽서나 카드 속에 그려져 있던 바로 그 풍경, 마치 동화의 나라에 들어와 있는 듯한 착각에 빠졌다.

길가의 집들은 하나같이 담이 없다. 담이 없으니 정원은 물론 집 안 장식을 누구나 보고 즐길 수 있을 뿐 아니라 동네 전체가 한 폭의 그림처럼 아름답다. 집집마다 정원이며 현관 그리고 창문마다 독특한 장식들로 꾸며져 있다. 며칠 전 지나간 '할로윈 데이'의 익살스런 호박 등이 달려있는가 하면, 다음 주로 다가오는 추수 감사절 장식을 해 놓은 집도 있다. 반짝이는 꼬마 전등으로 정원수와 기둥을 휘감아, 한달 앞으로 다가올 성탄절 장식을 미리 해 놓은 집도 있다. 개성 있는 장식으로 집을 꾸미고 절기를 즐기려는 섬세한 마음들이 부러웠다.

아름다운 동네 풍경에 정신을 팔고 있는 사이 차는 대형 슈퍼마켓(Shoplite)을 끼고 골목으로 접어든다. 골목 안쪽에 높다란 건물이 우뚝 서 있다. 우리가 살 아파트란다. 차는 아파트 현관 앞에 우리를 내려 놓는다. 현관 앞에는 나지막한 나무들이 도열하듯 심겨져 있고, 나무마다 빨간 열매를 다닥다닥 달고 있었다. 나무들 사이에 'Carriage House'라 쓰여진 대리석 푯말이 세워져 있다. 아파트 이름이 '캐리지 하우스'였다. 트렁크에서 짐을 꺼내 들고 현관으로 걸어갔다. 호텔의 그것처럼 화려한 현관 앞에서 우리는 다시 긴장했다.

문 앞에 다가서자 스르르 유리문이 열리고 우리는 빨려 들 듯 문 안으로 들어섰다. 호텔 로비처럼 호사스런 실내 장식에 잠시 어리둥절했다. 색색의 대리석을 이리저리 잇대어 꾸민 벽면, 중앙 화단에 심겨진 우거진 관엽식물, 검은색 유리로 꾸민 높다란 천정, 천정 꼭대기에서부터 길게 드리워진 샹들리에, 맞은 편에는 입주자들을 위한 세 대의 엘리베이터가 입을 벌린 채 서 있었다. 왼쪽 방에는 각 세대의 우편함이 늘어서 있었고, 오른 쪽에는 폭신한 소파들로 꾸며진 아담한 응접실이 있었다.

두리번거리고 있는 우리 앞으로 풍채 좋은 노신사 한 분이 온화한 미소를 머금은 채 다가왔다. 금단추가 달린 갈색 제복과 멋진 콧수염이 인상적이다. 특급 호텔의 지배인, 아니 노련한 외교관의 풍모를 지닌 노신사는 부드러운 목소리로 말했다. 아주 천천히 정확한 발음으로.

"How are you, Welcome Kim's. I was expecting you. My name is Fred."

"안녕하세요, 환영합니다. 기다리고 있었습니다. 후레드라 합니다."

기다리고 있었다니, 내 귀를 의심하지 않을 수 없었다. 분명 그는 Welcome Kim's라 말했고, I was expecting you 라고 말했다. 새로 이사 오는 입주자의 이름까지 미리 알고 환영해 주다니, 감동이었다. 중후한 노신사 후레드의 따뜻한 한마디가 낯선 나라에 대한 거부감이나 두려움을 한꺼번에 거두어 버렸다. 일시에 긴장이 풀리고 여유가 생겼다.

세 대의 엘리베이터에 가방 6개와 우리 일행이 나누어 탔다. 15층에서 내리자 우리를 안내해 주신 정 차장님이 왼쪽을 가리킨다. 왼쪽 첫 번 째 집, 15A가 우리 집이다. 이 아파트는 서울의 아파트와 구조가 조금 다르다. 중앙 통로를 사이에 두고 양쪽으로 집이 있는 겹집의 형태다. 15A는 북쪽에 있어 한국식으로 말하자면 북향집인 셈이다.

일행은 문 앞에 멈추었다. 정 차장님은 집 주인이 문을 열라며 남편에게 키를 건넨다. 문을 열고 안으로 들어서니 널찍한 거실과 베란다가 시원스럽다. 베란다 쪽 너머로 '뉴져지'가 한눈에 들어온다. '가든 스테이트'라는 별명에 걸맞게 뉴져지는 온 동네가 숲으로 둘러 쌓여있다. 잎을 다 떨군 앙상한 숲이 짙은 안개 장막처럼 온 도시를 포근히 감싸 안고 있다. 나무들 사이로 띄엄띄엄 보이는 아담한 집들, 도시 전체가 잘 가꾼 정원 같았다.

바깥 경치에 넋을 잃고 있는 내 곁으로 정 차장님이 다가오신다.

"전망 좋지요? 야경은 더 좋아요. 밤이면 꽃밭이지요. 이 집은 전망이 좋아 남향집보다 렌트비가 훨씬 비싸요."

한국인들은 남향집을 선호하는데, 미국인들은 전망 좋은 집을 좋아한단다. 같은 평형이라도 전망에 따라 집값이며 렌트비가 다르단다. 아름다운 전원 도시 뉴져지가 한눈에 보이는 '전망 좋은 집'에서 살게 된 것이다.

캐리지하우스는 600여세대가 사는 아파트다. 주거환경이 쾌적하고 학교, 도서관, 상가, 버스정류장이 가까이 있어 편리했다. 특히 후레드를 비롯한 도어맨들이 모두 교양있는 분들이고, 수선공이나 청소부들도 너무 친절했다. 그들의 얼굴에서 나는 한번도 짜증스런 표정을 본 적이 없다. 그들은 마치 자기가 하는 일이 세상에서 가장 보람 있고 멋진 일인 양 콧노래까지 불러가며 즐겁게 일하고 있었다.

불편한 점이 있다면 캐리지 하우스에 한국인이 없다는 점이다. 같은 도시에서 이사를 해도 낯선 법인데, 하물며 말과 풍습이 다른 외국으로 이사를 왔으니 궁금한 게 많았다. 이웃이 있다면 물어보고 도움도 받았을 텐데 여기서는 모든 일을 우리 스스로 해결해야 했다. 도저히 해결할 수 없는 문제가 생기면 미리 사전을 들춰가며 문장을 만들어 도어맨이나 수선공을 찾아가곤 했다. 아주 짧은 말도 메모지에 써서 연습을 하고 갔으니, 덕분에 영어 공부는 많이 한 셈이다.

불편한 점은 또 있었다. 우리의 실수로 한국인이 욕을 먹는 일이 있어서는 안된다는 생각 때문에 매사에 조심스러웠다. 이 곳에서 우리 가족은 한국을 대표하는 외교사절이었다. 남편과 나는 물론, 아이들에게도 늘 언행을 조심하라 일렀다. 시간이 흐르면서 불편한 점들은 점차 해소되었다. 아파트 생활도 점점 익숙해지고 영어 실력도 조금씩 늘어난 것이다. 미리 문장을 외우지 않고도 대화할 수 있을 만큼 실력도 늘고 배짱도 두둑해졌다.

4년 후, 우리는 또한 번 후레드의 따뜻한 환송을 받았다. 이삿짐을 부치고 비행기 시간에 맞춰 캐리지 하우스 현관을 나서던 날, 후레드는 그 큰 몸집으로 식구들을 하나하나 포옹하며 이별을 아쉬워했다.

"Good bye, Mrs. Kim. I'll miss you…… take care……"
말 끝을 흐리는 노신사 후레드의 눈에 물기가 어려 있었다.

어느 나라에나 선량하고 친절한 사람이 있는가 하면 이상한 사람도 있기 마련이다. 어떤 사람들을 만나느냐에 따라 그 나라의 인상이 달라진다. 따스하고 친절한 사람들과 함께 할 수 있었기에 미국에서의 4년은 여전히 그리움으로 남아 있다.

포트리의 전망 좋은 집을 처음 찾았던 날, 우리를 맞아 주던 노신사 후레드의 부드러운 목소리가 지금도 귀에 쟁쟁하다.

Welcome Kim's, I was expecting you······

톰 아저씨, 미안해요

미국에서 우리가 살던 아파트에는 도어 맨 세 분, 청소원 두 분, 수선공 한 분, 모두 여섯 분이 일하고 있었다. 놀라운 것은 그 분들의 표정이었다. 그들은 하나같이 자기가 하는 일이 세상에서 제일 멋지고 보람있는 일인 양, 즐거워 보였다.

이사 첫날 우리 이름을 기억하여 반겨 주던 중후한 노신사 후레드와 윌리엄과 존슨, 세 분은 교대로 로비에서 근무하는 도어맨인데 하나같이 풍채 좋고 매너 좋은 어르신들이었다. 마크와 잭은 아파트 안팎의 청소를 담당하는 젊은이들인데, 그 중 마크는 왕년의 스타 '토니 커티스'를 닮은 미남이었다. 게다가 휘파람을 아주 잘 불어 청소를 하면서도 늘 휘파람을 불고 다녔다. 그리고 '톰'이 있었다. 톰을 생각할 때마다 나는 지금도 너무 부끄럽고 미안하다.

톰은 키가 훌쩍 큰 흑인이었다. 허리에 묵직한 열쇠꾸러미를 차고 다니던 그는 아파트 내부의 크고 작은 고장을 수리해 주는 수선공이었다. 가까이서 흑인을 본 게 처음이라 그랬는지, 톰을 처음 만났을 때 솔직히 좀 무서웠다. 어쩌다 세탁실이나 복도에서 마주치게 되면 잔뜩 긴장을 하고 눈길을 피했다. 흑인에 대한 잘못된 편견 때문인지 악의 없이 웃고 있는 얼굴조차도 무섭기만 했다. 반갑게 아침 인사하는 톰에게 나는 대답도 못하고 시선을 돌렸다. 톰의 손을 빌리지 않으려고 집안의 웬만한 고장은 내 손으로 해결하려 애썼다.

그러나 가끔 집안에는 내가 해결할 수 없는 고장이 생겼다. 아무리 혼자 애를 써도 안 될 때 도어 맨에게 연락하면, 톰이 기다렸다는 듯 달려와 말짱하게 고쳐주곤 했다. 그는 늘 웃는 얼굴로 콧노래를 부르며 다녔다. 즐거워 못 견디겠다는 듯 일을 하면서도 콧노래를 흥얼거렸는데, 그 모습조차도 내 눈에는 불량스러워 보였다.

어느 날 또 집안에 톰의 손을 빌릴 일이 생겼다. 설거지 기계에 문제가 생겼는데 내 힘으로는 도저히 해결 안되는 고장이었다. 그날따라 톰은 내가 막 외출하려는 시간에 벨을 눌렀다.

"미안해요, 지금 막 외출하려는 참인데 내일 고쳐 주세요." 하고 정중히 말했다. 그런데 톰은 여전히 싱글벙글하는 특유의 미소를 지으며 장난스럽게 말했다.

"걱정 말고 다녀와요. 내가 싹 고쳐 놓을테니 어서 다녀와요."

하며 연장 통을 열고 연장들을 꺼내고 있었다. 나는 정색을 하며 다시 말했다.

"저 외출해요, 내일 제가 집에 있을 때 오세요."

아무도 없는 집 남에게 맡기고 나간다는 게 내 상식으로는 있을 수 없는 일이었다. 톰은 어리둥절한 표정으로 나를 빤히 쳐다보더니 이해할 수 없다는 듯 고개를 갸우뚱거리며 주섬주섬 연장을 거두어 가지고 돌아갔다.

　오랫동안 믿지 못하는 사회에서 살아온 탓이었을까. 나는 톰을 믿지 못했던 것이다. 어떻게 내 집을 생판 남인 톰, 그것도 흑인에게 맡겨놓고 나간단 말인가. 내 마음 속에는 흑인을 멸시하는, 아니 아파트 수선공의 인격을 믿지 못하는 불신과 교만의 마음이 숨어있었다.

　어느 날 우연히 도어 맨 후레드에게서 톰에 대한 이야기를 듣게 되었다. 톰은 아주 오래 전부터 여기서 일해 왔고, 손재주가 좋고 부지런해서 주민들의 신임을 듬뿍 받고 있다는 것이다. 주민들은 집안에 손볼 일이 생기면 도어맨에게 일러놓고 출근하고, 낮 동안 톰은 마스터키로 집을 열고 들어가 고장 난 곳을 말끔히 고쳐 놓는다는 것이다. 주민들은 톰을 전폭적으로 신뢰했고, 톰 역시 자신의 임무를 성실하고 완벽하게 수행하고 있었던 것이다.

　그 후 나는 톰을 볼 적마다 공연히 면구스러워 고개를 들 수가 없었다. 저렇게 정직하고 성실한 사람을 믿지 못했다니, 너무 부끄럽고 미안했다. 그러나 톰은 조금도 불쾌한 내색을 하지 않았고 그 후에도 내가 도움을 요청하면 언제든 달려와 주었다. 그때마다 나는 지난 번의 실수를 보상이라도 하려는 듯, 친절을 베풀었다. 차도 대접하고 간식도 챙겨주고 한국에서 가져온 태극선도 선물하는 등.

　시간이 지나면서 나는 톰에 대한 거부감이나 편견을 완전히 버리게 되었고, 마침내 스스럼없이 농담을 주고받을 만큼 친숙한 사이로 발전했다.

그러나 나는 지금도 잊을 수가 없다. 나를 빤히 쳐다보며 고개를 갸우뚱거리던 그날 톰의 표정을.

　　자신에게 맡겨진 일을 신바람 나게 하는 톰을 경박스럽다 생각했고, 그토록 성실하고 정직한 사람을 마치 도둑이라도 되는 양 의심했으니…….

　　다시 톰을 만난다면 그때 일을 진심으로 사과하고 싶다.

　　'톰 아저씨, 정말 미안했어요.'

이태리 식당의 '아리랑'

외국에 나가면 누구나 애국자가 된다더니, 나 역시 그랬다. 미국 백화점에 진열된 우리 전자 제품들이 너무 반가웠고, 악기 점마다 놓여있는 영창 피아노가 자랑스러웠다. 거리의 자동차 물결 속에 '소나타'가 눈에 띄면 차가 보이지 않을 때까지 고개를 돌려 바라보곤 했다. 이국 땅에서 듣는 우리 노래도 반가웠다. 당시에는 하루 한 시간씩 코리안 방송을 했는데, 시그널 뮤직으로 애국가가 흘러나왔다. 매일 듣는 애국가지만 들을 때마다 가슴이 뜨거워졌다.

미국 가서 얼마되지 않았을 때, 이민 와 사시는 한 친구분이 우리 가족을 맨하튼 남쪽에 있는 이태리 식당에 데리고 갔다. 꽤 유명한 식당이라는데 겉보기에는 평범했다. 실내 장식이며 분위기도 여느 식당과 별로 다르지 않았다. 굳이 다른 점을 찾는다면 식당 한 가운데 그랜드 피아노가 놓여있는 것과 유명인사들의 사진과 친필 사인이 들어있는 액자가 한쪽 벽에 나란히 걸려있는 것 정도였다. 분위기보다는 맛으로 승부하는 식당인가보다 생각했다.

음식을 주문받는 중년의 웨이터는 우리가 한국인임을 알고 반색을 했지만 나는 일종의 상술이려니 생각했다. 우리는 담소를 나누며 음식이 나오길 기다리고 있었다. 바로 그때, 귀에 익은 피아노 선율이 흘러나오더니 뒤이어 굵직한 바리톤 목소리로 부르는 우리 아리랑이 식당 안에 울려 퍼졌다. 깜짝 놀라 소리 나는 쪽을 바라보니, 조금 전에 음식을 주문받아간 바로 그 웨이터가 피아노 앞에 앉아 아리랑을 부르고 있지 않은가. 그것도 아주 잘 발성된 '벨 칸토' 창법으로…….

이태리인들이 노래를 잘 한다는 말은 들었지만, 식당의 웨이터까지 이렇게 노래를 잘 부를 줄은 정말 몰랐다. 더욱이 우리 민요를 저렇게 멋지게 부르다니, 저절로 박수와 환호가 터져 나왔다. 환호에 답하듯 그는 '도라지 타령'과 '바우고개'를 연달아 부르며 우리를 감동시켰다. 비록 발음은 좀 어눌하고 민요의 흥겨운 맛은 살짝 덜했지만 외국인이 부르는 우리 노래를 듣는 기분은 아주 묘했다. 반갑고, 고맙고, 자랑스럽고, 가슴 뭉클하고…….

잠시 후 노래를 끝낸 웨이터가 음식을 가져왔다. 우리는 음식 맛은 제쳐놓고 그의 노래에 찬사와 함께 감사의 말을 덧붙였다. 자기 식당을 찾아오는 외국 손님들을 위해 각국의 민요를 열심히 연습하고 있다니, 음악적인 재능도 재능이지만 그 투철한 직업 정신에 놀라지 않을 수 없었다. 한국노래는 서툴지만 이태리 노래는 잘 부를 수 있다고 자랑하는 그에게 우리는 테너들의 애창곡인 '무정한 마음(Core'ngrato)'을 청했다. 그는 자랑스럽게 피아노 앞에 앉아 직접 반주伴奏를 해가며 '무정한 마음', '카타리'를 열창했다.

그 후 우리는 웨이터가 불러주는 아리랑에 반해 가끔 그곳을 찾았다. 서울에서 귀한 손님이 오시면 그 식당으로 모시고 갔는데, 웨이터의 아리랑에 놀라지 않는 사람은 한 사람도 없었다. 더러는 눈물을 글썽이며 감격해하시는 분도 있었다. 그 식당은 아리랑을 잘 부르는 웨이터 때문에 단골손님을 확보한 셈이다.

지금도 아쉬운 것은 그분에게 답례를 제대로 못한 것이다. 비록 좋은 목청을 타고나진 못했지만 이태리 가곡 한 곡쯤 불렀어야 했다. 한국인 역시 이태리 사람 못지않게 음악을 사랑하는 민족임을 보여 주었어야 했다. '오 솔레미오', '돌아오라 소렌토로', '카 로미오 벤' 등 음악시간에 배운 이태리 가곡이 얼마나 많은데, 왜 그리 용기가 없었는지. 웨이터와 함께 '오 솔레미오'도 부르고, '먼 산타 루치아'도 불렀더라면 훨씬 더 흥겨운 시간이 되었을 텐데……

다시 기회가 온다면 그때는 꼭 한번 용기를 내보고 싶다.

Niagara의 밤

미국에서 첫 여름 휴가를 맞았다. 일년에 한 번인 황금 같은 휴가라서 잔뜩 기대에 부풀었다. 회사 동료들이 추천하는 몇 가지 코스 중에서 우리는 만장일치로 '나이아가라'를 택했다. 나이아가라를 거쳐 '천 섬(Thousand Island)'과 '퀘벡' 등 캐나다의 도시들을 돌아보는 코스였다.

우선 텐트, 에어매트, 전기담요 등 캠핑 장비를 장만하고 큼직한 아이스박스도 마련했다. 모텔이나 호텔을 이용하면 좋겠지만 남편과 아이들은 캠핑을 주장한다. 위험하지 않을까 걱정되었으나 다녀온 분들의 얘기를 들어보니 안심이 된다. 미국에는 캠핑 족들이 많아 미국과 캐나다 전역에 캠핑 그라운드가 있고, 전기, 수도 시설은 물론 안전관리까지 철저히 해주기 때문에 불편하지도 위험하지도 않다는 것이다. 게다가 대부분의 캠핑 장이 자영경관이 수려한 곳에 위치하고 있어 비좁고 냄새 나는 모텔보다 훨씬 운치있고, 무엇보다 경제적이라 했다. 특히 KOA에서 운영하는 캠핑그라운드는 미리 예약하지 않으면 이용할 수 없을 정도로 인기가 높다.

아침 일찍 출발하여 북쪽으로 달린다. 경치 좋은 호수가 나오면 멈추고, 아름다운 숲이 나오면 또 쉬어간다. 덕분에 여덟 시간이면 가는 길을 10시간도 더 걸려 목적지에 도착했다. 폭포가 가까워지자 멀리서부터 물소리가 들린다. 물소리는 점점 커지더니 굉음으로 변하면서 거대한 폭포가 눈 앞에 나타난다.

과연 나이아가라는 신이 창조한 또 하나의 기적이었다. 도대체 그 많은 물이 어디서 그렇게 흘러오는지, 끊임없이 쏟아져 내리는 어마어마한 물의 양에 기가 질릴 지경이다. 하얀 물보라가 하늘로 날아 오르고 엄청난 물소리는 세상의 모든 소리를 집어 삼킨다. 그야말로 천지가 진동하는 굉음이다. 물이 떨어지는 폭포 위쪽이 손에 잡힐 듯 가까이 보인다. 철책에 기대어 떨어지는 물줄기를 드려다 보고 있으면 물 속으로 빨려 들어가는 듯, 어질어질해 진다.

Niagara Falls는 미국과 캐나다 국경에 위치하고 있는데 폭포를 한 눈에 볼 수 있는 곳은 캐나다 쪽이다. 미리 준비한 여권을 보여주고 캐나다 쪽으로 넘어간다. 미국 쪽에서는 폭포를 가까이 볼 수 있는 대신, 캐나다 쪽에서는 거대한 폭포 전체를 한꺼번에 조망할 수 있다. 말발굽 모양의 나이아가라 폭포 전경과 병풍 모양의 아메리카 폭포, 그리고 '신부의 베일'이라 불리는 작고 앙증맞은 Bridal Vail 폭포까지 한눈에 들어온다. 말발굽 폭포의 물보라가 날리는 곳에 작은 무지개가 걸쳐있다. 은은한 일곱 빛깔이 신비스럽다.

나이아가라 폭포는 지구의 나이가 젊었던 시기에 거대한 얼음장이 녹으면서 형성되었다고 한다. 남미의 이과수 폭포와 아프리카의 빅토리아 폭포가 발견되기 전까지는 세계 최고의 폭포였다. 세계 절경 중의 하나로 손꼽히는 이곳은 연간 400만명 이상의 관광객이 모여드는 미국 최대의 관광지다. 폭 1Km의 폭포에서 1초에 150만 갤런의 물이 60m의 낙차로 떨어지는 이 엄청난 광경은 조물주의 위력을 실감케 한다. '나이아가라'가 인디안 말로 '천둥소리를 내는 물기둥'이라는데, 폭포의 굉음이 천둥소리를 연상케 한다.

폭포 주변 여기저기에 설치되어 있는 망원경을 이용하면 멀리서도 폭포 물 줄기가 손에 잡힐 듯 보인다. 이곳에는 여러 가지 흥미로운 투어들이 마련되어 있다. 배를 타고 폭포 앞까지 가는 코스도 있고, 폭포 아래 동굴 속으로 엘리베이터를 타고 내려가는 투어도 있다. 우리는 배를 타고 폭포 앞까지 가는 코스를 택해 관광선 Maid of the Mist호를 타기로 했다. '안개 아가씨'라니 참으로 환상적인 이름 아닌가. 폭포가 떨어지는 곳까지 배를 타고 다가간다니 좀 겁이 난다. 미국에서는 어딜 가나 긴 줄에 서서 차례를 기다리는 인내심이 필요하다. 한참을 기다린 끝에 차례가 되었다. 승객들에게 나눠주는 비닐 우비를 입고 배에 올랐다.

비옷에서도 배에서도 물비린내가 역하다. 배가 움직이자 물 비린내는 까맣게 잊어버리고 다가올 광경에 가슴이 뛴다. 배는 점점 폭포 쪽으로 다가간다. 폭포가 가까워지자 선체가 출렁이기 시작하더니 급한 물살에 배가 이리저리 흔들린다. 엄청난 폭포 물줄기가 물보라를 흩뿌리며 위에서 쏟아진다. 옷을 입은 채 폭포 샤워를 하고 있다. 머리로 얼굴로 물이 마구 쏟아지니 스릴만점의 폭포 샤워다. 우비를 입었으나 소용이 없다. 가방도 카메라도 사정없이 물에 젖는다. 승객들 모두 흠뻑 젖은 채 탄성을 올린다. 사람들이 내

지르는 고함소리와 웃음소리가 폭포의 굉음과 뒤섞인다. 우리는 물에 빠진 생쥐 꼴이 되어 배에서 내렸다.

폭포 근처의 식당에서 점심을 먹고 사진도 찍었다. 사람보다 폭포의 전경이 들어가는 구도로 찍었다. 기념품가게에는 별별 재미있는 것들이 많다. 실컷 구경을 하고 폭포가 그려진 작은 탁상시계를 샀다. 폭포를 바라보며 마시는 커피 맛이 각별하다. 한 나절을 폭포 주변을 맴돌았건만 떠나고 싶지 않다. 그냥 떠나면 두고두고 후회할 것 같다. 마침내 우리는 일정을 바꾸기로 했다. 오후에 출발하여 '천 섬'에서 묵기로 한 일정을 바꾸어 나이아가라에서 하루를 머물기로 한다.

캠핑장으로 돌아가 저녁을 해먹고 다시 폭포로 갔다. 밤의 나이아가라가 궁금했다. 과연 일정을 바꾼 것은 탁월한 선택이었다. 폭포는 낮과는 전혀 다른 모습이다. 빨강, 파랑, 노랑, 초록, 흰색으로 옷을 갈아 입으며 우리를 유혹한다.

같은 폭포인데 조명색깔에 따라 이렇게 분위기가 달라질 수 있다니 놀랍다. 화려함의 극치를 이루는 빨강 조명 아래서 폭포는 어떤 주술적인 힘을 발산한다. 폭포의 굉음이 처절한 모습으로 절규하는 여인의 통곡소리처럼 들린다. 초록의 폭포는 신선하고 화사하고 경쾌하다. 흥겨운 음악에 맞춰 춤추는 무희의 초록빛 드레스 자락이다. 잠시 후 폭포는 청색으로 바뀐다. 차가운 달빛을 닮은 청색이다. 독기를 품은 여인처럼 차갑고 냉정해 보인다. 달빛 아래 푸른 폭포는 귀기鬼氣를 발산하며 주위를 온통 음산한 분위기로 만들어 놓는다.

노란 폭포는 이국적인 여인이다. 현실이 아닌 가상의 세계에 온 듯 갑자기 폭포가 낯설어진다. 백색의 폭포는 천의 얼굴을 지녔다. 더없이 순수하고 정결한가 하면 눈부시도록 화려하다. 범접할 수 없는 싸늘함이 느껴지기도 한다. 신부의 웨딩드레스 자락처럼 화사한가 하면 차갑고 싸늘한 표정으로 한겨울의 냉기를 뿜어낸다. 하얀 눈이 사락사락 내리는 겨울 밤처럼 흰 폭포 주변은 적막감이 맴돈다.

　시시각각 달라지는 폭포의 자태가 황홀하면서도 장엄하다. 말이 필요 없는 환상의 세계다. 색깔이 바뀔 때마다 사람들은 신음 같은 감탄사를 내뱉는다. 한낮의 나이아가라가 박력있는 남성이라면, 밤의 폭포는 매혹적인 여인이다. 하루를 더 묵은 보람은 충분했다. 우리는 폭포의 황홀경에 흠뻑 빠져 자정이 넘도록 폭포 주변을 맴돌았다.

　자꾸 욕심이 생긴다. 오색 단풍으로 둘러 쌓인 가을의 나이아가라가 궁금하다. 연두 빛 새싹과 봄 꽃으로 뒤덮인 폭포는 얼마나 황홀할까. 아니 꽁꽁 얼어붙은 빙하의 폭포도 보고 싶다. 꼭 다시 오리라 다짐하며 떨어지지 않는 발길을 돌린다. 폭포는 점점 멀어지는데, 폭포의 굉음은 아직도 귀에 쟁쟁하다.

큰 바위 얼굴을 찾아서

빗속의 캠핑

미 동북부 뉴햄프셔주 화이트 마운틴(White Mountain)은 단풍으로 유명한 곳이다. 추위가 일찍 오는 곳이라 제일 먼저 단풍이 들고 단풍색깔이 곱기로 유명하다. 불타는 듯 황홀한 단풍을 보기 위해 초가을부터 관광객들이 밀려든다.

화이트 마운틴을 찾은 것은 10월 초순이었다. 차 트렁크에 텐트와 에어매트, 전기요 등 캠핑 용구들을 꼼꼼히 챙기고, 밑반찬과 고기, 라면 등 먹을 것들을 잔뜩 싣고 집을 나섰다. 다녀온 사람들로부터 겨울 옷을 꼭 가져가라는 이야기를 수차 들었기에 점퍼와 셔츠들을 넉넉히 챙기고, 노파심에서 두툼한 오리털 파카 하나를 더 넣었다.

포트리에서 북쪽으로 여덟 시간을 달려 저녁 무렵 화이트 마운틴에 도착했다. 예약해 둔 캠핑장은 산속 깊은 곳에 있어 경치가 기가 막혔다. 당시 우리 가족은 캠핑을 즐겼는데 경제적으로도 절약이 됐지만 무엇보다 집에서는 엄두도 내지 못하던 김치찌개나

된장찌개를 마음 놓고 해 먹을 수 있어 제일 좋았다. 밤이면 모닥불을 피워놓고 캠프 화이어를 즐기는 낭만은 덤이었다.

먼저 낙엽을 잔뜩 모아 바닥에 깔고 그 위에 텐트를 쳤다. 에어매트에 바람을 넣어 밑에 깔고, 그 위에 전기요를 펴고…… 늘 하던 일이라 식구들은 손발이 척척 맞았다. 텐트를 치는 일은 남편과 두 아들 몫이고, 나와 딸은 저녁을 준비했다. 햄을 썰어 넣은 얼큰한 김치찌개로 포식을 하고 일찍 잠자리에 들었다. 폭신한 에어매트와 따뜻한 전기요 위에서 편안한 잠에 빠져들었다. 얼마쯤 지났을까. 잠결에 들리는 이상한 소리에 눈을 떴다. '후두둑 후두둑……'. 텐트 위로 물이 떨어지는 소리였다.

비가 오고 있었다. 빗속의 캠핑은 처음이라 몹시 긴장되었다. 아무리 방수가 잘되는 텐트라지만 곧 비가 새어 들어올 것 같아 불안했다. 비는 쉽게 그칠 것 같지 않았다. 두툼하게 깔아 놓은 낙엽과 에어매트 때문에 바닥은 아직 보송보송하지만 금세 물물 스며들 것 같아 불안했다. 추적추적 내리는 빗소리를 들으며 밤새 뒤척였다.

큰 바위 얼굴을 찾아서

다음 날은 거짓말처럼 화창했다. 그러나 깊은 산속의 기후는 예측할 수가 없어 하루 종일 변덕을 부렸다. 구름 한 점 없던 맑은 하늘이 갑자기 비를 쏟아내는가 하면, 진눈깨비로 돌변하기도 했다. 산이 워낙 높다 보니 고도에 따라 기후가 달랐다. 산 아래는 따스한 여름인데 산 중턱은 단풍 짙은 가을이고, 산 위로 올라가면 눈보라가 휘날리는 한겨울이다. 하루 동안에 봄, 여름, 가을, 겨울, 사계절이 왔다 갔다 하니 옷을 입었다 벗었다 했다. 10월초인데 추우면 얼마나 추우랴 하면서도, 혹시나 하고 가져간 오리털 파커는 서로 입겠다고 끌어당겨 옷이 찢어질 지경이었다.

화이트 마운틴에는 중학교 국어 교과서에 나오는 '큰 바위 얼굴'이라는 단편소설의 모델이 된 바위가 있다. Nathaniel Hawthorne의 '큰 바위 얼굴 The Great Stone Face '의 내용을 요약하면 이렇다. 어느 작은 마을에 사는 '어니스트'라는 소년은 어릴 때부터 큰 바위 얼굴을 바라보고 동경하며 자랐다. 이 마을에서 큰 바위 얼굴을 닮은 훌륭한 인물이 나올 거라는 전설을 믿고, 그 인물이 나타나길 기다렸다. 평생 큰 바위 얼굴을 바라보며 성실하게 살아온 어니스트는 결국 자신이 큰 바위 얼굴을 닮은 훌륭한 인물이 되었다는 교훈적인 내용이다.

높은 산 중턱에 돌출된 바위들이 어느 한 방향에서 보면 영락없는 인자한 할아버지의 얼굴로 보인다. 많은 사람들이 그 얼굴을 보려고 화이트 마운틴을 찾아오지만, 노인을 만나기 란 쉽지 않다. 워낙 높은 곳이라 날씨가 조금만 흐려도 산은 구름에 가려지고, 노인은 구름 속으로 숨어버린다. 우리도 두 번이나 올라 갔다 허탕을 치고, 세 번째 올라가서야 겨우 노인을 만날 수 있었다.

세 번씩이나 산에 오른 보람은 있었다. '에이브러햄 링컨'처럼 턱수염이 수북한 할아버지가 인자한 웃음을 띈 채 우리를 내려다보고 있지 않은가. 자연은 또 하나의 위대한 걸작품을 화이트 마운틴 산 속에 숨겨 놓고 있었다.

(안타깝게도 이 바위는 2003년 저절로 유실되어 지금은 이마 부분
만 남아있다 한다)

단풍 때문에

2박3일의 여행을 마치고 집으로 돌아가는 길이었다. 화이트 마
운틴을 출발한 차는 '버몬트'의 시골길을 달리고 있었다. 버몬트
역시 산이 많은 고장이라 눈길 닿은 곳마다 절경이었다. 색색으로
곱게 물든 단풍이 산들을 뜨겁게 달궜다. 많은 나무들 중 유독 눈
길을 끄는 나무가 하나 있었다. 꼭대기부터 아래까지 온통 눈부신
주황빛이었다. 마치 커다란 불덩이가 타오르는 듯 신비스런 불꽃
나무였다. 나무 밑에 수북이 쌓인 낙엽과 함께 그 황홀한 자태가
내 눈길을 사로잡았다.

"여보, 잠깐만 쉬었다 가요, 저기 저 나무 너무 예뻐요"

"어디 그 나무 뿐이야? 사방에 단풍이 지천인데, 그냥 눈으로 봐요"

간신히 남편을 설득해 차를 멈췄다. 차에서 뛰어내린 나는 나무
밑으로 달려가 수북이 쌓인 단풍 위에 털썩 주저 앉았다. 주황빛 폭
신한 양탄자였다. 단풍을 한 아름 주워 사방에 마구 뿌렸다. 단풍잎
이 하늘로 흩어졌다 머리 위로 쏟아진다. 이토록 선명하고 화려한
단풍은 처음이었다. 남편은 빨리 가자고 크락션을 눌러 댔다. 고운
단풍잎을 양손 가득 주워 들고 아쉬움을 안은 채 차로 돌아왔다.

"이것 좀 봐요, 이렇게 고운 단풍 봤어요?"

"단풍이 다 그렇지 뭐……."

시큰둥한 남편 눈앞에 단풍잎을 들이대며 한바탕 수선을 떨었

다. 지체했던 시간을 메우려는 듯 남편은 속력을 냈다. 미국의 시골길을 달리다 보면 지붕이 덮인 다리를 자주 만난다. 영화 '매디슨 카운티의 다리'에 나오는 바로 그 다리다. 나무다리는 주위의 풍광과 잘 어울려 자연의 일부처럼 느껴진다.

다리 구경, 단풍구경에 취해 있다 보니 뭔가 허전한 느낌이 들었다. 오른쪽 바지 주머니가 헐렁하다. 지갑이 없다. 덤벙대길 잘하는 내가 또 실수를 한 것이다. 어디서 떨어뜨렸을까, 찬찬히 기억을 더듬어 보았다.

'점심 값 치르고 분명히 주머니에 넣었는데…….'

차 탈 때까지 지갑은 분명 주머니에 있었다. 그렇다. 그 나무 밑에 떨군 게 분명했다. 다시 남편에게 간청할 수밖에 없었다.

"도로 가자구? 너무 늦었어. 누가 가져가도 벌써 가져갔지."

"혹시 알아요? 허탕치는 셈치고 한 번 가봐요…….'

잔뜩 화가 난 남편은 마지못해 오던 길을 되짚어 갔다. 잠깐인 것 같은데 꽤나 멀리 와 있었다. 드디어 저만치 불꽃나무가 보였다. 내 눈은 어느새 나무 밑을 더듬고 있었다. 멀리서도 주황빛 단풍 더미 위에 찍힌 까만 점 하나가 또렷이 보였다. 차가 멈추자마자 뛰어내려 얌전히 놓여있는 지갑을 주워 들고 높이 흔들어 보였다. 아이들은 차창 밖으로 고개를 내밀며 환성을 질렀다. 물론 지갑은 아무 이상 없었다. 황홀한 단풍에 홀려 거금(?)이 들어있는 지갑을 잃을 뻔했다. 그날 저녁은 지갑 안에 있는 비상금으로 마음껏 포식을 했다.

단풍의 계절이면 가을비 추적추적 내리던 화이트 마운틴의 캠핑이 생각난다. 지금 우리 아이들은 캠핑을 좋아할 지 모르겠다. 텐트 치고 '에어매트'에 바람 불어넣는 일을 그때처럼 재미있어 할지 모르겠다. '큰 바위 얼굴'을 보겠다고 세 번씩이나 산에 오르는 열정이 있을지 모르겠다. 화려한 단풍 빛깔에 반해 길을 멈추는 낭만이 있는지 모르겠다.

　그 시절의 낭만과 열정을 되찾고 싶다.

　그때의 젊음으로 돌아갈 수는 없을지라도…….

메인주의 바닷가재

예술의 전당 맞은 편에는 고급 음식점들이 많다. 그 중에는 바닷가재 전문점들도 많다. 바닷가재 요리는 어느 나라에서나 고급에 속한다. 맛으로 보나 영양으로 보나 푸짐한 모양으로 보나, 고급 요리에 틀림없다. 그러나 한 끼 식사에 수십 만원을 호가하니 서민들로서는 그림의 떡일 뿐이다. 우리 해역에서는 잡히지 않아 전량을 수입해 온다니 값이 비싼 것을 탓할 수는 없다.

미국에서도 바닷가재 요리는 손쉽게 사먹을 만한 음식은 아니다. 비교적 싼값에 바다가재를 먹을 수 있는 곳이 있다면 그곳은 메인 주다. 미 동북부의 맨 위쪽에 있는 메인(Maine)주는 자연경관도 수려하지만 바닷가재(Lobster)로 유명한 곳이다. 메인주의 청정 해역이 바닷가재 서식에 알맞기 때문이다. 자동차의 번호판에 그려 넣을 정도로 랍스터는 메인 주의 특산물이다.

미국에서의 마지막 여름 휴가는 메인 주로 갔다. 아카디아 국립공원(Acadia National Park)이 목적지였다. 바위 절벽과 나무와 바다가 어우러진 해변 풍경이 우리나라 동해안과 흡사한 아름다운 곳이었다. 아카디아 관광의 즐거움 중 하나는 랍스터를 먹는 일이다. 어딜 가나 바닷가재 식당이 있고 값도 무척 저렴하다. 식당마다 대형 수족관을 마련해 그 안에 살아있는 랍스터를 가득 채워 놓고, 손님이 오면 꺼내서 즉석에서 쪄 주는 것이다.

많은 식당 중 동양인의 얼굴이 보이는 곳으로 들어갔다. 동양인은 반갑게도 우리 한국인이었다. 보스턴에서 공부하는 대학생인데 여름 동안 아르바이트로 일하고 있단다. 학생은 그물망을 들고 수족관에서 랍스터를 건졌다. 너무 큰 것보다 자그마한 게 맛있다며 그물망 가득 건져 들고 조리실로 들어갔다.

잠시 후 청년은 빨갛게 색이 변한 따끈따끈한 랍스터를 쟁반에 수북이 담아 들고 나왔다. 쟁반에는 몇 가지 쏘스와 집게처럼 생긴 연장이 식구 수대로 놓여 있었다. 이 연장은 랍스터의 속살을 파먹는 도구였다. 우리는 이 도구를 이용하여 열심히 속살을 파먹었다. 쏘스를 찍어도 맛있고, 찍지 않아도 맛있고, 어떻게 먹어도 맛있다. 바닷가재의 특징은 뭐니뭐니해도 담백하고 부드러운 맛이다. 느끼하고 기름진 음식은 바로 질리지만 담백한 음식은 먹어도 먹어도 물리지 않는다. 그 특유의 맛을 음미하며 그날 우리는 정말 원 없이 랍스터를 먹었다.

다음 날은 또 하나의 즐거움이 기다리고 있었다. 바닷가재 잡이배 승선이다. 아침부터 해변에는 배를 타기 위해 사람들이 길게 줄을 서 있다. 긴 줄에 서서 한참을 기다린 끝에 겨우 배에 올랐다. 배를 운항하는 선장님이 가이드를 겸하는데 우리 선장님은 턱수염이 매력적인 아저씨였다. 배의 중앙 통로를 중심으로 양쪽에 긴 의

자들이 놓여있고, 의자마다 관광객들이 앉아있다.

　배는 하얀 포말을 일으키며 짙푸른 바다를 향해 빠른 속도로 달려갔다. 둥근 공 모양의 하얀 부표들이 점점이 떠 있는 바다 한가운데서 선장님은 배를 멈추고 바다 속에 드리워진 어망을 끌어 올린다. 어망 안에는 크고 작은 바다가재들이 가득 들어 있다. 선장님은 어망 속에 들어있는 바다가재의 집게발을 고무줄로 묶어 관광객들에게 보여준다.

　"이렇게 집게 발을 묶는 이유를 아세요? 이렇게 묶어놓지 않으면 내일 아침에 이 바구니 안에는 큰 놈 한 마리만 남게 돼요. 힘센 놈이 약한 것들을 다 잡아 먹어 버리거든요."

　이상한 것은 잡은 랍스터를 몇 마리만 남기고 도로 바다에 휙휙 던져 버리는 것이었다. 애써 잡은 귀한 것을 왜 버릴까, 선장은 그 이유를 설명해 주었다.

　"바닷가재는 메인 주를 상징하는 특산물이지요. 자동차 번호판의 랍스터 그림 보셨지요? 물론 바닷가재는 세계 여러 곳에서 서식하지요 그렇지만 우리 메인 주의 맑고 차가운 바닷물에서 자란 것과는 맛에서 차이가 나요. 여러분도 맛보셨지요? 메인주의 바닷가재는 최고의 품질을 자랑합니다. 우리 랍스터는 미국 뿐 아니라 전세계로 팔려나가 세계인들의 미각을 즐겁게 해 주지요."

　선장님의 메인주 바닷가재 자랑은 끝이 없다.

　"바닷가재는 우리 메인 주의 중요한 수입원이지요. 따라서 메인 주에서는 엄격하게 법으로 보호하고 관리해요. 몸통 길이가 5인치 짜리만 잡도록 규정해 놓았어요. 작은 것은 더 자라도록, 큰 것은 새끼를 많이 낳으라고 바다로 돌려 보내지요. 이렇게……."

　선장은 5인치 자를 가지고 바닷가재의 몸통을 재면서 작은 것과 큰 것은 바다에 던져 버리고, 규격에 맞는 것들만 바구니에 담는다. 오염 없는 청정해역도 부럽고, 저토록 엄격하게 어족을 보호하고 관리하는 모습도 부럽다. 선장은 관광객들에게 만져보라고 한 마리씩 건네준다. 바닷가재가 움직일 때마다 사람들은 탄성을 지른다. 선장님은 질겁을 하는 내 손에도 한 마리 쥐어 준다.

　"집게발을 묶어서 괜찮아요." 하면서…….

명성황후와 다까꼬

　예술의 전당으로 뮤지컬 '명성황후'를 보러 갔다. 명성황후는 국내는 물론 뮤지컬의 본 고장인 뉴욕 부로드웨이 무대까지 진출해 호평을 받은 작품이다. 링컨 센터 무대에서 명성황후가 초연되었을 때 뉴욕 타임스는 '환상적인 무대장지, 화려한 의상, 힘찬 음악과 뛰어난 연기가 어우러져, 눈과 귀가 모두 황홀해지는 공연'이라 찬사를 보냈다.

　히로시마 원폭 투하 장면을 담은 영상과 함께 막이 올랐다. '고요한 아침의 나라'를 상징하는 궁궐 장면에서부터 명성황후가 '백성이여 일어나라' 노래하는 마지막 장면까지, 잠시도 눈을 뗄 수 없을 만큼 감동의 연속이었다. 한국적인 무대 미술과 의상 그리고 뛰어난 기량을 지닌 출연자들의 춤과 노래와 연기가 어우러져 화려함에 장중함까지 더해졌다. 시해당한 명성황후가 부활하듯 일어나 백성들과 함께 '조선이여 무궁하라, 흥왕하여라' 열창하는 마지막 장면에서는 온 몸에 전율이 일었다. 그 감동의 순간에 나는 까맣게 잊고 있었던 한 얼굴을 떠올렸다. 일본여인 '다까꼬 히라이시'였다.

다까꼬를 처음 만난 것은 미국 뉴져지 영어 학교에서였다. 그녀는 겸손하고 예의 바른 전형적인 일본 여인이었다. 맨 앞자리에 앉아 열심히 공부하는 일본 여인에게 은연중 호감을 느꼈다. 어쩌다 선생님의 질문을 받으면 귀 부리까지 발갛게 달아오르는 모습이 너무 매력적이었다. 함께 공부하는 동안 나는 점점 일본인에 대한 거부감과 선입견을 지워가고 있었다.

다까꼬와 더 가까워진 것은 유화교실에서 다시 만난 후부터였다. 유화 크래스 첫 수업이 있던 날, 나는 낯선 사람들 틈에서 반가운 얼굴 하나를 발견했다. 한쪽 구석에서 화폭 위에 부지런히 붓을 놀리고 있는 여인, 바로 다까꼬였다. 그녀의 그림 솜씨는 대단했다. 미술 선생님은 매번 다까꼬의 그림 앞에서 감탄사를 연발했다. 한 주에 네 번씩 영어교실과 유화교실에서 거푸 만나게 되자 우리는 자연스레 가까워졌고, 서로의 집을 오가며 다과를 나누는 친밀한 사이로 발전했다.

참으로 부끄러운 것은 다까꼬가 한국에 대해 관심이 많았던 것에 비해 나는 일본에 대해 의식적으로 무관심했던 점이다. 내 마음 깊은 곳에는 일본어를 배운다거나 일본 문화에 흥미를 갖는 일 자체를 스스로 용납하지 못하는 옹졸함이 도사리고 있었던 것이다. 나와 반대로 다까꼬는 한국을 배우는 데 열성이었다. 한국어 교본을 구해 한글을 배우는가 하면 우리나라 역사와 문화에 대해 관심이 많았다. 어느 날은 백김치 담는 법을 좀 가르쳐 줄 수 없느냐고 진지하게 부탁하는 바람에 다까꼬 집에 가서 김치 강습을 한 적도 있다. 유화시간이면 그녀는 아예 이젤을 내 옆으로 끌어다 놓고 집에서 공부한 한국어 실력을 자랑하기도 하고, 이해하기 어려운 단어들을 메모해 와 묻기도 했다.

유화 크래스 여름학기 종강을 며칠 앞둔 어느 날이었다. 다까꼬는 심각한 표정으로 내게 다가왔다. 무슨 일이 있나 걱정했더니 다까꼬는 뜻밖의 말을 했다.

"며칠 전 명성황후 시해사건에 관한 책을 읽었어요. 조선의 왕비에게 일본이 그렇게 못된 짓을 했다니 너무 부끄럽고 죄송해요. 우리 일본이 당신들에게 그토록 큰 죄를 지은 줄 몰랐어요. 정말 잘못했습니다. 용서해 주세요"

마치 명성황후를 시해한 것이 자기 자신이라도 되는 양, 내 앞에 머리를 조아리며 진심으로 사죄하는 다까꼬 앞에 당황한 것은 오히려 나였다.

솔직히 그때까지 나는 명성황후에 대해 아는 것이 별로 없었다. 구한말, 시아버지인 대원군과의 권력 다툼에 패하여 일본 낭인들의 손에 살해당한 불행한 황후라는 것 정도였으니, 다까꼬가 알고 있는 것에 비해 아주 빈약한 수준이었다. 조국을 대신하여 진심으로 잘못을 비는 다까꼬 앞에서 내가 무슨 말을 했는지, 자세히 기억나지 않는다. 다만 그 순간 일본인들의 강한 애국심에 묘한 질투의 감정과 함께, 내 나라 역사에 대해 일본인만큼도 관심이 없었던 내 무지함에 대해 일말의 수치심을 느꼈던 것만은 확실하다.

때때로 우리는 일본 정부의 몰염치한 태도에 분노한다. 걸핏하면 그들은 독도가 자기네 땅이라 우기고, 대한 해협을 일본 해협이라 고집해 우리를 화나게 한다. 불공정한 어업 협정으로 우리 어민

들의 가슴을 멍들게 하기도 한다. 조선의 어린 소녀들을 정신대라
는 이름으로 강제로 데려가 일본군의 성 노리개로 삼은 천인공노
할 만행이 낱낱이 밝혀졌을 때도 일본정부는 고작 '유감스럽다'는
말로 사과에 대신했을 뿐이다. 모진 고난의 세월을 감내하여 질긴
목숨을 부지해 온 정신대 할머니들이 참다 못해 당시의 참혹상을
만천하에 폭로하고 있지만, 일본 정부는 그들에게 어떠한 보상이
나 진심 어린 사죄도 하지 않고 있다.

그러나 일본에도 의식있는 사람들은 있었다. 정신대의 실상을
낱낱이 세상에 알린 것도, 명성황후 시해사건을 사실 그대로 일본
사회에 알린 것도, 일본 정부가 아닌 평범한 일본인 들이었다. 조
국의 잘못을 인정하고 머리 숙여 사죄할 줄 아는 다까꼬 같은 국
민들이 있었기에 일본은 지금까지 선진국의 위상을 유지하고 있는
게 아닌가 싶다.

공연이 끝나고 집으로 돌아오는 동안 자신의 죽음을 예견한 명
성황후의 비장한 모습 위에 머리 숙여 일본의 잘못을 빌던 다까꼬
의 진지한 표정이 오버랩 되었다.

일본인에 대한 거부감을 없애 준 여인, 일본은 어쩔 수 없는 우
리의 이웃임을 깨닫게 해 준 여인, 다까꼬 히라이시, 그녀의 다소
곳한 자태가 눈에 선하다.

200년의 삶(Bicentennial Man)

의학의 발달로 인간의 수명은 점점 늘어나지만 세월의 흔적은 지울 수가 없다. 기력이 없어지고 순발력이 떨어지고 온 몸의 신체 기능이 점점 퇴화되어 간다. 그 중의 하나가 시력이 나빠지는 것이다. 책을 읽을 때마다 돋보기를 써야 하니 요즘은 책보다 영화를 자주 보게 된다.

요즘은 정말 재미있고 기발한 영화들이 많다. 스펙터클한 전쟁 영화, 손에 땀을 쥐게 하는 액션 스릴러, 황당무계한 공상과학 영화 등 참으로 다양한 이야기들이 화면 속에 펼쳐진다. 그 중에서도 나는 감상적이고 통속적인 멜로드라마를 좋아한다. 평범한 사람들이 사랑하고 고뇌하며 살아가는 이야기가 좋다. 가끔은 아이들이 즐겨보는 공상과학 영화나 액션 영화에 빠져들 때도 있다. 어젯밤 막내와 함께 본 'Bicentennial Man'도 많은 것을 생각하게 하는 영화였다.

영화는 과학이 발달한 미래의 이야기로 부엌일과 청소 같은 가사노동을 대신해 주는 로봇, '앤드류'(로빈 윌리암스)가 주인공이다. 주인이 시키는 대로 기계적인 일만 하던 앤드류가 내장된 전자 칩의 고장으로 로봇에게는 전혀 필요 없는 높은 지능을 갖게 된다. 고장 난 기계를 수리하고 음악을 감상하고 나무를 조각하고 책을 읽을 줄 아는, 똑똑한 로봇이 된 것이다. 주인 '리처드'는 앤드류에게 점점 깊은 애정과 신뢰감을 갖는다. 일 하는 시간을 줄여 책을 읽게 하고, 대화를 통해 많은 것들을 가르쳐 준다.

그러나 충전만 하면 영원히 살 수 있는 로봇과 인간의 우정에는 한계가 있었다. 세월이 흘러 리처드는 늙어 세상을 떠나고 어린아이였던 리처드의 딸도 늙어 할머니가 된다. 그러나 로봇인 앤드류는 여전히 똑 같은 모습이다. 방대한 독서와 연구를 통해 지식을 쌓은 그는 인공장기를 개발하는 등 획기적인 발명으로 돈을 많이 벌어, 자신의 몸 속을 새롭게 발전된 칩으로 계속 교체한다.

마침내 피부를 이식해 얼굴까지 사람의 모습으로 바꾸던 날 앤드류는 자신의 얼굴을 제일 먼저 주인의 딸에게 보여주고 싶어 달려간다. 그곳에서 그는 젊은 시절의 제 엄마를 쏙 빼 닮은 리처드의 외손녀 '포샤'를 보고 사랑에 빠진다. 포샤와 앤드류는 서로 깊이 사랑하지만 법원은 두 사람의 결혼을 인정하지 않는다. 아무리 인간의 모습과 지능을 가졌다 해도 앤드류는 사람이 아닌 로봇이라는 게 그 이유였다.

다시 세월이 흘러 젊고 예쁘던 포샤마저 늙어간다. 그러나 앤드류는 여전히 예전과 똑 같은 청년의 모습이다. 마침내 그는 사랑하는 포샤와 함께 늙어가기로 결심하고, 몸 속의 피를 인간의 것으로 바꿔버린다. 영원히 살 수 있는 로봇의 삶을 청산하고 포샤와 함께 늙고 병들어 죽는, 인간의 삶을 택한 것이다. 앤드류가 수명이 다해 죽던 날, 포샤도 생명 연장기의 스위치를 내리고 함께 죽음을 맞이한다. 그때 앤드류 나이가 이백 살이었다.

영화 초입부에는 주인의 명령에 복종하는 로봇의 충직함과 실수를 연발하는 코믹한 모습이 우습기만 했다. 점점 영화가 계속되면서 더 이상 웃음이 나오지 않았다. 충전만 하면 언제나 새 것인 앤드류가 부럽고, 세월 따라 늙고 병들어 죽어가는 인생의 유한성에 비애가 느껴지기도 했다. 그러나 후반부부터 사랑하는 사람들을 하나씩 보내고 혼자 남아있는 앤드류가 쓸쓸해 보이기 시작했다.

그렇다. 영원히 사는 것은 복이 아니었다. 사랑하는 사람들이 다 떠나고, 나를 아는 사람들이 모두 사라진 세상에 혼자 남겨지는 것은 복이 아니라 저주였다. 대화도 통하지 않고, 추억을 함께 공유할 사람도 없는 세상에 무슨 낙이 있을까. 얼마나 외로울까. 영원히 산다는 것은 축복이 아니라 형벌인지도 모른다.

사랑하는 사람들과 함께 있다는 사실이, 사랑하는 사람들과 함께 늙어간다는 사실이 새삼 소중하게 느껴진다. 남편과 나의 머리칼 속에, 친구들과 나의 얼굴에 골고루 섞여 있는 주름살과 흰머리가 고맙기만 하다. 남편은 젊고 피둥피둥한데 나만 호호 할망구가 된다면, 친구들은 팔팔한데 나만 늙고 병들어 고생한다면 얼마나 속상할까. 아니, 모두들 떠나고 없는데 나 혼자 남아 천년 만년 산다면 무슨 낙이 있을까, 얼마나 지루한 삶일까.

불로초를 구하기 위해 천하만국에 사람을 풀었던 진시황처럼 현대에도 영원히 살기를 꿈꾸는 사람들은 많다. 몸에 좋다는 음식을 일일이 가려먹고, 좋은 약과 용한 의사를 찾아 다니며 오래 살려고 안간힘을 쓰는 사람들에게 영화는 심오한 메시지를 전하고 있었다. 인생은 유한하기에 아름답고 소중한 것이라고…….

성탄절의 Kiss

일년 중 거리 풍경이 가장 아름다운 때는 성탄 무렵이 아닌가 싶다. 가로수에 휘감긴 꼬마 전등이 별처럼 반짝이는가 하면, 상점마다 거리마다 초록과 빨강, 금색과 은색의 화려한 장식으로 한껏 성탄 분위기를 돋운다. 흥겨운 캐롤도 한몫을 한다. 거리에 흘러 넘치는 경쾌한 캐롤 때문인지 오고 가는 사람들의 발걸음도 한결 가벼워 보인다. 이 아름다운 계절엔 누구라도 잊지 못할 추억 한 둘쯤은 지니고 있으리라. 내게도 잊지 못할 성탄의 추억 하나가 있다.

잠시 미국 뉴저지에 살았던 때였다. 뉴저지는 맨하튼과 다리 하나로 연결된 곳이라 맨하튼에 사무실을 둔 각국 주재원 가족들이 많이 사는 곳이다. 주재원 부인들은 대부분 영어가 서툴렀다. 여유 있는 분들은 개인 교습을 받기도 하고, 대학에 부설된 영어 과목을 수강하기도 하지만, 수업료가 만만치 않았다.

나 역시 영어 때문에 고민이 많았다. 살고 있는 아파트에 한국인이 하나도 없다 보니 생존을 위해서라도 영어를 배우는 일이 시급

했다. 도서관에서 책을 빌려다 읽고, 서울에서 가져온 영어회화 책을 열심히 외우며 혼자 애를 써 보지만, 남의 나라 말 배우는 일이 생각처럼 쉽지 않았다.

고민하고 있던 차에 회사 동료 부인이 근처의 적당한 학교를 소개해 주었다. 집에서 차로 30분쯤 가는 곳에 있는 학교였다. 하루에 두 시간씩 영어를 가르치고, 미국 역사와 세계사, 영문학까지 가르쳐 주는데, 무엇보다 무료라는 점이 솔깃했다. 처음에는 수업료가 없는 학교라면 시간이나 때우며 적당히 가르치는 곳이 아닐까 하는 우려가 앞섰다. 그러나 내 예상은 완전히 빗나갔다.

선생님들 모두 열성으로 가르쳐 주시는데 특히 영어를 가르치던 할머니 선생님 Mrs. Linder에게서 나는 영어 외에도 많은 것을 배웠다. 기품 있게 늙어가는 우아한 노부인의 고고한 자태도 부러웠고, 긍지와 자부심을 가지고 자기 일에 최선을 다하는 모습에서 깊은 감명을 받았다.

교실은 마치 인종 전시장 같았다. 동양권인 한국, 일본, 중국인들이 제일 많았고, 스웨덴, 러시아, 터키, 이스라엘, 헝가리, 태국, 이집트 등지에서 온 사람들도 있었다. 그들과 함께 공부하면서 각국의 풍속이나 습관 등 미처 알지 못했던 것들도 배울 수 있었으니, 내게는 더없이 좋은 기회였다.

해마다 성탄절이면 학교에서 파티가 열리곤 했다. 세계 각국 사람들이 모인 학교다 보니 성탄절 파티는 볼거리가 다양하고 풍성했다. 각국의 민속의상도 구경할 수 있고, 각국의 독특한 음식도 맛 볼 수 있었다. 그 중에서 제일 볼 만한 것은 각국에서 준비한 프로그램을 발표하는 순서였다.

국민성의 차이는 이때 극명하게 나타났다. 머리가 우수한 반면 좀 이기적인 한국인, 별로 우수하지는 못하지만 단결력이 대단한 일본인, 어떤 경우에도 서두르거나 조바심 하지 않는 태평스런 중국인, 가까운 세 나라지만 완전히 달랐다.

12월에 들어서면 각 나라별로 모여서 프로그램을 짜고 연습을 시작하는데, 이때부터 각국의 특성이 드러나기 시작한다. 우선 한국 학생들은 파티 이야기가 나오면 슬금슬금 꽁무니를 빼기 시작한다. 하나둘 학생이 줄어들어 결국 소수의 인원만 남아 연습을 하고 음식을 분담하느라 애를 먹곤 했다.

일본 사람들은 우리와 정반대였다. 늘 결석하던 사람들도 이때가 되면 모두 학교로 돌아온다. 교실 가득 둘러앉아 머리를 맞대고 프로그램을 짜고 연습하는 모습을 보면 몹시 부러웠고, 말로만 듣던 일본인들의 무서운 단결력을 실감했다. 중국인들은 여기서도 만만디였다. 사람들이 모이거나 말거나, 애써 연습도 하지 않고 걱정도 하지 않고, 당일에도 실수투성이인 채로 그냥 무대에 올랐다.

파티 당일은 영락없는 한국의 날이었다. 우선 화사한 한복이 파티장을 압도했다. 한복을 곱게 차려있는 아리따운(?) 여인들이 사뿐사뿐 무대에 오르면 순서가 시작되기도 전에 탄성이 터져 나왔다. 울산 아가씨, 몽금포 타령, 천안삼거리 같은 우리 민요 중 한 곡과 미국 민요 한 곡, 그리고 마지막으로 크리스마스 캐롤을 부르곤 했는데, 특히 마지막 부분에서 치마폭에 감추어 둔 태극선을 꺼내 흔들면 파티장은 열광의 도가니였다.

참으로 신기한 것은 평소에 잘 모이지 않아 연습을 제대로 못한 한국인들이건만 막상 무대에 오르면 신기할 정도로 잘 해냈다. 재능도 뛰어나고 순발력도 있고 모든 것이 탁월한 민족이건만 단지 단결력이 부족한 것이 흠이었다. 일본인들은 이것조차 반대였다. 매일 모여서 열심히 연습하는 것을 다 보았는데 막상 무대에 올라가서는 엉망이 되곤 했다. 왜 그리 긴장을 하는지 실수를 연발하는 일본인들을 보면 안쓰러운 마음이 들 정도였다. 이어지는 음식 잔치에서도 한국 음식의 인기는 단연 최고였다. 김밥, 잡채, 떡볶이, 샐러드, 떡, 한과 등으로 푸짐하게 차려진 한국 음식 앞에서 외국인들은 원더풀을 연발했다.

미국에서의 마지막 크리스마스 파티를 나는 잊을 수 없다. 해마다 자기 나라를 소개하는 순서가 있었는데, 그 해에는 어쩌다 내가 그 순서를 맡게 되었다. 무엇을 소개할까 궁리하던 끝에 우리 '한글'을 알리기로 결정하고, 가족들의 도움을 받아가며 열심히 준비했다. 워낙 영어 실력이 짧다 보니 원고를 만드는 데 며칠이 걸렸고, 원고를 외우는 데 또 여러 날이 걸렸다.

세종대왕(King Sejong)이 만든 우리 한글은 다른 나라의 글을 모방하지 않은 독창적인 발명품(invention)이고, 과학적(Scientic)으로 만들어진 문자인데, 글자 수가 24자로 간단(Simple)하여 배우기 쉽다는 것을 그림을 그려가며 차근차근 설명했다. 마지막으로 각 단어의 머리글자를 따서 K.I.S.S라는 단어를 조립하여 기억하기 쉽도록 유도했고, '여러분이 달콤한 Kiss를 생각할 때마다 코리안 알파벳 한글을 기억하라'는 말로 끝을 맺었다.

반응은 폭발적이었다. 강당이 떠나갈 듯 큰 박수가 터져 나왔다. 특히 나를 가르쳤던 Mrs. Linder 선생님은 내게로 달려와 포옹을 하며 눈물을 흘렸다.

"처음 왔을 때 Yes와 No밖에 못하던 당신이······."하며 I'm proud of you를 연발하는 것이었다.

한국 여인들도 한국인의 긍지를 높여주었다며 기쁨의 눈물을 글썽였고, 많은 외국인들은 한글과 Kiss의 비유가 너무 재미있다며 한글에 대해 깊은 관심과 애정을 보였다. 평소 웃지도 않고 거만해 보여 이집트 귀족이란 별명이 붙었던 여인이 엷은 미소와 함께 빨간 포인세티아 한 송이를 내 앞에 내밀었다.

그날은 '한복의 날'이자 '한글의 날'이었다. 아니 한국인이라는 사실이 너무도 자랑스러운 날이었다.

거리에 캐롤이 울려 퍼지는 성탄절이 다가오면 그날의 기억들이 되살아난다. 뉴저지 하늘에 울려 퍼지던 한국 민요의 흥겨운 가락과 태극선의 물결, 그리고 한복이 화사했던 아름다운 여인들의 얼굴이.

학처럼 우아한 할머니 선생님 Mrs. Linder.

포인세티아를 안겨주던 귀족 풍의 이집트 여인.

그리고 이 세상 어딘가에서 Kiss란 단어와 함께 우리 한글을 기억하며 미소 지을 그 누군가의 얼굴도 함께······.

5

사랑해, 고마웠어

온 마음을 다해 사랑한 어린 친구들,
그들과 함께한 수많은 추억과 땀방울들이 여기 있습니다.
작은 음악회, 동화 구연, 종이접기, 연극 연습, 장기자랑, 전시회……
그 아름다운 시간들을 어찌 잊을 수 있을까요.

33년 만의 귀향

세상 일 중에는 치밀하게 계획하고 오래 준비한 끝에 이루어지는 일이 있는가 하면, 우연히 기회가 닿아 갑작스레 이루어지는 경우도 있다. 내가 학교로 돌아온 것은 참으로 우연이고 갑작스러운 일이었다.

어느 날 무심히 신문을 읽다가 짧은 기사 하나에 눈길이 꽂혔다. 내 고향 충북에서 교사가 부족해 50대 후반까지 응시 연령을 대폭 올려 모집한다는 기사였다. IMF 이후 40대 후반이면 퇴출을 강요당하는 마당에 50대 후반까지 기회를 주겠다니, 가슴이 뛰기 시작했다.

젊은 한 때 온 열정을 쏟아 부었던 교단, 떠나온 후에도 고향처럼 그리웠고, 학교 근처만 가도, 어린이들만 보아도 가슴이 두근거렸다. 너무 쉽게 버리고 온 것이 늘 아쉬웠지만 이미 닿을 수 없는 곳으로 떠나버렸다 생각했는데, 다시 내게 손짓을 하고 있다.

원서 마감이 이틀 후니 빠른 결단이 필요했다. 잠시 망설임도 스쳤다. '내가 감당할 수 있을까……. 과욕일까…….'

그러나 내게는 젊은이들이 갖지 못한 것들도 있었다. 외국생활에서, 작가의 길에서, 그동안 살면서 얻은 다양한 지식과 경험들은 나만의 장점이 될 수 있지 않은가. 무엇보다 이건 내게 주어진 마지막 기회인데 놓칠 수는 없지 않은가.

신문을 읽다 말고 뜬금없이 시험을 보겠다는 내 말에 가족들의 반응은 냉냉했다. 남들은 퇴직할 나이에 무슨 취직이냐, 세상이 그리 만만한 줄 아나, 남편은 물론 아이들도 어이없다는 표정이었다. 그러나 이 기회를 놓치면 평생 후회할 것 같으니 시험이라도 봐야겠다는 내 확고한 의지에 식구들의 반대는 슬그머니 수그러들었다.

부랴부랴 청주에 내려가 원서를 사고 필요한 서류들을 준비했다. 원서 접수 마지막 날 긴 줄에 서서 주위를 둘러보았다. 나처럼 나이든 사람들도 눈에 띄었다. 놀라운 것은 충북이 아닌 서울 경기 강원 등 전국 각지에서, 심지어 제주에서 비행기를 타고 왔다는 분도 있어 시험도 보기 전에 기가 죽었다.

시험 날까지는 정확히 19일, 시간이 너무 촉박했다. 당장 교보문고에 가서 교육학 책과 교육과정 책, 그리고 문제집 몇 권을 사왔다. 집에 와서 책을 펼쳐 보니, 어쩌면 아는 문제가 하나도 없었다. 맥이 탁 풀렸다. 그러나 주사위는 이미 던져졌으니 어쩌겠나 부딪쳐 보는 수 밖에. 마음을 다잡고 책상에 앉아 하루하루 꼼꼼히 계획을 세웠다. 마지막 기회를 꼭 붙잡고 싶은 간절함과 내 의지로 선택한 일이니 최선을 다해야 한다는 압박감으로, 그야말로 벼락치기 열공을 했다.

시험 당일은 강 추위에 눈보라까지 몰아쳤다. 시험장에 도착했을 때 나는 또 한번 기가 죽었다. 퇴직 교사들만 올 줄 알았는데 시험장은 온통 젊은이들로 북적거렸다. 알고 보니 임용고시를 보러 온 교대생들과 응원하러 온 재학생들이었다. 교대를 졸업하면 자동적으로 교사가 되는 줄 알았는데, 그 동안 법이 바뀌어 교대를 나와도 임용고시에 합격해야 교사가 된다는 사실을 그날 처음 알았다.

시험장은 젊은이들이 뿜어내는 열기로 가득했다. 격문을 쓴 피켓을 흔들며 선배들 이름을 연호하고, 응원가를 부르고, 헹가래를 치고, 따듯한 커피를 타주고, 한겨울 추위 속에서도 젊은이들은 한판 축제를 벌이고 있었다. 대학에서 4년을 배우고 학원까지 다니며 준비한 사람들과 경쟁이라니, 말이 안되는 게임 같았다.

준비 기간이 짧기도 했지만 시험은 정말 어려웠다. 매서운 날씨 때문인지 자신이 없어서인지, 몸도 마음도 너무 추웠다. 시험 보는 내내 떨렸다. 태어나 그렇게 어려운 시험은 처음이었다. 객관식으로 출제된 교육학도 어렵고, 주관식인 교육과정은 더 어려웠다. 벼락치기 실력으로는 감당이 안 되는 수준이었다.

악몽이었다. 몸이 아플 때마다 내가 꾸는 꿈, 시험시간은 끝나가는데 못다 푼 시험지를 들고 동동거리는, 바로 그 악몽이 현실이 되어 나를 짓누르고 있었다. 마지막까지 시험지와 씨름을 하긴 했는데, 자신 있게 고른 답보다 짐작으로 찍은 답이 더 많았다. 몇 시간 동안 얼마나 머리를 쥐어 짰는지, 시험을 끝내고 나오니 머릿속이 멍하고 속은 메슥거리고 다리가 후들거렸다.

시험장을 나오면서 합격에 대한 기대는 훌훌 털어버렸다. 도전했다는 것에, 최선을 다했다는 것에 의미를 두기로 했다. 오랜만에 시험다운 시험을 치러본 것으로 위안을 삼고, 아쉽지만 교사의 꿈은 접기로 했다. 이미 오래 전에 비껴간 인연이 아니던가. 수십 년 교직을 떠나 있던 사람이 갑자기 시험을 보겠다고 나선 것부터 무모했다. 벼락치기 공부로 합격을 바란다면 과욕이고 오만이다.

나는 다시 일상으로 돌아왔다. 구석구석 대청소를 벌이고 안 쓰는 물건들을 정리하고, 손주 이유식을 만들고 새벽예배 반주伴奏를 하고, 문우들과 친구들과 교우들과 망년회도 즐겼다. 마침 성탄 무렵이어서 교회에서는 성탄절 찬양 준비가 한창이었다. 모든 것을 다 잊고 칸타타 연습에 열중했다.

며칠이 지났을까. 회사에 출근한 큰아들에게서 전화가 왔다. 충북교육청 홈페이지에 들어가 보니 합격자 명단에 내 이름이 있는데, 혹 동명이인일지 모르니 수험번호를 알려달라는 것이었다. 반신반의 하면서 책상 서랍 속에 던져두었던 수험표를 찾아 번호를 불러주니, 아들이 소리쳤다.

"엄마 맞네, 엄마 붙었어요……."

합격이라니, 믿을 수가 없다. 그러나 분명 내 이름이 합격자 명단에 있다지 않나.그렇다. 나는 참으로 운이 좋은 사람이었다. 이미 포기했던 일이기에 기쁨은 배가 되었다.

아직 몇 차례 시험이 더 남아 있지만 그 어려운 1차를 통과했다면 나머지 시험도 감당할 수 있을 것 같은 자신감이 생겼다. 마음을 다잡고 책상에 앉아 덮어 두었던 책을 다시 펼쳤다. 예상했던 대로 나머지 시험들은 1차보다는 훨씬 수월했다. 2차, 3차, 영어,

논술, 마지막 면접까지 통과해 교사 연수를 받기까지 숨가쁘게 시간이 흘렀고, 마침내 교육감 직인이 찍힌 교사 임명장을 받았다.

신문기사를 보고, 원 서류를 접수하고, 시험을 통과해 발령을 받기까지 석 달 남짓, 나는 두고 온 고향처럼 그리워하던 교단으로 돌아왔다.

33년 만의 귀향이었다.

달콤한 동네, 감곡

감곡은 참으로 묘한 동네다. 엄연히 면 소재지지만 지도에는 잘 나오지 않는다. 지도에서 감곡을 찾으려면 이천 장호원長湖院을 찾아야 한다. 사실 감곡과 장호원은 한 동네처럼 붙어있다. 청미천淸渼川을 사이에 두고 다리 이쪽은 충북 감곡, 다리 저쪽은 경기도 장호원이니, 실제로는 한 동네나 다름없다.

감곡甘谷은 이름에서부터 달콤한 냄새가 풍긴다. '달콤한 골짜기'라는 이름이 말 해주듯, 이 고장에서 나는 농작물은 품질이 좋기로 유명하다. 특히 감곡 복숭아는 그 맛과 향기가 뛰어나 '햇사레'라는 상표를 달고 전국으로 팔려 나간다.

복숭아만큼이나 복사꽃도 유명하다. 들판은 물론 언덕이나 야산까지 복숭아 과수원을 일구어, 봄이 되면 감곡의 산하는 한꺼번에 피어난 복사꽃으로 일대 장관을 이룬다. 아련한 분홍빛 안개로 뒤덮인 봄날의 감곡은 환상의 나라, 무릉도원武陵桃源을 연상시킨다.

달콤한 동네 한가운데 초등학교가 자리하고 있다. 18학급의 아담한 학교에서, 나는 2학년을 맡게 되었다. 남자가 12명, 여자가 17

명, 스물 아홉의 어린 천사들이 내 친구다. 귀여운 우리 천사들의 이름을 빨리 외우고 싶어 나는 하루에도 몇 번씩 출석을 부른다.

다리에 깁스를 한 규진이, 무스로 머리를 빗어 올린 원우, 키가 제일 큰 동희, 체격이 당당한 호진이, 목소리가 엄청 큰 일호, 달리기 선수 솔이, 작고 허약한 민영이, 장난꾸러기 용태, 말을 살짝 더듬는 진호, 안경 낀 치호, 축구 선수 창훈이, 아토피가 심한 찬영이…….

씩씩하고 당당한 다혜, 눈이 큰 새롬이, 얌전해 보이지만 용기있는 수아, 수줍음 많은 연주, 만물박사 보나, 큰 언니처럼 의젓한 아영이, 독서왕 설아, 샘도 많고 애교도 많은 수연이, 키가 작은 윤정이, 파마머리 유진이, 멋쟁이 혜지, 눈웃음이 예쁜 수정이, 지각대장 수빈이…….

조금 새로운 방법으로 내 이름도 소개했다. 이름을 이용하여 삼행시 비슷하게 스토리를 만들고, 그 스토리를 한 폭의 풍경화로 그렸다.

"이 그림 속에 선생님 이름이 있어요, 한번 찾아 보세요…….”

아이들은 귀를 쫑긋하며 그림과 이야기에 집중한다.

"새벽에 차를 타고 시골길을 달리고 있었어요. 길 옆으로 강물이 흐르고 있었어요. 바로 그때 강물이 황금빛으로 변하더니, 크고 붉은 해가 둥실 떠올랐어요. 길가에 차를 세우고 한참을 바라보았어요. 너무 아름답고 멋진 풍경이었어요…….”

마침내 아이들은 그림 속에서 내 이름을 찾아냈다. 금빛 (강)물 위로 둥근 (해)가 떠오르는 아름답고 멋진 풍(경). 내 이름은 곧 바로 아이들 머릿속에 입력되었다.

3월의 날씨는 봄도 겨울도 아닌 어정쩡한 계절이다. 따스한 햇살에 봄 기운이 완연하다가도, 갑자기 매서운 꽃샘추위가 몰려오고 꽃샘바람이 휘몰아친다. 화사한 봄 옷은 엄두도 못 내고 매일 두툼한 겨울 옷을 입고 출퇴근한다.

쌀쌀한 바깥 날씨와 달리 교실은 따듯하고 아늑하다. 중앙 난방 시스템으로 저절로 따듯해지니 엄청난 발전이다. 전에는 학교에서 석탄을 태워 난방을 했다. 날씨가 쌀쌀해지면 교실마다 무쇠 난로를 설치해 겨울을 준비했다. 그러나 석탄에 불을 붙이는 일이 쉽지 않았다. 난로를 피우는 날이면 교실은 연기와 석탄 먼지로 가득했다. 불을 피우는 일도 고역이지만 불을 끄고 난로를 청소하는 일은 더 힘들었다. 물을 뿌려 불을 끄고 석탄재를 긁어내려면 얼굴이고 손이고 석탄재 범벅이 되곤 했다. 까마득한 옛날 일이다.

난방시설 외에도 교실은 많이 달라졌다. 우선 학생수가 많이 줄었다. 전에는 한 학급에 6,70명은 보통이고, 그것도 모자라 2부제 3부제까지 했다. 교실 하나를 두 세 학급이 함께 사용한 것이다. 시설 면에서도 눈부시게 발전했다. 교실마다 대형 TV 수상기가 있고, VCR, 실물 화상기, 녹음기, 복사기들이 갖추어져 있다. 무엇보다 학교 업무의 태반이 컴퓨터로 처리되는 것이 가장 큰 변화다. 교사들간의 업무 연락, 교장 교감의 지시 사항이 컴퓨터 이메일을 통해 전달된다. 공문서 작성은 물론 환경정리와 수업에도 컴퓨터를 적극 활용한다.

그러나 이런 훌륭한 기자재들이 내겐 별로 반갑지 않다. 반갑기는커녕 이 모든 것들이 나를 주눅들게 한다. 이들은 33년만에 교단으로 돌아온 나를 향해 이렇게 말하는 것 같다 '나를 이용하세요, 나를 많이 활용해야 유능한 교사가 돼요.'

유능한 교사는 감히 바라지도 않고 너무 뒤쳐지지는 않아야겠는데, 컴퓨터와 친숙해지려면 많은 시간이 필요할 것 같다.

내 손으로 정성껏 경영록을 쓰던 시절이 그립다. 젊은 선생님들이 들으면 웃을 일이지만 나는 직접 학습자료를 만들고, 내 손으로 그리고 오려서 환경정리를 하는 게 더 익숙하고 편하다. 담임 선생님이 정성스럽게 쓴 손 글씨 '통신표'가 그리워지는 것은 나만의 생각일까.

갑작스레 달라진 환경에 어리둥절하는 사이, 감곡의 봄이 지나가고 있다.

우유가 싫어요

오랜만에 교단으로 돌아온 내게는 많은 것들이 새롭다.

교사들의 업무가 거의 컴퓨터로 이루어지는 점은 엄청난 변화이자 내게는 큰 부담이다. 교실마다 들어 찬 각종 교육 기자재들이 놀랍고, 저절로 훈훈해지는 난방시설이 반갑다. 아이들도 많이 변했다. 구김살없이 밝게 자란 아이들은 하나같이 예쁘고 깔끔하고 자신감이 넘친다.

그러나 부정적인 변화도 눈에 띈다. 그 중의 하나가 아까운 줄을 모른다는 점이다. 학용품도 소지품도 음식물도, 아까운 줄을 모른다. 집집마다 자녀가 한 둘 뿐이라 부족함 없이 자라고 있기 때문이다.

학교로 돌아온 지 일주일쯤 되는 날이었다. 옆 반 최선생님이 양손 가득 우유팩들을 안고 우리 교실에 오셨다. 운동장 청소하다 주운 것들이라 했다. 우유팩에 쓰인 유통기한을 보니 날짜가 많이 지난 것도 있고, 바로 어제 것도 하나 있다. 의아해하는 나를 보고 최선생님이 말씀하신다.

"교문 옆 화단에서 주웠어요, 아이들이 버린 거예요."

우유를 버리다니, 믿을 수 없는 일이었다. 먹기 싫으면 다른 사람이라도 줄 것이지, 돈 주고 산 우유를 왜 버리는지 도무지 이해가 되지 않았다.

"애들이 아까운 걸 아나요? 먹기 싫으니까 버리지요."

우리 반 아이들 중에도 우유를 싫어하는 아이들이 있다. 이런저런 핑계를 대며 먹지 않는 아이들에게는 집에 가져가 먹으라고 나누어 주었다. 집에 가져가서 가족들이라도 먹게 하는 게 나을 것 같아 가방 속에 넣어 보내곤 했는데, 그게 잘못이란다.

"가방에 넣어 주셨다구요? 안돼요, 아이들이 학교 끝나면 학원을 몇 군데씩 들르는데, 갖고 다니기 귀찮으니까 그냥 버리는 거예요."

말씀을 듣고 보니 내 생각이 짧았던 것 같다. 먹기는 싫고 가져가긴 귀찮아서 아무데나 슬쩍 버린다는 것이다.

우유는 사람에게 필요한 영양소가 골고루 들어있는 완전식품이다. 특히 성장기 아이들에게 우유는 꼭 필요하다. 그러나 아이들은 우유의 영양가에 대해 별 관심이 없다. 너도나도 크고 늘씬한 사람이 되고 싶어 하면서도, 정작 칼슘과 단백질의 보고인 우유는 외면한다.

원인은 여러 가지다. 그 중에서도 다양한 음료수의 개발이 우유를 싫어하는 원인이 된다. 어른들 중에는 소화장애 때문에 못 먹는 이도 있는데, 아이들에게는 맛이 문제가 된다. 그래서 딸기, 바나나, 초콜릿을 넣은 각가지 우유가 개발되지만 여전히 우유는 인기 없는 음료다.

나는 한국전쟁이 끝난 이듬해 초등학교에 들어갔다. 겨울 피난 때 밀려 내려온 피난민들이 추위를 피해 초등학교 교실에서 겨울을 났는데, 그들의 실화失火로 학교 건물이 몽땅 타버린 것이다. 교실이 없어 운동장 철봉대에 칠판을 걸어놓고 공부하던 시절이었다. 그때 아이들의 얼굴은 영양실조로 누렇게 떠 있었고, 버짐 꽃이 허옇게 피어 있었다.

그 무렵 미군부대에서 가끔 나눠주는 탈지분유는 참으로 귀한 식품이었다. 우유가 오면 학교에서는 운동장에 화덕을 만들어 놓고 커다란 가마솥에 탈지 분유를 끓였다. 우유 가루를 물에 풀어 끓이는데, 많은 양을 끓이다 보니 밑바닥이 눌어 탄 내가 나기도 했다. 커다란 솥에서 설설 끓던 뽀얀 우유는 보기만 해도 침이 꿀꺽 넘어갔다. 줄을 서서 받아 마시던 우유는 생전 처음 맛보는 특별한 맛이었다. 고소하고 달착지근하고, 게다가 몸에 좋은 영양소가 골고루 들어있다는 선생님 말씀에 우리들은 한 방울이라도 흘릴세라 꿀꺽꿀꺽 다 마시곤 했다.

별 맛은 없다 해도 성장기 아이들에게 우유 만한 음료는 없다. 탄산 음료나 과일향으로 맛을 낸 청량 음료들과는 비교할 수 없는 것이 우유다. 어떻게 든 아이들에게 우유를 먹이려고 나는 열심히 아이들에게 우유를 광고한다. 연예인들 이름까지 들먹이면서.

"조인성처럼 키 크고 싶지 않아? 키 크는 데는 우유가 최고야."

"우유 많이 먹으면 얼굴이 뽀얗고 예뻐진단다. 장나라 언니처럼."

아프리카와 방글라데시 어린이 이야기도 곁들인다. 갈비뼈가 아

른거리는 깡마른 몸에 배만 뽈록 튀어나온 아이들의 사진도 보여
준다.

"이 아이들 좀 봐라, 배가 고파 울고 있잖아. 세상에는 먹을 게 없
어 굶는 아이들이 많단다. 너희들 배 고파서 울어 본 적 있어? 배고
픈 건 세상에서 가장 슬픈 일이야."

제티를 섞어 먹는 방법도 시도해 보았다. 쵸코렛 맛이 나는 가루
를 섞으면 달콤한 초코 우유로 변하고, 바나나 맛 나는 가루를 섞
으면 바나나 우유가 된다. 밍밍한 맛보다는 달콤한 맛을 아이들은
좋아했다. 비스켓을 사서 우유와 함께 나눠주기도 했다. 짭짤한 크
래커는 우유와 잘 어울렸다.

그러나 우유를 버리는 아이들은 아직도 사라지지 않는다. 교정
후미진 곳에는 아직도 우유팩이 뒹굴고, 화단 풀숲에도 한 두 개씩
숨겨져 있다. 심지어는 학교 지붕 위에도 우유팩이 굴러다닌다. 고
학년 아이들이 위층에서 내던진 우유다. 아이들에게 꼭 필요한 완
전식품, 우유를 싫어하는 우리 아이들에게 어떻게 우유를 먹여야
할 지, 아직도 나는 명쾌한 해답을 얻지 못하고 있다.

점심시간

　하루 중 아이들이 제일 좋아하는 건 점심시간이다. 답답한 교실을 벗어나는 것만으로도 아이들은 신바람이 난다. 맛있는 점심을 먹으며 친구들과 이야기도 나누고 실컷 장난도 칠 수 있으니, 아이들은 시계를 보며 점심시간을 기다린다.

　우리 반 점심 시간은 11시 50분부터다. 전교생의 식사시간이 분 단위로 정해져 있기 때문에 시간을 꼭 지켜야 한다. 넷째 시간이 끝나면 아이들은 복도에 나가 줄을 서서 식당으로 향한다. 걸어가면서도 아이들은 연신 재잘대고 장난친다. 식당 앞 세면대에서 손을 씻고 안으로 들어간다. 식당 안은 와자지껄하여 귀가 멍멍하다. 식판과 수저를 들고 아주머니들 앞을 지나는 동안 식판에는 밥과 국과 반찬들이 척척 올려진다.

　매월 초에 한달 식단표가 나오는데 매일 메뉴가 바뀐다. 영양사 선생님은 계절에 따라 알맞은 재료를 선택해 다양하게 식단을 짠다. 이렇게 맛있고 영양가 있는 점심이 아주 저렴한 값에 공급된다는 사실이 놀랍다. 큰 돈 들이지 않고 이만한 점심을 마련할 수 있는 것은 순전히 영양사 선생님과 주방 아주머니들의 알뜰하고 지혜로운 운영 방법에 있다.

학교 급식은 아이들에게나 어머니들에게 참으로 고마운 일이다. 아이들은 번거롭게 도시락을 갖고 다니지 않아 좋고, 어머니들은 새벽부터 일어나 도시락 싸는 수고에서 해방되었다. 예전에는 아이들도 선생님도 도시락을 가지고 다녔다. 점심시간에는 아이들과 함께 도시락을 먹었는데 마주앉아 밥을 먹다 보면 미처 모르고 있던 아이들의 특성도 발견할 수 있고, 고민이나 불만 사항도 들을 수 있었으니, 점심시간은 자연스런 개인 면담시간이었던 셈이다.

가끔 동료 여선생님들과 함께 먹을 때도 있었다. 햇병아리 교사였던 나는 솜씨 좋은 선생님들에게서 반찬 만드는 법도 배우고, 살림하는 법도 귀동냥으로 얻어 들었다. 남편 자랑이나 자식 자랑도 들어주고, 시집살이 하는 새댁 선생님의 하소연을 들으며 함께 눈물을 흘리기도 했다

교직에서 떠난 뒤 한동안은 도시락을 잊고 살았다. 그러나 결혼하여 세 아이의 학부모가 되면서 도시락 싸는 일이 다시 시작되었다. 아이들이 중고등 학교를 다닐 때는 새벽부터 일어나 다섯 개씩 도시락을 싼 적 도 있다. 초등학교부터 중고등학교를 마칠 때까지, 내가 싼 도시락들을 쌓아 올린다면 아마도 건물 몇 층 높이는 될 것 같다.

아이들은 음식이 담긴 식판을 들고 식탁에 앉아 먹기 시작한다.

쩝쩝거리는 소리, 재잘대는 소리, 낄낄거리는 소리, 수저와 식판이 부딪치는 소리, 전 학년 학생들이 만들어 내는 소리로 귀가 멍멍하다.

얌전히 앉아 밥을 먹는 아이는 별로 없다. 무슨 할 말이 그리도 많은 지, 밥을 먹으면서도 연신 재잘거리느라 바쁘다. 몇몇 아이들은 다음 학년이 들어올 때까지 다 먹지 못해 식당 아주머니들의 눈총을 받는다. 다음 반 아이들에게 앉을 자리를 내줘야 하기 때문이다.

늦게 먹는 아이들은 정해져 있다. 원우와 효진이, 연주와 민영이다. 원우와 효진이는 잠시도 가만있지 못하는 장난꾸러기들이다. 밥을 먹으러 온 건지, 놀러 온 건지, 잠시도 가만있질 못한다. 친구 반찬을 슬쩍 빼앗아 먹기도 하고, 괜히 친구들을 집적거려 싸움을 걸기도 한다. 연주는 가리는 음식이 너무 많다. 파도 당근도 시금치도 생선도 싫어, 식탁에 앉자마자 이것저것 골라내기 바쁘다.

민영이는 워낙 몸이 약하고 행동도 느리다. 하도 늦게 먹기에 어느 날 내가 옆에 앉아 떠 먹여 보았다. 처음에는 잘 받아 먹더니 나중에는 먹은 것을 '웩'하고 다 토해놓는 바람에 치우느라 혼이 났다. 그 후로는 민영이가 아무리 늦게 먹어도 재촉하지 않는다. 네 아이들만 남겨두고 교실로 돌아가 다음 시간을 준비한다.

재잘거리고 장난치느라 시끄럽기는 하지만 그래도 점심시간은 즐겁다.

맛있는 음식이 있고, 즐거운 웃음이 있기에.

봄 소풍

기다리던 소풍 날이다. 어제 오후까지도 구름이 잔뜩 끼어 걱정했는데, 아침에 일어나니 햇살이 환하게 비치고 있다. 아이들의 기뻐하는 모습이 눈에 선하다. 다른 날보다 일찍 학교로 향한다.

우리 2학년은 가까운 여주驪州로 간다. 여주는 감곡에서 가까운데다 세종대왕릉世宗大王陵을 비롯하여 목아木芽박물관, 명성황후明聖皇后생가, 신륵사神勒寺 등 명소가 많아 저학년 소풍지로 안성맞춤이다. 오늘 우리는 세종대왕릉을 둘러보고 가까이 있는 강가에서 놀다 오기로 했다. 강가는 '금모래 은모래'라는 별명이 붙어있을 만큼 백사장이 아름답다.

운동장에는 아이들이 타고 갈 버스가 여러 대 늘어서있고 배웅 나오신 어머니들이 여기저기 서 있다. 요즘은 대부분 버스를 타고 소풍을 간다. 2,30리 길을 걸어서 갔던 예전에 비하면 너무 편한 소풍이다. 교통이 편리해져 가까운 곳은 버스나 자가용으로 거의 다 가보았기 때문에, 조금 먼 곳으로 버스를 타고 간다. 버스 값과 입장료를 포함한 약간의 소풍비를 거두지만 불평하는 사람은 없다.

교문 앞에는 아이들의 코 묻은 돈을 노리는 장사꾼들이 늘어서 있다. 장난감 장사, 솜사탕 장사, 과자 장사…… 대체로 불량 식품이고 불량 장난감이지만 아이들의 호기심을 끌기에는 충분하다. 아이들은 부모님이 준 주머니 속의 비상금을 만지작거리며 교문 앞을 서성거린다. 벌써 무언가 사 들고 돌아서는 아이들도 있다. 우리 반 수빈이도 어느새 뭘 산 모양이다. 나를 보더니 멈칫하며 무언가 주머니에 쑥 집어 넣는다.

교문을 들어서 화단 옆을 지나는데 옆 반 오성이가 다가온다. 그리고 종이에 싼 것을 불쑥 내민다. 내 점심 도시락이란다.

"웬 도시락이야, 너희 담임 선생님께 드려야지."

"우리 선생님 건 여기 있어요. 이건 선생님 꺼예요."

담임도 아닌 내 도시락을 준비해 오다니, 너무 뜻밖이고 감동이다. 오성이는 유난히 몸집이 커 눈에 띄는 아이다. 중학생이라 해도 믿을 만큼 키가 크고 체격도 당당하다. 그러나 큰 몸집과는 달리 한없이 착하고 신통하다. 힘 자랑도 안하고 친구들을 괴롭히는 법도 없고, 오히려 약한 친구들을 동생처럼 보살펴주니 아이들은 물론 선생님들도 오성이를 좋아한다. 아침부터 오성이가 나를 감동시키니 오늘은 시작부터 기분이 좋다.

교실에는 벌써 아이들이 거의 다 와 있다. 모두들 두둑한 가방을 메고 싱글벙글이다. 잠시 후 민영이와 동희, 지수가 들어온다. 전원 출석이다. 빠르게 출석을 부르고 잠시 기도한 다음, 운동장으로 나간다. 차례차례 버스에 아이들을 태우고 다시 한번 인원을 확인한 다음 출발한다. 어머님들이 손을 흔들며 우리를 배웅한다. 우리 반은 1반 친구들과 같은 버스를 타고 간다. 버스에는 노래방 시설이 되어있어 아이들은 신바람이 났다. 번갈아 마이크를 잡고 큰소리로 노래를 부르며 기분을 낸다. 우리 반 아이들은 아는 노래가 많다. 틈틈이 가르쳐 준 동요가 제법 많아 불러도 불러도 끝이 없다.

1반 담임 최선생님은 본가가 여주라서 지름길을 훤히 아신다. 버스는 논밭 사이로 난 국도를 달린다. 차창 밖으로 보이는 산하는 온통 연두와 초록으로 싱그럽다. 참 좋은 계절이다. 여주는 땅이 비옥하여 여주 쌀은 임금님께 진상했을 정도로 품질이 우수하단다. 고구마, 땅콩도 맛있고 도자기도 유명하고, 최선생님의 여주 자랑은 끝이 없다. 감곡을 떠난 지 40분쯤 걸려 영릉英陵에 도착했다.

오랜만에 본 영릉은 많이 달라져 있었다. 능 주변은 깔끔하게 잔디가 깔려있었고, 세종대왕의 업적을 전시해 놓은 기념관도 있다. 아이들은 능 주위를 돌아보기도 하고 기념관에도 들어가 보고, 잔디 위를 뒹굴기도 한다. 위험한 곳이 없으니 크게 걱정하지 않아도 된다.

영릉 앞 넓은 잔디밭에서 이른 점심을 먹기로 한다. 버스에서부터 가방을 열었다 닫았다 하던 아이들은 최선생님의 말이 끝나기 무섭게 환호한다. 삼삼오오 둘러앉아 가방을 열고 도시락을 펼친다. 그리고 양 볼이 불룩해지도록 김밥과 과일을 우겨 넣는다. 어머니들의 정성이 가득 담긴 도시락이니 얼마나 꿀맛일까.

오성이 것과 반 아이들이 싸온 도시락으로 나도 점심을 포식한다. '금모래 은모래'는 이름처럼 고운 모래가 깔려있는 아름다운 백사장이다. 강가에는 동글동글한 자갈도 많다. 모래 밭에서 반 별로 달리기 시합도 하고, 닭 싸움도 벌인다. 아이들의 응원 소리가 백사장 가득 울려 퍼진다.

강 건너편에 유명한 신륵사神勒寺가 있는데 오늘 일정에는 빠져 있다. 신륵사는 고승 나옹선사가 꽂아놓은 지팡이에서 싹이 돋아 거목으로 자랐다는 660년된 은행나무가 유명하다. 아이들과 함께 강 건너편을 향해 크게 소리쳐 보는 것으로 아쉬움을 달랬다.

강변에서 기운을 다 뺐는지 돌아오는 버스 안은 너무 조용하다. 심지어 자는 아이들도 있다. 최선생님이 아이들을 흔들어 깨운다. 학교에 도착할 때까지 장기자랑을 하자고 하신다. 아이들은 노래도 부르고, 수수께끼도 내고, 심지어 유행가를 부르는 아이도 있다. 신청자들이 많아 장기자랑은 학교에 도착할 때까지 이어진다.

운동장에는 어머니들이 마중나와 계셨다. 다친 사람도 없고 배탈난 사람도 없고 싸움질한 사람도 없이, 무사히 다녀온 것이 너무 감사하다. 내일은 봄 소풍에 대한 그리기과 글짓기를 해야겠다. 얼마나 멋진 그림이 나올지, 얼마나 재미있는 글이 나올 지, 기대가 된다.

즐거운 숙제

　나는 2학년을 맡고 있다. 2학년 아이들은 어느 정도 학교생활에 익숙해져 제법 말귀도 잘 알아듣고 벌써 공부 습관이 붙은 아이들도 있다. 그러나 저들은 아직 열 살도 안된 어린 것들이다. 나와 함께 하는 일년만이라도 공부 스트레스에서 벗어나게 해주고 싶었다. 교실에 풍금이 있어 틈만 있으면 동요를 가르쳐 주고 함께 불렀다. 아름다운 우리 동요가 너무 많은데, 걸 그룹이나 아이돌 가수의 노래, 심지어는 트롯을 따라 부르는 아이들도 있어 안타까웠다.

　자기 생각을 당당히 말할 수 있는 자신감을 키워주고 싶어 말할 기회를 많이 만들어 주었다. 책에서 읽은 이야기, TV에서 본 이야기, 부모님께 들은 이야기, 무슨 이야기를 해도 귀담아 들어주고 칭찬해 주었다. 노래를 좋아하는 아이에게는 노래를, 악기를 다룰 줄 아는 아이에게는 악기연주를, 운동을 좋아하는 친구들은 운동을, 줄넘기 잘 하는 아이는 줄넘기를 자랑하게 했다.

　피아노나 바이올린이 아니더라도 오카리나, 하모니커, 리코더 같은 간단한 악기라도 배우기를 권했다. 친구들 앞에서 거리낌 없이 내 생각을 말하고 내 재능을 자랑할 기회를 만들어 주려 애썼다. 수줍어하는 아이들도 간혹 있었지만 점차 용기를 내는 모습이 대견했다.

그래도 아이들에게 숙제는 꼭 내 주었다. 보통은 학교에서 배운 것을 복습하는 숙제를 내지만 우리는 달랐다. 학교 끝나면 학원을 몇 군데씩 들르는 아이들에게 나까지 공부를 보태고 싶지 않아 공부와는 전혀 상관없는 숙제를 냈다. 가족과 이웃 기쁘게 해드리기, 집안 일 돕기, 운동하기, 고마운 것 찾기, 이 네 가지 중에서 숙제를 낸다.

"오늘 숙제는 부모님 어깨 주물러 드리기인데, 할 수 있겠어요?"

아이들은 문제없다고, 잘 할 수 있다며 고래고래 소리를 지른다. 엄마 아빠 꼭 안아드리기, 다리 주물러 드리기, 어른들 손 만져보고 뽀뽀하기, 엄마 아빠와 팔씨름 하기, 책 읽어 드리기, 노래 불러 드리기, 고맙다 사랑한다 말하기, 이런 것들이 우리 반 숙제다.

집안 일 돕는 숙제도 자주 낸다. 식탁에 반찬을 나르기, 현관 정리하기, 이부자리 개기, 엄마 심부름 하기, 화초에 물주기, 아빠 구두 닦아 드리기 등이다. 좀 어려운 숙제라면 부모님 발 씻겨 드리기, 동생 밥 먹여주기 정도다. 운동하는 숙제도 자주 낸다. 줄넘기 하기, 아파트 계단 걸어 올라가기, 동네 한바퀴 돌아보기, 훌라후프 돌리기, 놀이터 한바퀴 돌기 등이다.

가끔 공책에 써오는 숙제도 내지만 공부와는 전혀 상관이 없다. 기뻤던 일, 고마웠던 일, 재미있었던 일, 자랑하고 싶은 일을 써오는 숙제다. 처음에는 잘 생각나지 않는다던 아이들도 나중에는 수십 개씩, 한 페이지 가득 써 온다.

> 엄마가 잡채를 만들었어요. 할머니께 전화했어요. 길에서 목사님을 만났어요. 엘리베이터에서 먼저 인사했어요. 예쁜 운동화를 샀어요. 이웃 아주머니 장 바구니를 들어 드렸어요. 삼촌이 자전거를 태워 줬어요. 부동산 아저씨에게 인사를 했어요. 친구가 많아 좋아요. 놀이터에서 쓰레기를 주웠어요. 엄마가 파마를 했어요. 이웃 할머니와 이야기를 나눴어요. 우리집에서 예배를 드렸어요. 피아노 학원 등록했어요. 태권도가 재미있어요. 동생이 배탈 났는데 다 나았어요. 옆 집에 새친구가 이사 왔어요. 동생이 너무 귀여워요. 할머니 할아버지가 집에 오셨어요. 누나가 있어 좋아요. 종이접기가 신기해요

작은 것이라도 감사거리를 찾으려 애쓰니 아이들의 감사 노트는 점점 풍성해 진다. 아이들의 감사 노트를 읽을 때마다 나는 너무 행복하다. 부모님들의 흐뭇한 미소도 떠오른다. 간혹 학력 저하를 염려하는 학부모들도 있지만 개의치 않는다. 저들은 이제 초등학교 2학년, 앞으로 10여년은 공부에 매달려 살아야 하는데 아직은 힘들게 하고싶지 않다.

아빠가 뽀뽀해줬다고 넌지시 자랑하는 아이, 할머니한테 용돈 받았다는 아이, 경비아저씨에게 칭찬받았다는 아이들의 자랑을 들으면 내가 더 기쁘다. 먼 훗날 우리 아이들이 초등학교 2학년 때를

인생에서 가장 행복했던 시절로 추억해 주기를 바라며, 나는 재미있는 숙제거리가 뭐 없을까 늘 궁리한다.

오늘은 무슨 숙제를 낼까? 엄마 아빠와 팔씨름? 줄넘기 100번은 어떨까?

도깨비와 개암

7월은 학교에서 눈코 뜰 새 없이 바쁜 시기다. 1학기를 마무리하는 때라 성적표도 만들어야 하고 여름방학 계획도 세워야 하고, 할 일이 줄을 서 있다. 이 바쁜 때 나는 괜한 일을 벌려 동동거리고 있다. 뭐든지 한 발 늦는 사람이 하필 이 때 학부모까지 초대해 발표회를 하겠다니, 이 무슨 엉뚱한 짓인가.

국어 교과서에 '도깨비와 개암'이라는 전래 동화가 나온다. 착한 나무꾼이 나무 하러 갔다가 개암을 줍느라 날이 저물어, 빈 집에서 잠을 자다 도깨비들을 만나 어찌 어찌해서 큰 부자가 된다는 내용이다. 이 동화를 연극으로 꾸며 팀 별로 공연을 했는데, 얼마나 연습들을 많이 했는지 팀마다 그야말로 열연熱演이었다. 너무 기특해서 칭찬을 해 준 것이 화근이었다.

"너희들 정말 대단하다, 선생님 혼자 보기 아까운 걸……."

내 말이 끝나기 무섭게 아이들이 아우성을 쳤다.

"부모님들께도 보여드리면 되잖아요."

"엄마들 앞에서 해보고 싶어요."

아이들은 이구동성으로 부모님들 앞에서 하고 싶다는 것이었다. 학기말이라 선생님이 할 일이 많아 안 되겠다 했더니 아이들은 막무가내였다. 준비는 저희들이 다 할 테니 선생님은 허락만 해달라 떼를 쓰는데 당할 재간이 없었다. 아이들 성화 허락은 했지만 일이 간단칠 않았다. 말로는 저희들이 다 하겠다지만 부모님까지 초청하는 발표회를 아이들에게만 맡겨둘 수는 없지 않은가. 부모님들 앞에서 달랑 연극 하나만 보여줄 수는 없고, 갑자기 머릿속이 복잡해졌다.

잘 해보고 싶은 욕심도 생겼다. 노래도 부르고, 동시도 외우고, 악기 연주도 하고, 장기 자랑도 하고, 운동 좋아하는 아이들도 참여시키면 좋을 것 같았다. 초청장도 보내야 하고, 순서도 정해야 하고, 연극 배경도 그려야 하고, 소품 준비도 해야 하고, 할 일이 끝도 없었다. 괜히 칭찬 한번 했다가 일거리를 만든 셈이다.

그 동안 배운 노래 중에서 몇 곡을 골라 주었더니, 율동은 저희들끼리 해보겠단다. 반 친구들 모두 동시도 몇 편 외우고, 수연이는 오카리나를, 규진이는 하모니카를 불기로 했다. 태권도장 다니는 친구들은 품새 시범을 보여주겠다 하고, 몇몇 남자 아이들은 재주 넘기를, 여자 아이들은 훌라후프와 줄넘기를 하고…… 반 아이들 모두가 즐겁게 참여하는 발표회가 되었다.

그 중에서도 연극은 준비할 게 많았다. 오디션을 보아 다시 배역을 정하고 소품을 준비하고 분장도 해야 한다. 설아 어머니가 배경 그림을 맡아 주셔서 큰 일 하나는 덜었다. 분장은 연주 어머님께 부탁했고, 연극에 쓰이는 소품, 과일, 떡, 과자는 조금씩 나누어 가져오기로 했다. 간단히 초대장도 썼다.

-초대합니다-
1학기를 마치며 우리 반 친구들이 작은 발표회를 준비했습니다.
바쁘시더라도 오셔서 함께 해 주십시오
때 : 7월 00일 11시   곳 : 우리 교실

발표회 날은 바로 여름방학 전날이었다. 우리는 아침부터 분주했다. 설아 어머님이 그려 온 연극 배경 그림은 보이지 않는 곳에 숨겨놓고, 책상을 모두 한쪽으로 밀어 교실 중앙에 무대를 마련했다. 시간이 되자 어머니들이 하나 둘 교실로 들어오셨다. 복숭아 수확 철이라 바쁘실 텐데 열 아홉 분이나 오셨다. 준비한 의자가 부족해 몇 개를 보충했다. 창훈이, 솔이, 동희, 호진이, 민영이, 연주, 수연이, 아영이, 혜수, 원우, 규진이, 기형이 어머님이 오시고, 직장에 나가시는 지수 어머니도 틈을 내셨다. 수아네는 아버님까지 오셨다. 일호와 영태는 할머니들이 오시고, 새롬이 어머니는 어린 동생 둘을 데리고 오셨다.
  아이들은 연습할 때보다 훨씬 더 잘했다. 신나게 노래를 부르고 율동을 하고 동시를 줄줄 외우고 훌쩍훌쩍 재주를 잘 도 넘었다. 폴짝폴짝 줄넘기도 하고 홀라후프도 잘 돌렸다. 최고의 인기는 역시 연극이었다. 아이들이 어찌나 능청스럽게 연기를 잘 하는 지 관람석(?)에서는 연신 웃음이 터졌다. 마지막으로 다 같이 동요 메들리를 부르는 것으로 발표회가 모두 끝났다.

부모님들과 함께 연극 소품으로 준비한 다과를 먹으며 발표회 감상을 나눴다. 아이들은 저희끼리 준비했다는 자부심으로 상기되어 있었고, 부모님들은 자녀들의 숨겨진 재능을 발견했다며 놀라워했다. 아이들과 부모님들의 흐뭇한 표정으로 보아 오늘 발표회는 대 성공이었다.

　학교에서는 일년 내내 크고 작은 행사가 열린다. 그러나 그 많은 행사 중 아이들이 진정으로 원하고 아이들이 주관하는 행사는 그리 많지 않다. 어떤 행사는 의례적인 연중 행사로, 어떤 행사는 교육청의 지시로, 선생님들의 독려로 마지 못해하는 행사도 있다. 오늘 발표회처럼 아이들이 정말 좋아서 스스로 준비하고 기쁘게 참여한 행사는 극히 드물다

　예상했던 대로 일이 많이 밀렸다. 성적표도 마무리 해야 하고, 출석 통계도 내야 하고, 방학 계획서도 점검해 프린트해야 하고…….내일까지 마감해야 할 일이 꽤 많다. 저희들끼리 준비한다고 큰소리 쳤지만 실제로는 내 일이 더 많았다.

　어려운 일을 해 냈을 때 성취감이 더 크듯, 바쁜 와중에 마련한 행사라서 더 뿌듯하다. 진정으로 아이들이 기뻐하는 행사를 해냈다는 자부심 때문인지, 학년 주임의 재촉에도 여유가 생긴다.

　"죄송합니다. 퇴근 전까지 꼭 제출할게요."

　먼 훗날, 우리 아이들이 오늘의 발표회를 아름답고 소중한 추억의 한 장면으로 기억해 준다면 나는 더 바랄 것이 없겠다.

학예회 三景

一景

사물놀이 패의 흥겨운 한마당으로 막이 오른다.

울긋불긋한 사당패 차림의 풍물꾼들이 징 북 장구 꽹과리를 들고 무대 위에 앉아 있다. 둥 둥 둥 둥 북소리를 시작으로 흥겨운 리듬이 이어진다. 어깨 춤이 절로 나온다. 느렸다가 빨라지고, 자지러질 듯 작아지는가 하면, 다시 살아나 강당이 떠나도록 울려대며 미친 듯이 몰아친다. 꼬마 풍물꾼들의 신들린 듯한 연주에 넋을 잃고 있는 사이 막이 내리고 다음 순서가 기다린다.

1학년 꼬마의 애교 있는 첫인사에 이어 신나는 리듬합주가 이어진다. 다음은 유치원생들의 무언극인데 제목이 너무 거창하다. '이것이 인생' 사람이 태어나 어른이 되고 노인이 되어가는 과정을 코믹하게 표현한다. 남산만한 배를 하고 침대 위에 누운 여자아이의 뱃속에서 의사가 인형을 쑥 뽑아내는 장면에서 관객들은 배꼽을 잡는다. 허연 수염을 붙인 할아버지와 꼬부랑 할머니가 지팡이를 집고 걸어가는 마지막 장면까지, 한바탕 실컷 웃는 동안 사람의 한

평생이 훌쩍 지나갔다. 실로 인생의 덧없음에 고개가 끄덕여진다.

영어 노래와 영어 연극 순서가 몇 개씩 있는 걸 보니 국제화 시대를 실감한다. 고학년 남학생들의 태권도 시범이 있고 수화를 하며 노래 부르는 순서도 있다. 학예회의 하이라이트는 5학년의 패션쇼다. 어른들의 화장과 헤어스타일을 흉내 낸 어린이들이 뾰족구두를 신고 모델 걸음을 흉내 내며 무대 가운데로 걸어 나와 코믹한 표정과 몸짓으로 포즈를 취한다. 무스 범벅을 한 머리, 새빨간 립스틱, 선정적인 음악, 출연자들도 관람객들도 신바람이 난다. 그들의 코믹한 포즈에 배를 잡고 웃다가도 짐짓 씁쓸해지는 것은 무슨 까닭일까.

二景

무대를 가득 메운 대규모 합창단의 아름다운 화음으로 막이 열린다.

뒤이어 하얀 발레 복을 입은 여학생들이 사뿐사뿐 '백조의 호수'를 춤춘다. 잠자리 날개 같은 발레 복 아래로 하얀 타이즈를 신은 쭉 뻗은 다리가 날렵하게 움직인다. 무용수가 토슈즈를 신고 발끝으로 턴을 하면 여기저기서 박수와 환호성이 터진다. 무용극 '개구리 왕자'도 재미있다. 마법에 걸린 개구리 왕자가 공주의 따뜻한 사랑으로 다시 왕자로 돌아오는 내용인데, 개구리가 왕자로 변신하는 장면에서 '펑'소리와 함께 하얀 연기가 무대위로 치솟아 관객들을 놀라게 한다.

고전무용은 화려한 의상이 볼거리다. 꼬마들의 귀여운 꼭두각시

춤, 하얀 원삼 자락으로 흥을 돋우는 태평무, 칼을 휘두를 때마다
철거덕 철거덕 소리가 나는 검무, 원삼 족두리로 치장한 화관무,
화려함의 극치인 부채춤 등 다양한 고전무용이 번갈아 가며 무대
를 아름답게 수 놓는다.

독창도 있고 이중창도 있고 악기 연주도 있다. 피아노, 바이올린
으로 독주도 하고 이중주도 한다. 여러 악기가 어울려 연주하는 합
주도 멋있고, 리듬합주도 신이 난다. 열심히 연습한 흔적이 역력하
다. 오랫동안 갈고 닦은 기량을 마음껏 펼치던 그 시절의 학예회는
어른들도 혀를 내두를 만큼 수준이 대단했다.

三景
한국 전쟁 직후 시골 초등학교의 학예회다.

겨울 피난 때 밀려 내려온 피난민들의 실화失火로 교사가 전소全
燒되어, 동네 사랑방을 전전하며 공부하던 시절이건만 해마다 학
예회는 꼭 했다. 다행히 마을에 작은 공회당이 있어 학예회 장소로
사용되었다.

학예회 날은 동네 축제날이었다. 근동 사람들은 아침 일찍부터
나들이 옷을 갈아입고 공회당으로 모여들었다. 구경거리라곤 없는
시골에서 내 자식들이 벌이는 재롱잔치 만한 볼거리가 또 어디 있
을까. 흙 바닥에 멍석을 깔고 다닥다닥 붙어 앉아 구경했지만, 좁
다고 엉덩이 아프다고 투덜대는 사람은 아무도 없었다.

풍금도 없고 마이크도 없고, 그저 아이들이 목청껏 부르는 노래
와 율동이 고작이었다. 여럿이 한 목소리로 제창을 하고, 목청 좋은

아이는 독창도 했다. 무용순서가 있지만 발레나 고전무용이 아닌 단순한 손유희였다. 무용 복은 꿈도 못 꾸고 치마 저고리를 곱게 차려 입는 것이 무용수(?)들의 공통된 의상이었다.

학예회 날이면 내게도 새 옷이 생겼다. 그해 어머니는 학예회를 위해 진달래 빛 치마저고리를 지어 주셨다. 얼굴까지 진달래 빛으로 물드는 화사한 분홍이었다. 그 옷을 입고 나는 잠자는 아기 역할을 했다. 6학년 언니들이 내 주위를 빙빙 돌며 춤을 추면, 나는 언니들의 춤이 끝날 때까지 눈을 꼭 감고 자는 척했다.

그날 현아와 평자와 나는 '별 삼형제' 무용도 했다.

'날 저무는 하늘에 별이 삼형제

반짝반짝 정답게 비추이더니

웬일인지 별하나 보이지 않고

남은 별만 둘이서 눈물 흘리네'

우리는 치마 저고리에 별 왕관을 쓰고 친구들이 부르는 노래에 맞춰 손유희를 했다. 치마 저고리 색깔은 제 각각이지만 노란 별 왕관은 선생님이 똑 같이 만들어 주셨다. 우리 동네 유일한 병원 집이던 평자네 안방에는 우리 셋이 별 왕관을 쓰고 어깨동무하고 찍은 사진이 꽂혀 있었다. 그 사진이 보고 싶어 나는 틈 만 나면 평자네 안방을 기웃거렸다.

비록 초라한 학예회지만 관람객들은 열광했다. 똑 같은 의상에 겹치기 출연이 다반사지만 구경꾼들의 관람 태도는 너무 진지했다. 떠드는 사람도 없고 딴 짓 하는 사람도 없고, 프로그램이 끝날 때마다 환호가 터졌다. 누가 떠들거나 일어서면 여기저기서 호통이 따랐다.

"조용히들 해유, 안 들리잖유."

"뒷 사람 안 보여유, 언능 앉어유"

한마디면 끝이었다. 떠드는 사람도 없고 왔다 갔다 하는 사람도 없었다.

"쟤는 뉘 집 딸이랴, 몇 번씩 나오는구면."

"양조장 집 외손녀잖여, 이쁘지?"

"즈이 엄마랑 똑 닮았네 그랴."

나는 그 학예회가 제일 좋았다. 너무 그립다.

교실별곡 敎室別曲

수업이 끝나고 아이들이 돌아가면 떠나갈 듯 소란스럽던 교실이 침묵의 공간으로 변합니다. 그 공간에 음악을 채웁니다. 모차르트, 베토벤, 차이코프스키, 슈베르트, 때로는 조수미, 최현수, 사이먼과 가펑클, 비틀즈까지 불러들입니다. 음악이 흐르는 공간에 그윽한 향기를 더합니다. 아름다운 음악과 함께 향기로운 커피향을 음미하는 시간이면 어김없이 떠오르는 말이 있습니다. '잭 니콜슨'이 주연한 영화의 제목이지요.

'이보다 더 좋을 순 없다'

새로 지은 학교라 교실은 흠잡을 데가 없습니다. 정남향이라 밝고 따뜻합니다. 교실 한가운데 서른여섯 개의 책상이 가지런히 놓여있고, 뒤에는 아이들의 작품 전시대와 사물함, 왼쪽에는 시계와 달력, 오른쪽 에는 동화책들이 빼곡히 꽂힌 책꽂이가 있습니다. 교실 앞쪽에는 각종 기자재들이 즐비합니다. 칠판, TV, VTR, 전자 피아노, 실물 화상기, 컴퓨터 등. 모두 아이들을 가르치는데 필요한 기기들이지요. 각가지 첨단 시설에 아이들과 나의 정성이 더해져,

교실은 더없이 아늑하고 아름다운 공간이 되었습니다.

나는 하루의 대부분을 이곳에서 보냅니다. 아이들을 가르치고, 교재를 연구하고, 수업자료를 준비하고, 학모님들과 상담도 합니다. 그러나 교실의 진짜 주인은 따로 있습니다. 서른 여섯 명의 아이들이지요. 그들은 공부하고 노래하고 장난치고, 쉴 새 없이 재잘대며 웃음소리와 고함소리를 쏟아냅니다. 아이들이 머무는 동안 교실은 살아 숨쉬는 생명체처럼 활기가 넘칩니다.

아이들이 돌아간 오후, 교실은 온전히 내 것이 됩니다. 음악을 듣고, 신문을 보고, 원고를 쓰고, 독서 삼매경에 빠지기도 합니다. 집보다 교실이 좋아 퇴근 후에도 이런저런 일거리를 만들어 늦게까지 남아있곤 했었지요. 해가 짧은 겨울에는 날이 어두워진 걸 모르고 있다가 화들짝 놀라 뛰어 나온 적도 많았습니다. 캄캄한 긴 복도를 발소리를 죽여가며 살금살금 빠져나올 때면 '여고괴담' 한 장면이 떠올라 머리끝이 쭈뼛해 지곤 했답니다.

교실은 내 연습실이자 공연장입니다. 바이올린을 연습하고 피아노를 연주하고 그림을 그리고, 때로는 나지막한 목소리로 노래도 부릅니다. 청중도 관객도 없는 소박한 공연장이 내게는 너무 소중합니다. 아늑한 연습실이 있어 나는 더 많은 것을 배우고 익힐 수 있었습니다.

나는 교사라는 내 직업에 만족합니다. 월급이 많아서도 아니고 명예가 있어서도 아닙니다. 때묻지 않은 순수한 영혼들과 교감하며 그들에게 꿈과 용기를 심어주는 일은 무엇과도 바꿀 수 없는 보람이지요. 게다가 대기업 임원실에 버금가는 널찍한 교실까지 덤으로 주어지니 더 이상 무엇을 바라겠습니까.

음악의 볼륨을 한껏 높입니다. 시끄럽다고 눈살 찌푸릴 사람 아무도 없습니다. 이 공간에서 나는 자유인이고, 내게 주어진 자유를 만끽하는 것은 나만의 특권입니다. 그러나 세상의 모든 만남에는 헤어짐이 따르듯, 우리에게도 이별의 시간이 다가오고 있습니다. 떠날 날이 다가올수록 교실을 향한 애틋함이 더해집니다. 마지막 몇 달은 곶감 꽂이의 맛난 곶감을 하나씩 빼먹는 심정이었지요. 하루하루가 너무 소중하고 아까웠습니다.

요즘 나는 이별을 앞둔 연인처럼 교실 구석구석, 물건 하나하나를 애틋한 눈길로 바라보고 만져보고 쓰다듬어 봅니다. 아이들 책상의 낙서를 지우고, 책꽂이를 정리하고, 피아노를 닦으며 교실의 모든 것들과 작별 인사를 나눕니다.

사랑해, 고마웠어…….

앞으로 사는 날 동안 나는 이곳을 잊지 못할 것 같습니다. 온 마음을 다해 사랑한 어린 친구들, 그들과 함께한 수 많은 추억과 땀방울들이 여기 있으니까요. 작은 음악회, 종이 접기, 장기 자랑, 연극 공연, 전시회…… 그 아름다운 시간들을 어찌 잊을 수 있을까요.

나의 한 시절이 고스란히 녹아있는 추억의 공간,

언제라도 달려가 머물고 싶은 그리움의 공간, 내 교실…….

그대와의 이별을 못내 아쉬워하며, 뜨거운 사랑과 감사를 전합니다.

사랑합니다, 고맙습니다
(미리 써보는 유서)

　빈손으로 세상에 와서 참 많은 것을 소유하고 누리며 살았습니다. 많은 걸 보고 배우고 경험했으며, 세계 곳곳을 여행하며 견문을 넓히는 호사도 누렸습니다. 사랑하는 가족과 좋은 친구들이 있어 더욱 풍성한 삶이었지요.

　힘겹고 아픈 시간도 분명 있었건만 죽음 앞에서 돌아보니 매 순간이 황홀한 꿈이었습니다. 많은 추억을 안고 떠날 수 있어 행복합니다. 나를 이 땅에 보내주시고 내 삶을 주관하신 하나님 발 아래 엎드려 온전히 감사드리고 싶을 뿐입니다.

　이제 내게 주어진 명이 다하여 떠날 시간이 되었습니다. 누구도 피할 수 없는 길이기에 담담히 떠나리라 다짐했건만, 막상 떠나려니 슬픔으로 목이 메입니다. 아름다운 세상과의 이별이 슬프고, 즐기던 모든 것들과의 이별도 슬픕니다. 무엇보다 슬픈 건 가족들과 헤어지는 일입니다. 오랜 세월 기쁨과 슬픔을 함께한 내 인생의 동반자들이기에 그들과의 이별은 가슴이 메어집니다.

마지막까지 좋은 친구였던 남편金達泳에게는 크나큰 사랑의 빚을 지고 떠납니다. 일찍 아버지를 여의고 외롭게 자란 내게 남편은 한없이 푸근한 그늘이고 든든한 울타리였습니다. 아버지였고 오라비였고 최고의 베프였지요. 사는 동안 내가 이룬 작은 성취들이 있었다면 그건 모두 남편 덕분입니다. 보잘것없는 작은 재주를 늘 기뻐해 주고 격려해 주고, 나의 단점까지도 포용해 준 그가 있었기에 가능한 일이었습니다. 먼저 보내 드리고 뒤따라 가려 했는데, 홀로 남겨질 그의 쓸쓸한 모습을 생각하니 발걸음이 무겁습니다.

세 아이들은 내 삶의 기쁨이고 보람이었습니다. 최선을 다한다고 했건만 돌아보니 잘못한 것만 생각납니다. 모두 착하고 똑똑한 아이들인데 경제적으로 여의치 못해 재능을 충분히 살려주지 못한 게 안쓰럽고, 넓은 세상으로 보내 더 많은 경험을 시켜주지 못한 것도 미안합니다. 그래도 모두 반듯하게 자라 단란한 가정을 이루고 사회에서도 성실하게 제 몫을 다하고 있으니 고맙고 대견합니다.

첫 아이로 태어나 수많은 기쁨을 내게 안겨 준 자랑스러운 맏딸 廷玹, 어미 마음을 누구보다 잘 헤아려주는 든든한 후원자 큰아들 延柱, 생각만 해도 웃음이 나는, 존재 자체로 기쁨인 막내 廷秦, 착하고 성실한 사위 辛容寬, 볼수록 미덥고 고마운 며느리 宋知侖, 사랑스럽고 신통한 내 손주들, 지훈 세형 재성 민성 나혜……. 참으로 나는 분에 넘치는 가족을 거느린 복 많은 사람이었습니다.

그러나 지난 세월을 돌아보면 부끄러운 게 많습니다. 눈앞의 작은 이익만 생각하다 낭패를 본 적도 있고, 일만 벌여놓고 용두사미로 끝내 가족들을 힘들게 한 적도 많았지요. 하고 싶은 공부를 다 못한 탓에 배우려는 욕심이 지나쳐 시간과 돈을 많이 허비한 것도 남편에게 미안하고 부끄럽습니다.

모든 이들에게 더 잘해주지 못해 미안합니다. 더 인내하지 못했고, 더 사랑하지 못했고, 더 감사하지 못했습니다. 주어진 것에 만족하지 못하고 불평하고 원망하고 욕심부린 시간들이 부끄럽고 후회스럽습니다. 그러나 후회하기에는 너무 늦은 시간, 그저 모두에게 용서를 빌 뿐입니다.

여기까지 내 삶을 인도해 주시고 분에 넘치도록 은혜를 베풀어 주신 하나님께 감사드리고, 사랑하는 가족과 친구들과 나를 아는 모든 이들에게 온 마음을 다해 사랑과 감사를 전하며, 아름다운 이 세상 소풍을 마치려 합니다.

사랑합니다.

고맙습니다.

내가 정말 거기 있었을까

강해경 에세이

초판 인쇄   2024년 11월 11일
초판 발행   2024년 11월 20일

지 은 이 강해경
펴 낸 이 노용제
펴 낸 곳 정은출판
등   록 신고 제301-2011-008호(2004. 10. 27)
주   소 04558 서울시 중구 창경궁로1길 29. 3F
전   화 02)-2272-8807, 02)-2272-9280
팩   스 02)-2277-1350
홈페이지 www.je-books.com
이 메 일 rossjw@hanmail.net

ISBN 978-89-5824-510-0 (03810)